# PROLOG

Der Sturm brüllte wie die Schreie der Gefallenen, eine unbarmherzige Kraft, die Seele und Schiff erobern wollte, während sie die dunklen Gewässer des Mittelmeers aufwirbelte. Sir Geoffrey de Ville klammerte sich an die hölzerne Reling des wogenden Schiffes, den Blick auf den Horizont gerichtet, wo die Lichter des heiligen Landes zu einer eindringlichen Erinnerung verblasst waren. Die Wunde in seiner Seite, ein bösartiges Geschenk einer sarazenischen Klinge, pochte mit jedem Schlag seines Herzens und erinnerte den Tempelritter ständig an sein Versagen und seine letzte, verzweifelte Mission: den Heiligen Gral vor dem herannahenden Schergen von Saladins Armee zu schützen.

Der in ein einfaches Tuch gewickelte Gral lag versteckt in einer einfachen Truhe zu seinen Füßen und war schwerer als das eiserne Kettenhemd, das seinen geschundenen Körper umgab. Als das Schiff in ein weiteres Wellental eintauchte, wanderten Sir Geoffreys Gedanken zu den blutgetränkten Feldern von Hattin, zu den Schreien seiner Brüder und zu dem stillen Schwur, den er inmitten des Gemetzels geleistet hatte - diese heilige Reliquie um jeden Preis zu schützen.

Der Sturm schien seinen Schwur zu verhöhnen, Blitze spalteten den Himmel mit dem Zorn des Himmels, als würde er das Ziel seiner Suche in Frage stellen. Der Wind heulte durch die Takelage, ein Chor von Geistern, die von Verzweiflung und Niederlage flüsterten. Doch inmitten des Chaos fand Sir Geoffrey eine grimmige Entschlossenheit. Er würde den Gral nicht in die Hände derer fallen lassen, die seine Reinheit beschmutzen würden. Er würde ihn in das Heiligtum des Klosters auf Zypern bringen, oder er würde bei dem Versuch umkommen.

Seine blutigen und rauen Hände, die er am Geländer festhielt, zeugten von der Tortur. Jeder Schmerz, der von seiner Wunde ausging, erinnerte ihn an seine Sterblichkeit, ein Flüstern, dass seine Zeit nahte. Die salzige Luft brannte in seinen Augen und trübte seine Sicht mit Tränen. Vielleicht war es auch die Erkenntnis, dass er alles verloren hatte - seine Waffenbrüder, die heilige Stadt, die Gewissheit seines Glaubens.

Als das Schiff eine weitere Welle überquerte, blickte Sir Geoffrey zum Himmel, nicht um zu beten, sondern um zu trotzen. Der Sturm, das Meer, das Schicksal, das ihn zermalmen wollte - er würde ihnen allen mit dem

Herzen eines Löwen entgegentreten. Das Geheimnis des Grals, sein heiliges Licht, würde in dieser Nacht nicht ausgelöscht werden. In der Dunkelheit, inmitten der Wut der Natur, blieb ein Leuchtfeuer der Hoffnung bestehen, angetrieben vom Mut eines verwundeten Ritters und der heiligen Last, die er trug.

Die Nacht zog sich hin, ein endloser Kampf gegen Wind und Wellen, aber Sir Geoffrey ließ sich nicht beirren. Als die Morgendämmerung anbrach, ließ die Wut des Sturms nach und die zerklüftete Küste Zyperns tauchte aus dem Nebel auf - ein Anblick, der schöner war als alles, was er je gesehen hatte. Es war nicht nur das Versprechen von Sicherheit, sondern auch die Möglichkeit der Erlösung, der Erfüllung seiner heiligen Pflicht.

Mit letzter Kraft sicherte Sir Geoffrey de Ville den Gral und machte sich bereit für die letzte Etappe seiner Reise. Der Schmerz, der Verlust, das Opfer - all das würde sich lohnen, wenn der Gral erhalten bliebe, verborgen vor der Dunkelheit, die die Welt zu verschlingen drohte. In der Stille, die auf den Sturm folgte, erlaubte sich Sir Geoffrey zu glauben, dass in dieser Tat vielleicht noch Hoffnung auf Rettung bestand, nicht nur für den Gral, sondern auch für seine Seele.

# 1

Im Pentagon gab es einen kleinen Raum. Er hatte die Größe eines Kleiderschranks und war sehr grob eingerichtet. Die meisten Angestellten des berühmtesten Regierungsgebäudes wussten nicht einmal, dass er existierte. Selbst die angrenzenden Konferenzräume und Büros waren mit Regierungsbeamten bevölkert, die nur eine vage Vorstellung davon hatten, was in dem besagten Raum geschah.

"Es ist eine Art Geographie- oder Geologie-Ding. Ich weiß es nicht", sagte Außenminister Harris dem Präsidenten, als sie vor einigen Jahren auf dem Weg zu einem Konferenzraum vorbeikamen.

Auch die Menschen, die den Raum betraten und verließen, machten keine Anstalten, aufzufallen. Sie sahen aus, als wären sie Besucher des Gebäudes, auf einer Tour oder nur auf der Durchreise. Sie trugen nicht das weiße Hemd, den schwarzen Anzug und die schwarze Krawatte, die bei anderen Pentagon-Mitarbeitern üblich sind. Sie trugen in der Regel dunkle Kordhosen, zerknitterte karierte Hemden mit Kaffee- und Schmutzflecken an den Manschetten und ebenso unordentliches Haar. Sie waren keine Geologen und Geographen, sondern Archäologen, und sie gehörten zu einer unterschätzten Arbeitsgruppe im Verteidigungsministerium. Sie nannten sich *"Relevant Relic Recovery Committee" (Ausschuss für die Bergung relevanter Relikte*) - ein typischer Regierungsausdruck, der in der Praxis bedeutet, dass sie antike Gegenstände bergen, die zu diplomatischen oder wirtschaftlichen Erfolgen führen könnten. Ihre Aktivitäten beschränkten sich in der Regel darauf, Gegenstände zu finden, die die Regierung der Vereinigten Staaten gut aussehen ließen.

Aber es gab einen Besucher in dem schrankgroßen Raum, der an etwas ganz anderem arbeitete. Er verbrachte seine Zeit damit, nach etwas zu suchen, das aus Sicht des Pentagons keinen Einfluss auf die aktuellen Ereignisse hatte. Er sah die Dinge ein bisschen anders. Sein Name war Mark Lockheed und er war auf der Suche nach dem Heiligen Gral.

Er öffnete die Tür zu dem, was die Bewohner liebevoll "das Loch" nannten, und die Tür stieß wie immer gegen den Konferenzraumtisch, der (obwohl in zwei Hälften gesägt) nicht in den winzigen Raum passte. Es hatte ungefähr die Größe des Schlafzimmers eines zehnjährigen Jungen und war auch so aufgeräumt wie ein solches. Es gab einen Konferenztisch, ein kleines

Waschbecken und eine Kreidetafel. Die Kreidetafel war mit monatelangen Flyern für Museumsausstellungen bedeckt. Die Decke war bedrückend niedrig und die Beleuchtung war grell und klinisch.

"Leute, der Minister ist da!" Der Rufer war Tom Gates, ein Mann, der eher in das Bild passte, das das Pentagon von den Bewohnern des Lochs haben wollte. Er ging seiner Arbeit nach, fand Schmuckstücke, die er Ayatollahs und Rabbinern schenkte, um Konflikte zu glätten, und er hielt sich bedeckt. "Der Minister" war sein Spitzname für Mark. Er und einige andere Mitglieder des Ausschusses waren der Meinung, dass sie von den höheren Stellen nicht mehr Respekt erhielten, weil Leute wie Mark sie wie Spinner aussehen ließen, die nach Dingen suchten, die gar nicht existierten.

"Ich freue mich auch, dich zu sehen, Gates. Ich habe gehört, du bist auf dem Weg nach Ägypten. Solltest du nicht schon losfahren? Heutzutage kann man nicht zu früh am Flughafen sein, oder?"

"Woher willst du das wissen, Lockheed? Du bist seit fünf Jahren nicht mehr aus diesem Zimmer herausgekommen. Manche von uns suchen nach Dingen, nicht nach Kindheitsphantasien."

Mark ignorierte die Stichelei und ging direkt zur Kaffeemaschine. Es würde schon ein langer Tag werden, wenn er sich nicht mit Tom streiten würde. Seine Freundin und Sympathisantin Kathy Rollins war bereits an der Kaffeemaschine und schüttete den Kaffeesatz in den Filter.

"Ignoriere ihn", sagte sie.

"Das musst du mir nicht zweimal sagen. Hast du auch einen Auftrag, wie ich höre?"

"Nächste Woche geht es nach Beirut."

Mark lächelte Kathy an. Er war schon immer in sie verknallt gewesen, aber wie die meisten Männer, die als biblische Archäologen enden, war er kein Frauenheld. Er vermutete, dass sie von seinen Gefühlen wusste. Sie war die Einzige in der Abteilung, die ihn bei seinem Projekt immer ermutigte.

"Was hast du heute vor?", fragte sie.

Mark erzählte ihr von seinem Treffen, das im Wesentlichen eine Prüfung war. Die Mitglieder des Ausschusses mussten sich angeblich stichprobenartig mit der Geschäftsführung treffen, um ihre Kosten und ihre Nützlichkeit für die Regierung als Archäologe zu erklären. Mark freute sich nicht auf das Treffen, obwohl er die Regierung nur sein mickriges Gehalt kostete. Er kassierte keine Prämien. Die Mitglieder des Ausschusses erhielten zusätzlich zu ihrem Grundgehalt jedes Mal eine Prämie, wenn sie ein nützliches Artefakt einbrachten. Aufgrund seiner Gralsbesessenheit hatte Mark jahrelang nur sein Gehalt kassiert, und das sah man seiner heruntergekommenen Wohnung an.

"Das ist hart", sagte sie. "Aber Getränke zum Feiern, wenn du überlebst?"

Kathy lud Mark etwa einmal in der Woche auf einen Drink ein, was er normalerweise ablehnte. Ab und zu ging er hin, aus Angst, seinen einzigen Verbündeten im Büro zu verlieren. Es war immer eine unangenehme Angelegenheit in einer Bar in DC, die hauptsächlich von Politikern besucht wurde. Mark hatte nicht das Gefühl, dass er in diese Umgebung passte.

"Ja", sagte er. "Lass uns das machen. Diesmal suche ich den Ort aus."

"Wir sind im Geschäft."

Mark rührte mit einem Plastiklöffel etwas Kaffeepulver in seinen Kaffee und sah, wie Tom Gates ihm den Vogel zeigte. Sein dreckverkrusteter Mittelfingernagel reflektierte das starke Neonlicht des Lochs.

Mark ging die 10th Street entlang, dachte über sein Treffen nach und schlug die Zeit bis zum Treffen mit Kathy tot. Er hatte seinen Job zwar nicht verloren, aber man hatte ihm mit Nachdruck nahegelegt, sein Hauptprojekt mehr zu einem Hobby zu machen und weniger zu einem Projekt, für das staatliche Gelder ausgegeben wurden. Er war angewiesen worden, innerhalb von zwei Wochen einen Vorschlag für einen potenziell nützlichen Auftrag zu unterbreiten, auch wenn es nur ein "guter Presse"-Auftrag war. Bei einem guten Presseauftrag ging es in der Regel darum, Dinosaurierknochen zu finden oder irgendeinen anderen Blödsinn, an dem Mark kein Interesse hatte. Ein guter Presseauftritt musste nicht einmal Ergebnisse liefern oder etwas anderes als Schmutz finden. Dem Management gefiel es, eine Pressemitteilung darüber herauszugeben, dass die Regierung große Fortschritte bei der Suche nach neu entdeckten Dinosaurierspuren machte. Die Reiseleiter im Smithsonian mussten etwas haben, worüber sie reden konnten.

Mark kickte eine Dose vor sich her, als er ging. Er wollte nicht vergeblich nach Dinosaurierknochen graben. Er wollte den Heiligen Gral finden. Das war schon sein ganzes Leben lang seine Leidenschaft. Er hatte seinen Vater damit bis aufs Blut genervt. Marks Vater war vor seinem Tod Pfarrer gewesen und er war immer besorgt über Marks Interesse an der Heiligen Schrift. Marks Interesse galt fast immer nicht dem Evangelium, sondern eher praktischen Dingen. Eine seiner allerersten biblischen Fragen an seinen Vater war die nach dem Gral.

"Aber was ist mit dem Pokal passiert?", fragte der kleine Mark seinen Vater, als er auf der Bettkante seines Rennwagens saß.

"Welcher Pokal?"

"Ihr wisst schon, die eine. Als er gedankt hatte, sagte er: Trinkt alle daraus."

"Woher soll ich das wissen, Markus? Was ist an dem Buch Matthäus wichtig zu wissen?"

"Aber es war doch ein echter Becher, oder? Es ist nicht so ein Ding, das nur eine Metapher ist? Denn man kann nicht aus einem metaphorischen Becher trinken. Dann könnte er immer noch irgendwo da draußen sein, unter der Erde oder sogar im Haus von jemandem!"

Sein Vater seufzte und küsste seinen Sohn auf die Stirn. Er schloss seine Bibel und sagte seinem Sohn, dass in fünfzehn Minuten das Licht aus sei.

Er dachte an seinen Vater und wie sie sich näher gekommen waren, als der alte Mann sich dem Tod genähert hatte. Mark würde nie in der Lage sein, die Bibel so zu betrachten wie sein Vater, trotz seines Spitznamens. Aber er konnte sich des Gefühls nicht erwehren, dass seine Suche zum Teil für seinen Vater war. Wenn es etwas gab, das sein Vater für würdig hielt, es zu finden, dann war es etwas, das Jesus besaß. Das Leben seines Vaters war eine Liebesaffäre mit dem längst verstorbenen Erlöser, und obwohl Mark seine wissenschaftliche Ausbildung nicht mit der Religion seines Vaters vereinbaren konnte, fand er, dass dies ein angemessener Weg war, den Mann zu ehren. Er konnte nicht anders, als zu denken, dass sein Vater stolz auf ihn sein würde, weil er den Kelch Christi gefunden hatte.

Mark schaute auf seine Uhr und sah, dass es fast acht war. Er bog rechts ab und beschleunigte sein Tempo. Er würde zu spät kommen, wenn er sich nicht beeilen würde. Etwas Kaltes und Hartes schlug Mark auf den Kopf und seine Welt wurde schwarz. Er spürte vage, wie der Beton auf sein Gesicht traf und dann war da nichts mehr. Als er aufwachte, schüttelte Kathy ihn und riss ihm den unteren Teil ihrer Bluse herunter. Sie benutzte ihn, um die Blutung aus seiner Nase zu stillen und ein weiteres Stück, um das Blut aus seinen Augen zu wischen. Soweit er es beurteilen konnte, befand er sich immer noch an der gleichen Stelle, an der er auf die Uhr geschaut hatte.

"Kathy?"

"Hallo, alter Kumpel. Du hast es nicht ganz bis zur Bar geschafft. Als ich mir Sorgen gemacht habe, bin ich um den Block gelaufen und da warst du."

"Hier bin ich. Nicht mein bester Tag."

"Nein, ich denke nicht."

"Weißt du, ich bin kein bedrohlicher Typ. Ich hätte ihm wahrscheinlich meine Brieftasche gegeben. Ich glaube, da waren sieben Dollar drin. Ich schätze, die Drinks gehen auf dich."

Er setzte sich auf und versuchte, zu stehen. Er wackelte.

"Ich denke, die Notaufnahme ist eine bessere Idee als Getränke", sagte sie.

"Scheiß auf den Lärm."

Diesmal schaffte er es, aufzustehen und seinen Hinterkopf abzutasten. Er hatte eine große Beule und mit ziemlicher Sicherheit eine große Wunde an der Stirn, die vom Aufprall auf dem Bürgersteig herrührte. Seine Nase war wie durch ein Wunder unversehrt.

"Okay. Ein Drink. Dann gehst du wenigstens nach Hause, um dich zu erholen. Vielleicht nimmst du dir morgen frei."

"Archäologen sagen niemals nie", sagte er und sie lachten beide. Kathy stützte ihn auf ihre Schulter und sie machten sich auf den Weg zur Bar.

Nach ein paar Drinks bestand Kathy darauf, ihn nach Hause zu begleiten, "um zu beweisen, dass die Ritterlichkeit nicht tot ist", und Mark akzeptierte. Sie nahm ihm seinen Wohnungsschlüssel ab und öffnete die Tür. Sie hielt sie auf, während Mark sich auf seine Couch fallen ließ. Normalerweise hätte es ihn gestört, dass Kathy seine winzige Wohnung sah, aber nach dem Tag, den er erlebt hatte, war ihm das egal.

"Schönes Haus", sagte sie.

"Du brauchst nicht zu lügen, Kathy. Willst du die Tour?" Er wedelte mit den Armen im Kreis um seinen Kopf. "Und du hast sie bekommen."

"Es ist gut erhalten", sagte sie. "Bist du sicher, dass du zurechtkommst?"

Er gab ihr einen großen Daumen nach oben. Sie rückte ihre Handtasche auf der Schulter zurecht und beugte sich über Mark. Ihr Atem vermischte sich für den Bruchteil einer Sekunde, bevor sie ihre Lippen auf seine legte.

"Ich hatte Spaß", sagte sie.

"Ich auch. Jetzt."

"Ruf an, wenn du etwas brauchst."

Sie schloss seine Wohnungstür hinter sich und Mark fiel fast sofort in einen seligen Schlaf.

Er wurde sehr unsanft unterbrochen.

Mark wurde unsanft aus seinen angenehmen Träumen gerissen, als es unerträglich laut an seine Wohnungstür hämmerte. Er fluchte leise vor sich hin und stand auf. Er wickelte eine Decke um sich und schaute durch sein Guckloch. Es war einfach nur schwarz. Sein Gehirn war noch vom Schlaf umhüllt und er dachte nicht weiter, als dass es draußen wahrscheinlich sehr dunkel war. Sein verschlafenes Gehirn dachte nicht daran, dass jemand seine behandschuhte Hand über das Loch halten könnte. Er öffnete die Tür und sofort zog sich eine Kapuze über seinen Kopf. Er lachte fast vor sich hin. Die letzten zwölf Stunden seines Lebens waren völlig absurd gewesen. Er ließ zu, dass sich sein Körper entspannte, als die Männer ihn aufhoben und zu einem Transporter trugen, von dem er annahm, dass es der hintere Teil war. Wenigstens, dachte er, rückte das sein Treffen mit den Anzugträgern in die richtige Perspektive. Er wusste nicht, wie lange sie fuhren, aber da er so viele Spionagefilme gesehen hatte wie jeder andere, stellte er sich vor, dass sie ihn einfach im Kreis fahren würden. Er war seltsam ruhig und nicht verängstigt. Sie hatten ihm nichts getan und ihm sogar einen Sicherheitsgurt angelegt. Er fuhr ruhig und wartete auf das, was kommen würde.

Schließlich ging die Fahrt zu Ende und er spürte, wie eine raue, behandschuhte Hand über ihn hinweg griff, um seinen Sicherheitsgurt zu lösen. Eine kiesige Stimme sagte: “Wir wollen doch nicht, dass unser preisgekrönte Archäologe verletzt wird, oder?"

Sie führten ihn über nasses Gras und an einen Ort, an dem ihre Schritte widerhallten. Hier nahmen sie schließlich die Motorhaube ab und er konnte sehen, dass nur zwei Männer bei ihm waren und dass er sich in einer Art Lagerhaus befand, umgeben von schicken Autos. Er sah Lamborghinis, Ferraris, Porsches und Bentleys, sowohl alte als auch neue. Er glaubte, in der hintersten Ecke ein Model-T zu sehen, aber er hatte keine Zeit, es herauszufinden. Einer der Männer, ein graubärtiger, einschüchternder Mann, von dem Mark annahm, dass es sich um den Mann mit dem Sicherheitsgurt handelte, packte ihn an der Schulter und führte ihn zur Tür.

"Er wartet", sagte er.

Mark wurde eine Treppe hinauf und in eine kunstvolle Küche geführt. Bevor er Zeit hatte, die Küche zu bewundern, wurde er in ein Wohnzimmer geführt, in dem ein alter Mann vor einem Kamin saß. Zu seiner Rechten saß ein Dobermann, und der Mann streichelte abwesend den Kopf des Hundes. Die Füße des Mannes lagen auf einer Ottomane. Er trug Hausschuhe und hatte die Beine lässig über den Knöcheln gekreuzt. Er war glatt rasiert; sein Gesicht spiegelte das flackernde Licht des Feuers wider. Er war wie für eine Dinnerparty gekleidet, im Smoking und mit Fliege, und sein Haar war ordentlich auf der rechten Seite gescheitelt. Sein Haar war ganz weiß, aber er trug es mit der Selbstsicherheit eines Mannes, der sich mit dem Altern abgefunden hat.

"Willkommen", sagte er zu Mark. "Bitte setzen Sie sich, Mark. Ich entschuldige mich für die Art und Weise unseres Treffens, wenn du so willst. Es war eine notwendige Vorsichtsmaßnahme, wie Sie feststellen werden."

Mark nahm den ihm zugewiesenen Platz ein, einen bequemen Sessel mit hoher Rückenlehne, der stilvoll schräg zum Feuer und dem alten Mann stand.

"Mein Name ist Reginald Astair und ich glaube, du kannst mir helfen."

"Normalerweise helfe ich denen nicht, die mich überfallen."

„Überfallen?“ Der alte Mann sah alarmiert aus und schoss mit seinen Augen Dolche auf die Männer, die Mark hereinbrachten. "Habt ihr diesen Mann grob behandelt? Mark, ich kann dir versichern, dass sie die striktesten Anweisungen bekommen haben, wie sie mit dir umzugehen haben. Sie sollten dich mit äußerster Sorgfalt behandeln ..."

"Nein, ich meinte heute Morgen."

"Vorhin?"

"Du hast mich nicht überfallen lassen?"

"Warum in Gottes Namen sollte ich das tun? Natürlich nicht."

"Nun, du musst verstehen, dass das in meiner Situation nicht allzu weit hergeholt ist."

"Ich habe verstanden, Mark. Mal sehen, ob ich dir angemessen erklären kann, warum ich dich hierher gebracht habe. Ich bedaure aufrichtig, dass du vorhin so viel Pech hattest, aber das ist unsere schöne Stadt, nicht wahr? Brauchst du medizinische Hilfe? - Ich könnte dafür sorgen, dass du gut versorgt wirst."

Mark schüttelte den Kopf, nein. Er war neugierig und wollte hören, was der alte Mann zu sagen hatte.

"Wie ich schon sagte, ich glaube, du kannst mir helfen. Wir haben eine ähnliche Faszination in diesem Leben, Mark. Ich denke, du weißt wahrscheinlich, was das ist."

Mark behielt sein Pokerface bei.

"Der Heilige Gral. Er hat mich genauso fasziniert wie dich, und ich habe etwas, das dir deine jetzige Position nicht bieten kann: Unterstützung, Geld, Glauben. In vielen Worten, Mark. Ich möchte, dass du den Gral für mich findest."

"Woher weißt du, dass ich ihn suche?"

"Das kann ich dir nicht sagen, fürchte ich."

"Warum wurde ich gekidnappt?"

"Ich dachte, dazu kommen wir noch. Es gibt einige Leute in dieser Stadt, auch wenn du es angesichts deiner Erfahrungen kaum glauben magst, die die Suche nach dem Gral sehr ernst nehmen. Ich bin bei weitem nicht der Einzige, der ein Auge auf dich geworfen hat. Ich bin - oder besser gesagt, ich glaube, ich bin der Ehrlichste von allen, auch wenn mich das nicht für den Nobelpreis qualifiziert. Und ich habe zufällig ... durch verschiedene Informationsquellen erfahren, dass ein anderer, weniger skrupelloser Gralssucher vorhatte, genau das mit dir zu tun, wenn du morgen früh zur Arbeit gehst. Ich kann dir versichern, dass er nicht so entgegenkommend gewesen wäre."

Der alte Mann lächelte Mark mit einem zahnigen Lächeln an und zeigte einen Goldzahn.

"Nun, mit einer Sache hast du recht."

"Und das ist?"

"Es ist schwer zu glauben. Erst heute Morgen hat man mir gesagt, dass ich es im Grunde aufgeben muss."

"Perfektes Timing", sagte der alte Mann.

"Mr. Astair", sagte Mark. "Was genau bieten Sie an?"

"So viel Geld, wie du willst. Das ist kein Thema. Du bekommst auch jede Unterstützung, die du brauchst, Reisevorbereitungen, etc. Ich glaube, dass du es schaffen kannst. Ich habe mir deine Karriere genau angesehen."

"Wie nah?"

"Ich habe deinen Artikel über die Flucht von Judas gelesen."

"Das ist nur akademisches Theoretisieren. Eigentlich Unsinn."

"Ich denke nicht, dass du das glaubst, Mark."

Mark schaute den alten Mann von oben bis unten an und was er sah, war eine enorme Erwartungshaltung. Dieser Mann hatte wirklich darauf gewartet, ihn zu sehen. Er sah sogar ein wenig verblüfft aus. Er war das Gegenteil von allen im Pentagon. Er glaubte, dass Mark eine wichtige Figur und nützlich für seinen Beruf war. Mark sah einen Mann, der seine Leidenschaft teilte. Seltsamerweise konnte er über die Entführung hinwegsehen. Er fand die Erklärung des Mannes zufriedenstellend, wenn auch ein wenig vage. Er faltete seine Finger zusammen und sah Reginald Astair an.

"Ich habe ein paar Bedingungen."

# 2

Mark stand nervös im Hangar und hüpfte auf seinen Absätzen auf und ab. Astair hatte gesagt, er könne als Team haben, wen er wollte, und er wollte Kathy. Noch gestern Morgen wäre es ihm egal gewesen, aber nicht einmal der Gedanke an ein voll finanziertes Gralsprojekt konnte das in sein Gehirn eingebrannte Bild von Kathy erschüttern, die ihre Augen schloss und sich über ihn beugte, um ihn zu küssen. Sie war seine Wahl.

Er sah sie gerade ankommen, als die Cessna Citation Longitude hinter ihm den Gang einlegte und das Geräusch ohrenbetäubend war. Ihr Kleid blähte sich bis zu den Knien auf und sie hielt es mit ihren Handflächen fest, während sie ihre beste Marilyn-Monroe-Imitation gab. Sie schrie ihm etwas zu, aber er konnte es nicht hören. Er gestikulierte ins Innere des Flugzeugs und sie schaute skeptisch. Er sagte: "*Vertrau mir*", und sie stiegen beide die Treppe hinauf in den Passagierraum. Reginald Astair war bereits an Bord und nippte an einem Gin Tonic. Sein Dobermann, der, wie Mark am Vortag erfahren hatte, Luzifer hieß, saß aufrecht neben ihm.

"Kathy Rollins, Reginald Astair", sagte Mark. Reginald Astair stand auf und reichte der jungen Frau die Hand.

"Mit Vergnügen, meine Liebe."

Kathy sah sehr verwirrt aus, aber Mark versicherte ihr, dass er alles erklären könne. Sie bestand darauf, dass sie zur Arbeit müsse, aber Mark fragte sie, ob sie sich bitte setzen könne. Wenige Augenblicke später hob das Flugzeug ab.

"Wohin gehen wir?", fragte sie.

"Sieh es als ein Date", antwortete Mark, dem die letzten Stunden seines Lebens mehr Selbstvertrauen gaben, als er jemals zuvor hatte.

"Ach wirklich? Ein Date in einem Flugzeug, mit diesem Kerl und seinem Hund? Wir haben unterschiedliche Vorstellungen von Romantik, aber dass du meine Eignung nach all den Jahren anerkennst, weiß ich zu schätzen."

Reginald Astair lachte herzhaft.

"Ich mag dieses Mädchen", sagte er. "Sie hat die richtige Einstellung."

Mark lächelte immer noch. Er wusste, wenn er ihr erklärte, was sie vorhatten, würde sie begeistert sein. Schließlich war sie eine Archäologin.

"Ich glaube, du solltest mir das lieber erklären", sagte Reginald.

"Mr. Astair hier hat sich bereit erklärt, meine Suche nach dem Gral großzügig zu finanzieren. Wir sind gerade auf dem Weg nach Paris, um mit meinem College-Professor, Dr. LeTrec, zu sprechen."

"Angenommen, ich bin damit einverstanden, dass du mich nach Paris entführst, um einen Job zu erledigen, um den ich nicht gebeten habe ... was wohlgemerkt eine große Vermutung ist, welche Rolle spielt Dr. LeTrec dabei?"

"Er war mein Professor, als ich einen Artikel schrieb, der für Gralsjäger, darunter auch Mr. Astair, von besonderem Interesse ist. Dr. LeTrec hat mir geholfen, ihn zu schreiben. Er trägt den Titel 'Die letzte Flucht des Judas' und wurde nicht weithin veröffentlicht. In der intellektuellen Gemeinschaft war ich so etwas wie eine Lachnummer."

"Worum geht es?"

"Bist du sicher, dass du das hören willst?"

"Nun, du hast mich quasi entführt."

"Weißt du ... Ich kenne das Gefühl", sagte er.

Kathy und Reginald Astair (obwohl er den Text schon sehr gut kannte) hörten gebannt zu, als Mark seinen Artikel vorstellte, den er vor mehr als zehn Jahren geschrieben hatte. Der Artikel versuchte, die biblische Vorstellung zu widerlegen, dass Judas sich aus Scham über seinen Verrat an Christus an einem Baum erhängt hat. Marks Darstellung von Judas entsprach eher dem, wie sich Menschen psychologisch verhalten. Markus vertrat in seinem Artikel die Ansicht, dass Judas eher ein skrupelloser Opportunist war, der Christus verriet. Die Vorstellung, dass er sich im Nachhinein umbrachte, war psychologisch nicht stimmig. Es gab ein antikes Dokument, von dem Markus sprach und das in einigen obskuren griechischen Texten erwähnt wurde, die entdeckt worden waren und in denen angeblich die Flucht des Judas von Jerusalem über das Mittelmeer nach Zypern beschrieben wurde. Der Text beschrieb Judas auch als kleinen Dieb und Opportunisten, der Jerusalem nicht ohne eine Menge gestohlener Güter verließ, die er seinem Verräter abgenommen hatte, darunter auch den Heiligen Gral, den er kurz darauf für wenig Geld verkauft haben soll, um Bier zu kaufen. Dieser Text soll ursprünglich 1668 entdeckt worden sein. Die katholische Kirche, die zu diesem Zeitpunkt von Papst Clemens IX. angeführt wurde, versuchte, das Dokument zu vernichten, so wie sie versucht, alles zu vernichten, was dem Wort Gottes direkt widerspricht. Es gab erhebliche Kontroversen darüber, ob das Dokument überhaupt existierte oder ob es tatsächlich vernichtet worden war. Mark spekulierte, dass diese Theorie mit allem übereinstimmt, was historisch über die katholische Kirche bekannt ist, und dass es eine statistisch signifikante Möglichkeit gibt, dass es tatsächlich existiert und dass der Gral, wenn er noch existiert, auf der Insel Zypern liegt.

"Whoa", sagte Kathy.

"Eine treffende Beschreibung", sagte Reginald Astair. "Möchtest du wissen, wie hoch das Honorar ist, das dein Freund arrangiert hat, falls du dich entscheidest, anzunehmen? Du kannst natürlich gerne deine kostenlose Reise nach Paris genießen und später auf meine Kosten nach Hause zurückkehren, wenn du das möchtest."

"Das wird nicht nötig sein. Ich bin absolut dabei", sagte sie und sah Mark mit einer Leidenschaft in den Augen an, die er noch nie bei einer Frau gesehen hatte. "Aber was ist mit unseren Jobs im Pentagon?"

Mark griff unter seinen Sitz und zog eine Mappe hervor.

"Wir haben keine anderen Jobs", sagte er ruhig. Er reichte Kathy den Ordner.

"Was ist das?", fragte sie.

"Unsere neuen Identitäten".

Der Glamour von Paris war nicht zu leugnen. Archäologen waren es gewohnt zu reisen, aber ihre Ziele waren normalerweise eher sandig und nicht die unbeschwerte Metropole der alten Welt, die auch als Stadt der Liebe bekannt ist. Reginald Astair sah aus, als wäre er in die Menschenmassen auf der Straße hineingeboren worden, als wäre er dort zu Hause. Kathy und Mark liefen hinter ihm und nahmen die Gerüche der Stadt in sich auf. Sie kamen an einer jüdischen Bäckerei vorbei und der süße Geruch von Challah ließ ihnen das Wasser im Mund zusammenlaufen. Sogar der Zigarettenrauch schien angenehmer zu sein, obwohl Mark beim Gehen fast mit einigen Passanten zusammenstieß, die seiner Nase folgten. Er hatte sich noch nie so anonym und gleichzeitig so mächtig gefühlt. Er war unbekannt auf der Straße. Keiner dieser Franzosen und Frauen, die achtlos an ihm vorbeigingen, wusste, dass er und die Frau, deren Arm mit seinem verbunden war, und der exzentrische und geheimnisvoll wohlhabende Mann vor ihnen auf der größten Suche waren, die ein Mensch sich wünschen konnte. Es war aufregend und beängstigend. Kathy drückte seine Hand, als ob sie wüsste, was er dachte.

Sie fuhren zu einem schmuddeligen Bürogebäude in der Rue Bonaparte, gleich gegenüber vom Louvre, wo Dr. LeTrec sein Büro hatte. Er war kein Professor für Archäologie mehr, sondern ein Händler für "schöne Kunst", wie er es nannte, oder besser gesagt: ein Verkäufer von billigen Imitationen für Touristen. Seine Karriere als Professor wurde durch seine Vorliebe für Wein unterbrochen, die weit über das normale Maß hinausging und in den Bereich des Alkoholismus führte. Das erklärte er ihnen, als sie in seinem Büro saßen, obwohl Reginald Astair bereits Bescheid wusste, denn seine Männer hatten für ihn ein Dossier über Dr. LeTrec vorbereitet, das er im Flugzeug gelesen hatte.

"Ms. Copperfield, meine Cousine", stellte Mark Kathy seinem alten Professor vor. Natürlich wusste Dr. LeTrec, wer Mark war, also konnte er seine neue Identität nicht ausprobieren, aber LeTrec unterschrieb geistesabwesend die Geheimhaltungsvereinbarung, die Reginald ihm bei ihrer Ankunft auf den Schreibtisch schob.

"Worum geht es hier eigentlich? Bringst du deinen Cousin und deinen Anwalt ins Blaue, nur um einen alten Lehrer zu sehen? Ich weiß, dass du nicht hier bist, um eine Tizian-Kopie zu kaufen, die ein Säufer an der U-Bahn-Station Château Rouge gemalt hat."

"Nein, deswegen sind wir nicht hier", sagte Mark. "Aber in gewisser Weise sind wir hier, um über alte Zeiten zu reden."

Sie ließen Dr. LeTrec in Ruhe darüber nachdenken, was sie ihm gesagt hatten. Sie planten, ihn am nächsten Tag in seinem Büro zu treffen, wenn er ihnen versicherte, dass er eine Antwort haben würde.

"Er wird es tun", sagte Reginald zuversichtlich. "Das ist besser, als ein Hackerkunstwerk zu verkaufen. Er spielt mit dem Verhandeln, weil er gerissen ist. Aber er wird es tun."

"Ich glaube, er hat recht", sagte Kathy, hob eine Bluse auf und hielt sie vor ihre Figur. "Was denkst du, Mark?"

Sie waren gerade dabei, Kathy eine neue Garderobe zu kaufen, da sie mit auf die Reise genommen wurde, ohne zu wissen, dass sie überhaupt auf eine Reise gehen würde.

"Wunderbar, meine Liebe", sagte Reginald, bevor Mark etwas dazu sagen konnte. Mark lächelte sie an und nickte zustimmend. Die Bluse war wunderschön.

Es war die Bluse, die sie am nächsten Morgen um Punkt elf Uhr trug (Dr. LeTrec ist kein Frühaufsteher), als sie wieder an der Treppe zu seinem Büro ankamen. Sie läuteten ein Dutzend Mal, aber es kam keine Antwort. Sie machten sich alle Sorgen, und es dauerte eine ganze Stunde nach ihrer Ankunft, bis ein müdes Stöhnen über den Lautsprecher zu hören war, als der Knopf gedrückt und die Tür geöffnet wurde. Sie fanden Dr. LeTrec in seinem Bademantel vor, der nicht ganz geschlossen war und Alka-Seltzer-Tabletten in ein Glas Wasser fallen ließ. Er forderte sie auf, sich ihm gegenüber zu setzen. Reginald Astair war nicht erfreut. Er starrte den Franzosen an.

"Hast du dich entschieden?", verlangte der reiche alte Mann ungeduldig mit der Stimme eines Mannes, der es gewohnt war, zu bekommen, was er wollte. Für einen kurzen Moment wurde Mark bewusst, dass Reginald Astair bis jetzt alles bekommen hatte, was er wollte.

"Gibt es eine Möglichkeit", sagte Dr. LeTrec, "dass du weniger laut sprichst?"

Reginald Astair stand auf und packte Dr. LeTrec an seinem Bademantel. Er zog ihn hoch, so dass sie sich gegenüberstanden.

"Irgendwann in deinem erbärmlichen Leben warst du ein Genie. Das weiß ich, weil ich deine Aufsätze gelesen habe und dich bewundert habe. Aber ich habe keine Ehrfurcht vor diesem", er machte eine Pause, um zu wirken. "Pöbel ... vor mir. Du widerst mich an, und wenn dein alter Freund hier nicht wäre, würde ich dich wohl nicht einmal in diese unglaubliche Chance einbeziehen. Nun sag mir, hast du eine Entscheidung getroffen?"

Er hatte einen Entschluss gefasst.

In ihrem Hotelzimmer an diesem Abend, nachdem sie die Reise am nächsten Tag besprochen hatten, sprachen Kathy und Mark darüber, dass Reginald in diesem Moment beängstigend war. Diese Seite des alten Mannes hatten sie bisher noch nicht gesehen.

Sie dachten, dass sie unter vier Augen sprechen würden, aber das war nicht der Fall.

# 3

Am nächsten Morgen ging ihre Weltreise weiter. Sie waren noch nicht auf dem Weg nach Zypern, sondern zuerst nach Jerusalem. Jede echte Suche nach dem Heiligen Gral muss zuerst in Jerusalem beginnen. Darüber gab es keine Diskussion. Sie waren alle gut genug in der Gralskunde bewandert, um das zu wissen.

Mark versuchte, die blutunterlaufenen Augen und die kaputten Gesichtskapillaren seines alten Professors zu ignorieren, als sie zurück zur Cessna gingen. Er legte seine Hand auf die Schulter seines Lehrers.

"Ich glaube wirklich, dass wir es finden werden", sagte Mark.

"Das wäre unglaublich", antwortete Dr. LeTrec, aber er war nicht mit dem Herzen dabei. "Wirklich unglaublich, Mark." Er klopfte Mark auf die Schulter und sie gingen beide die Stufen zum Flugzeug hinauf und begaben sich auf die gefährlichste Reise ihres Lebens. Es war ein langer Flug und sie mussten in Istanbul eine Zwischenlandung zum Tanken einlegen. Nach dem zweiten Start stand Mark auf und ging auf die Toilette. Reginald las gerade etwas in einem Ordner und Dr. LeTrec schnarchte laut.

Mark machte sich nicht die Mühe, die Badezimmertür abzuschließen und gleich nachdem er sie geschlossen hatte, öffnete sie sich wieder und Kathy bahnte sich ihren Weg ins Bad und schloss die Tür hinter sich. Sie schloss sie ab.

"Wie kann ein so kleines Flugzeug ein so großes Bad haben?", sagte sie und lächelte bezaubernd. Mark erschauderte fast, als er sich an die glänzenden Goldzähne von Reginalds Lächeln erinnerte. "Ist das eine Couch?", fragte sie. "In einer verdammten Flugzeugtoilette. Wow."

"Ja, das ist schon was", sagte Mark. "Obwohl ich glaube, dass das eigentlich eine Couch ist und keine Couch."

"Noch besser", sagte sie, ging auf Mark zu und zwang ihn, rückwärts auf die Couch zuzugehen. Er ließ sich zurückfallen und Kathy setzte sich auf seinen Schoß.

Marks Gedanken, die ihn auf dem Weg zum Bad geplagt hatten, wie Reginald sich gegenüber seinem alten Professor verhalten hatte und die absurde Summe, die er ohne nachzudenken vorgestreckt hatte, verblassten unter anderem, als Kathy langsam ihre Bluse aufknöpfte und ihn angrinste, während seine eigene an seiner Uhr hängen blieb.

"Ich bin ein Archäologe", sagte er. "Nicht James Bond."

"Das werden wir ja sehen ... James", flüsterte sie ihm ins Ohr, bevor sie die Hand ausstreckte und das Licht im Bad dämpfte.

Wenn der Professor oder der geheimnisvolle alte Milliardär eine Ahnung hatten, was gerade passiert war, ließen sie sich das nicht anmerken, sondern setzten ihr Gespräch über die besten Cafés in Paris fort. Das Gespräch wirkte angespannt. Mark räusperte sich unwillkürlich und Reginald mischte einige Papiere um.

"Vielleicht sollten wir unsere Pläne für morgen besprechen. Der Professor und ich haben darüber gesprochen, als ihr beide nicht da wart, und wir haben schon ein paar konkrete Vorstellungen." Reginald nickte dem Franzosen zu und Dr. LeTrec begann nervös.

"Richtig. Wie ihr sicherlich alle wisst, ist Jesus der Überlieferung nach die Via Dolorosa in der Altstadt von Jerusalem entlang gegangen, als er das Kreuz trug. Ob ihr nun glaubt, dass er göttlich war oder nicht, die meisten Menschen halten das für wahr. Wir werden jetzt ein kleines Gedankenexperiment durchführen. Wirklich - wenn wir uns überhaupt auf die Suche nach dem Gral einlassen wollen, müssen wir von Anfang an zugeben, dass es am Ende eine reine Denkübung sein könnte."

Reginald zuckte zusammen, aber der Professor fuhr fort. "Wir werden den Weg des Leidens gehen und überlegen, ob wir glauben, dass Judas dabei bleiben würde oder nicht, um das zu sehen. Markus hat bereits geschrieben, dass er glaubt, dass Judas zu diesem Zeitpunkt schon lange weg war, auf einem Boot über das Mittelmeer. Das ist natürlich die Grundlage für unsere Reise. Und ich muss zugeben, dass ich nach all den Jahren immer noch von der Theorie des Markus angetan bin. Vermutlich wird uns der Weg zur Kreuzigung nicht umstimmen und wir werden weiter über das Mittelmeer fahren. Wir werden, wie Reginald und ich besprochen haben, versuchen, die Reise so genau wie möglich durchzuführen und uns dabei an Markus' Papier zu orientieren. Sind wir einer Meinung?"

"Ich habe eine Frage", sagte Mark. Kathy sah ihn überrascht an und bemerkte, dass ihre Hand auf seiner Schulter lag. Sie ließ sie dort liegen.

"Ja, Mark?", sagte Dr. LeTrec.

"Gibt es in diesem Flugzeug irgendwelche Snacks? Ich bin am Verhungern."

~

Die Landung in Israel hatte nicht die gleiche Wirkung auf Mark wie die Landung in Frankreich. Während Paris seinem romantischen Spitznamen alle Ehre machte, wurde Israel seiner bekannten prekären Lage im Nahen Osten durch die massive Präsenz von Militär überall gerecht. Als sie vom Ben-Gurion-Flughafen zum Hotel gingen, fiel Mark nach der gründlichen Kontrolle durch den Zoll (Mark war erleichtert, dass die von Reginald zur Verfügung gestellten Pässe die Kontrolle bestanden hatten) auf, dass die Menschen in der alten Stadt müde und ausgezehrt aussahen. Sie sahen nicht niedergeschlagen oder traurig aus, sondern einfach nur erschöpft.

Er war erstaunt über die alte Architektur, aber ebenso erstaunt über die drei ausgebrannten Autos, die sie auf ihrem Weg sahen. Einer von Reginalds Männern, der sie am Flughafen abgeholt hatte, fuhr ihr Fahrzeug, während der andere ihnen in einem anderen folgte. Sie waren als Schutz gedacht, aber Mark konnte nicht anders, als sich von ihnen gefangen zu fühlen.

Es waren mürrisch aussehende Männer mit Sonnenbrillen und grünen Cargohosen. Auf dem Weg zu den Fahrzeugen watschelten sie mit dem charakteristischen Gang von Männern, die verdeckte Waffen bei sich trugen.

Ihr Hotel war eher eine Anlage, und Jerusalem war in Marks Augen eher ein Gefängnis; ein sehr schönes, sehr altes und sehr trauriges Gefängnis. Er versuchte, sich auf die anstehende Aufgabe zu konzentrieren, aber er musste wieder an seinen Vater denken. Wie konnte der Mann, den er so verehrte, glauben, dass der Sohn Gottes von einem Ort wie diesem kam? Mark wollte den Gral finden, aber er glaubte nicht, dass er ihm oder anderen ewiges Leben geben würde. Er wusste, dass die Macht des Kelchs in dem Mythos lag, der ihn so lange umgeben hatte. Er glaubte fest daran, dass die Macht, die einem Gegenstand von vielen Menschen zugesprochen wird, in gewisser Weise Wirklichkeit wird.

"Bist du in Ordnung?", sagte Kathy. Sie teilten sich ein Hotelzimmer. Reginald sagte nichts, sondern gab nur einen Schlüssel an Mark.

"Ja. Ich denke nur darüber nach, was wir tun."

"Das solltest du nicht zu oft machen. Du verbrauchst deine gesamte Gehirnkapazität, bevor wir mit unseren Gedankenexperimenten beginnen."

"Das ist es nicht. Ich glaube, was ich geschrieben habe. Ich bin mir sicher, dass, wenn es existiert, es auf Zypern ist. Ich habe nur an meinen Vater gedacht ... und an ein paar andere Dinge."

"Dein Vater?"

"Er war ein Minister. Er würde den Sinn der Sache nicht erkennen. Aber ich will es trotzdem für ihn finden."

Das brachte Mark dazu, über Reginalds Beweggründe für die Gralssuche nachzudenken. War er ein religiöser Mensch? Er machte nicht gerade den Eindruck eines solchen.

"Und?"

"Und was?"

"Woran denkst du noch?"

"Es ist nichts. Wir sollten wirklich aufräumen und ins Bett gehen. Wir haben morgen einen großen Tag vor uns. Wir gehen den Weg des Leidens. Das kann einfach keinen Spaß machen."

"Aber du glaubst doch nicht daran, oder?"

"Ich glaube, dass es brutal und unmenschlich ist, jemanden ein Kreuz durch die Stadt tragen zu lassen, bevor man es an ihn nagelt. Und ich glaube, dass der Leidensweg wahrscheinlich einen treffenden Namen hat."

Mark saß auf seinem Bett und Kathy ging auf ihn zu. Sie beugte sich zu ihm hinunter und küsste seine Lippen, bevor sie sich umdrehte und ins Bad ging, wo sie sich ein Handtuch vom Haken nahm. Mark legte sich zurück aufs Bett und fuhr sich mit den Händen durch die Haare. Er schreckte auf, als er hörte, wie die Badezimmertür geöffnet wurde. Kathy steckte ihren Kopf heraus.

"Kommst du nicht mit?" Dampf drang aus dem Türspalt und stieg an die Decke. "Ich will nicht, dass das Wasser kalt wird."

"Natürlich", grinste er und stand vom Bett auf. "Das wollen wir natürlich nicht."

Der Morgen kam schnell und unbarmherzig, und es klopfte an der Tür ihres Hotelzimmers, bevor die Sonne aufgegangen war. Mark stieg aus dem Bett und stellte fest, dass es der Professor war.

"Darf ich?", fragte er. Mark trat zur Seite und ließ seine ehemalige Lehrerin ins Zimmer kommen. Kathy schaute erschöpft auf und zog die Laken bis zu ihrem Kinn hoch.

"Entschuldige die Störung", sagte Dr. LeTrec. "Ich wollte nur kurz mit dir reden. Macht es dir etwas aus, wenn wir auf die Toilette gehen?"

"Pardon?"

"Folge mir einfach."

Der Professor ging in ihr Badezimmer und stellte nicht nur das Waschbecken, sondern auch die Dusche an. Er schloss die Tür und flüsterte zu Mark.

"Ich habe gestern Abend etwas in meinem Zimmer gefunden."

"War es Paranoia?"

"Mein Zimmer ist verwanzt. Ich nahm den Hörer ab, um die Rezeption für ein zusätzliches Handtuch anzuwählen, und als ich den Hörer versehentlich fallen ließ, war er da. Ich habe mein Handy daneben gelegt und es gab eine negative Rückmeldung. Wir werden abgehört und wahrscheinlich auch beobachtet."

Mark ließ das eine Minute lang auf sich wirken und musste sich eingestehen, dass der Dampf, den die Dusche erzeugte, ihm half, aufzuwachen und klarer zu denken.

"Wir haben Reginalds Männer, die uns beschützen", sagte er. "Ich bin mir sicher, dass es uns gut geht."

"Was ist, wenn es Reginalds Männer sind, die uns beobachten?", sagte LeTrec.

Mark wollte sich nicht eingestehen, was er für Reginalds Männer empfand oder welche Ängste er vor der ganzen Operation hatte, aber es konnte nicht verrückt sein, wenn der Professor das auch spürte.

"Vielleicht will er seine Investition schützen. Er zahlt uns eine ganze Menge Geld. Du denkst doch nicht daran, auszusteigen, oder?"

"Nun ... nein. Ich, ähm, brauche das Geld ziemlich dringend. Aber ich fühle mich unwohl dabei. Ich wollte es dir sagen. Hältst du Kathy auf dem Laufenden?"

"Ich nehme an, du meinst Ms. Copperfield? Jetzt erst recht, Professor. Wir müssen uns an die Identitäten halten."

"Sie haben Recht, Herr Hellman. Du hast recht."

Mark lächelte den Professor an und als sein alter Lehrer nach dem Türknauf griff, hielt er seine Hand auf.

"Wir schaffen das schon", sagte er.

Der Professor versuchte, sein Lächeln zu erwidern, aber der Versuch war schwach. Er verließ das Zimmer. Kathy war angezogen, als Mark zurückkam, und setzte sich auf die Bettkante.

"Was sollte das denn?", fragte sie.

"Ich erzähle es dir unter der Dusche."

Reginald Astair war beim Frühstück in bester Laune. Er wartete in der Lobby, wo das Frühstück serviert wurde, auf sie, als sie die Treppe hinunterkamen. Mark musste feststellen, dass seine Einstellung in direkter Konkurrenz zu allen anderen stand.

"Ich habe ein großartiges Gefühl für heute", sagte Reginald. "Wir werden Geschichte schreiben, und alles beginnt mit diesem historischen Spaziergang.

Der Professor rührte schweigend seinen Brei um. Mark und Kathy versuchten, so begeistert wie möglich auszusehen. Sobald sie mit dem Essen fertig waren, machten sie sich auf den Weg zur Festung Antonia, dem Beginn des schmerzhaften Weges.

Festung war ein passender Name für Herodes' antike Militärkaserne. Es war ein massives Bauwerk, in dem Jesus angeblich von Pontius Pilatus zum Tode verurteilt worden war. An vier Ecken ragten massive Steintürme in den Himmel und warfen lange Schatten auf den sandigen Weg, auf dem sich die vier Reisenden näherten. An der Ostmauer ragten die Bögen des Löwentors vor ihnen auf, das den Beginn ihrer Reise markierte. Die Leoparden, die das höhlenartige Loch in der Festungsmauer bewachen, starrten bedrohlich auf sie herab, und jeder schien von ihnen betroffen zu sein, außer ihren ausdruckslosen Leibwächtern.

Der Professor kommentierte das Geschehen, während sie gingen.

"Hier soll er Simon von Cyrene getroffen haben, obwohl ich erwähnen sollte, dass Papst Clemens VI. diese Geschichte im vierzehnten Jahrhundert als erster bestätigt hat, und wir alle wissen, wie wenig Vertrauen wir der katholischen Kirche bei unserer Wahrheitssuche entgegenbringen."

Dort, wo Jesus den Mann getroffen haben soll, der von den Römern beauftragt wurde, sein Kreuz zu tragen, befand sich jetzt ein Stand, der Zeitschriften verkaufte, die angeblich die schmutzigsten Details aus dem Leben israelischer Berühmtheiten enthielten. Die vier Reisenden reagierten nicht auf den Verkäufer, als er ihnen mit seinen Hochglanzbüchern vor der Nase herumfuchtelte. Frau Copperfield klammerte sich an den Arm von Herrn Hellman, als sie weitergingen. Es gab auch andere Gruppen von Menschen, die den Weg entlanggingen. Die meisten von ihnen waren religiöse Gruppen. Den Weg zu gehen, war eine gemeinsame Attraktion für diejenigen, die glauben, dass sie Gott näher kommen können, wenn sie in Jesu Fußstapfen treten.

Mark dachte nicht an die Gruppe von Männern, die fast eine ganze Meile hinter ihnen herlief. Es waren viele Gruppen unterwegs, und solange sie nicht handelten, hatte er keinen Grund zu vermuten, dass sie etwas vorhatten. Aber das hatten sie. Es passierte alles sehr schnell. Schüsse ertönten und bevor einer von Reginalds Leibwächtern eine Bewegung machen konnte, schlugen ihre Körper auf dem Boden auf und Sandflocken flogen auf den Boden. Einer von ihnen hatte fast seine Waffe gezogen, aber sie fiel ungeschossen zu Boden. Reginald wurde unsanft zu Boden gestoßen, und der Professor, Kathy und Mark wurden an den Schultern gepackt. Ein Land Rover raste die Straße hinauf, wobei die Gläubigen in alle Richtungen verstreut wurden, und die Tür schwang auf. Die drei Reisenden wurden auf den Rücksitz geworfen und die Tür wurde zugeschlagen. Der Land Rover raste mit unglaublicher Geschwindigkeit davon und zwei Pistolen, eine vom Rücksitz und eine von der Vorderseite, waren auf Mark, Kathy und den Professor gerichtet. Der Mann auf dem Rücksitz, der Mark ins Auto gedrängt hatte, nahm seine Maske ab und lächelte sie an.

"Willkommen an Bord, meine Freunde", lachte er. Die Männer an der Spitze lachten mit ihm, und Mark war die Angst ins Gesicht geschrieben.

Sie wurden angewiesen, nicht zu sprechen, und als Kathy nicht gehorchte, wurde sie mit dem Kolben einer Pistole am Kopf getroffen und fiel nach vorne. Mark versuchte, nach ihr zu greifen, aber er fand den Lauf einer Pistole in seine Schläfe gedrückt.

"Ihr geht's gut, Loverboy. Sie macht nur ein Nickerchen. Warum nimmst du dir nicht ein Beispiel an deinem Freund hier." Er nickte dem Professor zu, der mit den

Händen im Schoß und gesenktem Kopf dasaß und niedergeschlagen aussah, weil er sich entschieden hatte, seinen Kunsthandel dafür aufzugeben.

"Du hast uns einen sehr mächtigen Mann gestohlen", sagte Mark. "Das wirst du bereuen."

"Das bezweifle ich", sagte er und schlug Mark auf den Schädel. Es wurde alles schwarz.

Als Mark erwachte, waren seine Handgelenke auf dem Rücken gefesselt und er atmete modrige Luft ein. Er befand sich unter der Erde. Es gab ein kleines vergittertes Fenster, das sich auf Augenhöhe befand, wenn er hätte stehen können. Er blinzelte und seine Augen gewöhnten sich langsam an das schummrige Licht. Er konnte sehen, dass er sich in einer Zelle mit einem schmutzigen Boden und drei schmutzigen Wänden befand. Die Gitterstäbe vor ihm waren der einzige Teil seiner Zelle, der nicht aus Erde bestand. Ihm gegenüber saß der Professor, nur durch die besagten Eisenstäbe von ihm getrennt. Der Professor sah aus, als ob er schliefe. Mark hoffte inständig, dass er schlief, als er an die anderen Möglichkeiten dachte.

Mark versuchte aufzustehen, stellte aber fest, dass er so gefesselt war, dass dieses Manöver sehr schmerzhaft war. Er schrie auf und fand seinen Weg zurück auf den Boden. Er schlängelte sich durch die Zelle und hustete den Staub aus seinem Mund, während er sich über den Boden arbeitete. Alle paar Meter musste er anhalten und sich ausruhen. Es war anstrengend. Er war stolz auf sich, als er die Gitterstäbe erreichte, aber als er vom Boden aufblickte, stellte er fest, dass er sein eigenes Spiegelbild sah, einige sehr glänzende schwarze Stiefel.

"Hallo", säuselte eine Stimme sanft. "Herr ... Hellman."

Die Stimme lachte schadenfroh. Mark hörte einen Schlüssel im Schloss klirren.

Mark wurde einen Gang hinunter und in einen Raum geschleppt. Er war nicht in der Lage zu gehen, während er gefesselt war, und seine Entführer ließen sich nicht dazu herab, ihn loszubinden. Er wurde auf einen Stuhl gehievt, der am Boden festgeschraubt war. Es war unglaublich schmerzhaft, auf dem Stuhl sitzen zu bleiben, denn seine gefesselten Hände und Füße zwangen ihn dazu, die Fötusstellung beizubehalten. Er wurde grausam gezwungen, immer wieder aufzustehen und zu versuchen, sich auf den Stuhl zu setzen. Zwei maskierte Männer taten dies mit ihm. Nach einer Zeit, die für Mark ein Jahr hätte sein können, in Wirklichkeit aber eher zehn Minuten war, meldete sich eine Stimme aus der Ecke.

"Genug. Er soll unten bleiben."

Mark konnte nichts sehen, aber seine Intuition sagte ihm, dass die Stimme von links kam, und als er seine Sinne durch den Schmerz hindurch fokussieren konnte, roch er scharfen, ungefilterten Zigarettenrauch, der ihm aus dieser Richtung in die Nase stieg. Der Besitzer der Stimme und des Zigarettenrauchs kniete sich neben

Mark hin, aber Mark wandte sich ab. So blieb er auch. Der Mann drehte ihn um und Mark stöhnte auf.

"Es tut mir leid, dass du das durchmachen musstest", sagte der Mann. "Das ist eine Übung, die wir hier machen. Sie macht die Leute eher ..." Er drehte seine Zigarette in der Luft und suchte auf spöttisch-ernste Weise nach den richtigen Worten. "Biegsam."

"Ich kann mir nicht vorstellen, warum", stöhnte Mark.

Der Mann lachte ein schreckliches, kehliges Lachen, das ihn zum Würgen brachte. Er lehnte sich auf seine Knie und hustete.

"Er hat also einen Sinn für Humor", sagte er. "Den behält er bei. Vielleicht hält er auch das aufrecht, was er in meiner Stadt tut."

"Dir gehört die Stadt nicht", sagte Mark.

"Ah, mein archäologischer Freund, da liegst du falsch. Diese Stadt gehört mir." Er musterte Marks Gesicht, um eine Reaktion zu sehen. "Ja", sagte er. "Ich weiß, wer du bist. Es ist nicht meine Aufgabe, Leute zu fangen, an denen ich kein großes Interesse habe.

"Das ist sehr großzügig von dir."

"Nochmals vielen Dank. Dein Sinn für Humor ist wirklich inspirierend. Aber fragst du dich nicht, warum du hier bist?"

"Ich bin in letzter Zeit so oft entführt worden, dass ich langsam das Interesse daran verliere."

Der Mann schaute zu seinen Mitarbeitern, die mit verschränkten Armen an der Tür standen. Sie nickten ihm zustimmend zu.

"Reggie hat dich also geschnappt, ja?" Er lachte noch mehr und Mark wünschte sich mehr als alles andere, dass dieser Mann nie wieder in seiner Gegenwart lachen würde. Es war ein wahrhaft gespenstisches Geräusch. "Ich hätte gedacht, dass er das hinter sich gelassen hat. Er behauptet, er sei heutzutage so ... fortschrittlich. Typisch."

"Du kennst Mr. Astair?"

"Mr. Astair? Wie anständig von Ihnen, obwohl ich Ihnen versichern kann, dass Ihr Freund diese Förmlichkeit nicht verdient. Ja. Ich kenne Reggie. Wir kennen uns schon lange. Ich bin ... wie er es ausdrücken würde, auch ein Sucher."

"Der Gral?"

"Offensichtlich", murmelte der Mann und zeigte erste Anzeichen von Verärgerung. "Hast du wirklich geglaubt, dass deine Besessenheit von dem Gral unbemerkt bleiben würde? Du bist ziemlich genial."

"Es blieb unbemerkt."

"Bei manchen, ja", sagte er, nahm den letzten Zug an seiner Zigarette und warf sie weg. "Aber nicht von den Gläubigen."

"Meine Herren", sagte er zu den anderen Männern. "Lasst uns Mark die Chance geben, sich zu waschen. Ich will ihn um halb sieben in meinem Esszimmer sehen."

"Was ist mit meinen Freunden?", sagte Mark, als der Mann aus dem Zimmer ging. Er schaute Mark über seine Schulter an.

"Das werden wir bei etwas Shakshouka und natürlich einem herrlichen Merlot aus dem feinen Napa Valley deines Landes besprechen. Bis dann, Mark", verbeugte er sich und verließ den Raum.

Die beiden Männer gingen auf ihn zu, um seine Fesseln zu durchtrennen.

"Es ist wirklich sehr einfach", säuselte der Mann. Mark wusste jetzt, dass sein Name Gabriel Mizrahi war. Mark wurde in ein Badezimmer gebracht, um sich zu waschen, und bekam weiche Leinenkleidung. Er musste zähneknirschend zugeben, dass er sich darin furchtbar wohl fühlte, nachdem er von diesen Männern misshandelt worden war. "Ich möchte, dass du stattdessen für mich arbeitest, aber nicht für den Gral."

"Du willst den Gral nicht? Aber ich dachte -", unterbrach ihn Gabriel.

"Ich will den Gral. Versteh mich nicht falsch. Aber es gibt noch andere Dinge, die ich will. Und ich glaube, du kannst mir dabei helfen."

"Ich weiß nicht, wovon du redest."

"Das Leichentuch, Mark, für den Anfang. Und die Dornenkrone. Zusammen mit dem Kelch Christi bilden sie die Dreifaltigkeit. Der Besitzer von allen dreien ist der Herr des Todes."

"Du glaubst das nicht? Du kannst den Tod nicht beherrschen."

Gabriel Mizrahi starrte Mark über den langen Eichentisch hinweg ganz gleichmäßig an. Er glaubte es wirklich.

"Was ich glaube, ist weder hier noch dort. Aber ich bin mir ziemlich sicher, dass dein Mr. Astair nach der gleichen Dreifaltigkeit sucht. Er ist, sagen wir mal, anderer Meinung darüber, was zuerst gefunden werden sollte. Das Leichentuch muss zuerst gefunden werden ... aus ganz praktischen Gründen."

"Und welche Gründe sind das?"

"Willst du dich nicht erst nach deinem Honorar erkundigen?"

"Du hattest vor, mich zu bezahlen?"

"Mark", sagte er und nahm einen Schluck von seinem Wein, nachdem er ihn in seinem Glas herumwirbeln ließ. "Sehe ich aus wie ein Monster?" Er lächelte Mark breit an. "Natürlich werde ich dich und deine Freunde bezahlen."

"Und wenn wir keinen Erfolg haben?"

"Ich glaube, du kennst die Antwort darauf."

Das tat er und er hatte keine Lust zu sterben.

"Sagen Sie mir, Mr. Mizrahi, warum zuerst das Leichentuch?"

Gabriel Mizrahi fuhr fort, Mark eine Geschichte zu erzählen. Es war eine Geschichte über einen engagierten jüdischen Archäologen in den 1930er Jahren. Herr Mizrahi vergaß zu erwähnen, dass es sich bei diesem Mann um seinen Großvater handelte, aber Mark setzte die Teile schließlich zusammen. Dieser Archäologe war auf der Suche nach dem Grabtuch von Christus. Der Mann war nur dem Namen nach Jude und wie die meisten Archäologen war er im Herzen ein Säkularer. Aber er hatte eine tiefe und mystische Faszination für die Dreifaltigkeit der Wirkungen Christi, die er an seinen Sohn und schließlich an seinen Enkel weitergeben sollte. In den frühen Jahren der 1930er Jahre machte er große Fortschritte bei der Suche nach dem Grabtuch und glaubte, es an einem bestimmten Ort gefunden zu haben. Er hatte den Eindruck, dass das Grabtuch Christi zu einem Familienerbstück geworden war und mit einer der vielen jüdischen Familien, die sich im Laufe der Jahrhunderte auf den Weg nach Europa gemacht hatten, nach Europa gekommen war. Er war kurz davor, den Standort des Grabtuches zu bestimmen, als Hitler an die Macht kam. Gabriel Mizrahi glaubte, dass das Grabtuch, wie so viele andere unbezahlbare Antiquitäten, einer jüdischen Familie von SS-Offizieren als Bestechungsgeld abgenommen worden war, ohne dass sie die Absicht hatten, das Geschäft zu vollenden. Und wie die meisten dieser Altertümer lag es immer noch in einem Banktresor in der Schweiz. Zumindest glaubte Gabriel Mizrahi das.

"Ich würde denken, dass sie damit die am wenigsten dringende der drei ist", sagte Mark skeptisch.

"Aber genau da liegst du falsch", sagte Gabriel. "Du schenkst den Nachrichten in deinem kleinen Loch im Pentagon nicht genug Aufmerksamkeit. Die dreckigen Schweizer verlieren endlich ihren Kampf vor den Gerichten. Es wird Berufung eingelegt, aber es wird nicht mehr lange dauern, bis die Tresore geöffnet werden und sie sich einer neuen Offenlegungspflicht unterwerfen müssen. Das kann mit dem Leichentuch nicht passieren. Ich werde es dann nie finden. Es muss vorher sein. Ich kann damit leben, dass ein längst vergessener Van Gogh an die Erben seiner rechtmäßigen Besitzer zurückgegeben wird, aber das Leichentuch gehört mir. Und es kommt zuerst."

"Und Mr. Astair?"

"Er kann auf sich selbst aufpassen."

"Geht es meinen Freunden gut?"

"Sie sind in viel besserer Verfassung als du, das versichere ich dir."

"Dann lass uns die Logistik besprechen."

# 4

"Das kann doch nicht dein Ernst sein?" Der Professor ging im Zimmer auf und ab. Es war der Raum, in den Mark verlegt worden war, als man ihm Kleidung und die Möglichkeit zum Duschen gegeben hatte. "Wir nehmen ihn einfach beim Wort?"

"Oh, natürlich nicht", sagte Mark. "Ich traue ihm nicht eine Minute lang. Aber so wie ich das sehe, haben wir keine große Wahl."

Kathy saß mit dem Rücken zur Tür und hatte die Hände vor dem Gesicht verschränkt, um ihren Mund zu bedecken. Sie senkte sie, um zu sprechen.

"Mark hat recht. Was passiert, wenn wir Nein sagen?"

"Nichts Gutes", murmelte der Professor. "Vor zwei Tagen habe ich noch Fälschungen verkauft und meinen nächsten Spaziergang durch das Rotlichtviertel geplant.

Es war kein glamouröses Leben, aber es war sicherer als dieser Scheiß hier."

"Das kann ich nachempfinden, Professor, aber so ist es nun mal. Das ist es, womit wir im Moment leben."

"Dann fahren wir wohl in die Schweiz?", sagte Kathy und stand auf. Sie ging hinüber zu dem Professor, der auf und ab ging, während Mark lässig die Arme vor der Brust verschränkte. Sie breitete seine Arme aus und legte sie um ihre Schultern, bevor sie ihn zärtlich küsste und umarmte. Mark sagte ihr nicht, wie sehr es wehtat, sie zu umarmen. Keiner von ihnen wusste, was man ihm angetan hatte, und er hatte auch nicht vor, es ihnen zu sagen.

Mark ließ Kathy los und ließ einen Arm über sie gelegt. Sie drehten sich beide zu dem Professor um, der auf sie zukam. Sie kauerten sich zusammen.

"Wir sitzen im selben Boot", sagte Mark. Sie stimmten alle zu.

Gabriel Mizrahi hatte auch ein Flugzeug. Die zweimotorige Turboprop-Maschine war nicht annähernd so luxuriös wie das Flugzeug von Reginald Astair, aber es war ein Flugzeug. Mark beobachtete durch das winzige und verkratzte Fenster, wie es aufheulte und sie bald in der Luft waren.

Herr Mizrahi informierte sie, dass er einen Kontakt in Genf habe, der sie auf dem Rollfeld treffen würde.

"Er ist unsere beste Chance, in die Credit Suisse zu kommen", erklärte er. "Schließlich hat er früher dort gearbeitet."

"Und?", fragte Kathy.

"Sagen wir einfach, er hatte ein paar persönliche Probleme und arbeitet nicht mehr dort."

"Lass uns einfach", murmelte der Professor und strich sich über seine ergrauten Bartstoppeln.

"Wie auch immer", fuhr Mr. Mizrahi fort. "Etwas unentdeckt aus einem Schweizer Tresor zu holen, ist keine leichte Aufgabe und schon gar nicht für einen Archäologen. Wir werden also Hilfe brauchen. Du wirst natürlich dafür verantwortlich sein, die Echtheit des Grabtuches zu bestätigen, sobald wir es haben." Er sprach, als ob es unvermeidlich wäre, dass sie herausfinden würden, in welchem Gewölbe sich das Grabtuch befand, und dass sie einbrechen und es holen könnten, ohne erwischt zu werden.

"Wir können dir nur sagen, ob es aus der richtigen Zeit stammt", sagt Kathy.

"Den Rest werde ich wissen", sagte Gabriel verträumt. "Vertrau mir. Ich werde es wissen."

Markus fand den Glauben des Mannes an die Dreifaltigkeit des persönlichen Wirkens Christi bewegend, aber auch beunruhigend.

Der Rest des Fluges mit seinen zwei Zwischenstopps zum Tanken war ereignislos, aber relativ laut. Mark tröstete sich mit der atemberaubenden Aussicht auf die Alpen, die er aus seinem kleinen Fenster genießen konnte. Das war auf jeden Fall besser als die Aussicht aus dem Loch im Pentagon. Er fragte sich, was die Leute in dem Loch machten, während er mit Kathy, seinem alten College-Professor und einem israelischen Verrückten über die Alpen flog. Was auch immer es war, dachte er sich, es war nicht so belebend oder aufregend wie das hier. Mark hatte Angst, aber er war *am Leben.*

Sie wussten nicht, wohin Mr. Mizrahi sie bringen würde. Genf war nicht wie andere europäische Städte, in denen Mark und Kathy vor Ort gewesen waren. Im Vergleich dazu kam ihnen London wie ein Provinznest vor. Mark hatte noch nie so viele Menschen auf einem Fleck gesehen. Die Straßen läuteten mit Fahrradklingeln, denn jeder schien sich gezwungen zu fühlen, sie ständig zu benutzen. Sie überquerten die Straße und rannten durch gefährlich kleine Verkehrspausen auf der Straße. Die Bürgerinnen und Bürger, die auf dem Bürgersteig liefen und mit ihren Handys telefonierten, schienen von dem Chaos um sie herum nichts mitzubekommen.

Gabriel Mizrahi bahnte sich seinen Weg durch die Menge, schulterte und schob Passanten aus dem Weg, wenn es nötig war.

Es schien dem Professor (der es über den Lärm hinweg in Marks Ohr rief), dass sie in eine nicht so angenehme Gegend unterwegs waren. Auch die Menschenmenge lichtete sich nach einer Weile und schließlich fanden sie sich nur noch in Begleitung einer verlorenen Seele wieder. Erst dann wurde Mr. Mizrahi langsamer.

"Wo sind wir?", sagte Mark.

"Das jüdische Viertel", sagte er. "Das Ghetto, das für die Juden geschaffen wurde, die während des Krieges in der Schweiz waren. Es hat sich nie wirklich erholt. Die Leute sagen, dass ein schlechter Geruch in der Luft liegt oder dass es in den Gebäuden spukt."

"Was denkst du?", fragte Mark.

"Ich glaube ...", er hielt inne. "Ich glaube, dass mein Partner hier wohnt und dass wir mit ihm reden müssen."

Es war für Mark offensichtlich, dass Gabriel noch etwas anderes zurückhielt, aber er drängte ihn nicht. Gabriel Mizrahi hatte in kurzer Zeit einen sehr deutlichen Eindruck auf Mark gemacht, und er machte nicht den Eindruck eines Mannes, der gedrängt werden sollte. Mark würde einfach auf seine Antworten warten müssen.

Als sie ein niedriges Gebäude mit verdunkelten Fenstern erreichten, holte Gabriel ein Blatt Papier aus seiner Tasche und klopfte leise an.

Die Tür öffnete sich einen Spalt und ein Augenpaar schaute zu ihnen heraus.

"Bist du das, Gabriel?"

"Siehst du nicht, dass ich es bin, Snead?", antwortete Mizrahi.

"Ich kann im Licht nicht mehr gut sehen. Wie hieß unser Rabbiner, als wir zehn waren?"

"Schulman."

"Wie war sein Vorname?"

"Verdammt noch mal, ich weiß seinen Vornamen nicht mehr, machst du die Tür auf?"

Der Mann, den Mr. Mizrahi Snead nannte, öffnete die Tür, hielt aber inne, nachdem Gabriel eingetreten war, und sah seine Begleiter misstrauisch an.

"Sie gehören zu mir", sagte Gabriel. 'Sie sind der einzige Grund, warum ich zu dir gekommen bin, also lass sie rein."

Es war die seltsamste Wohnung, die Mark je gesehen hatte. Es gab keine Möbel, nur ein paar verstreute Kissen. In der Mitte des Raumes brannte eine Kerze auf dem Boden, über die sorgfältig ein Lampenschirm gestülpt war, um das ohnehin spärliche Licht zu dämpfen. Der ganze Raum war in einen bedrückenden Schatten der Dunkelheit getaucht. Es war zwar nicht völlig dunkel, aber das Licht der Kerze reichte gerade aus, um die schlimmsten Seiten des Lebens zu beleuchten.

"Lassen Sie sich nicht stören", sagte der Mann, während er die Tür schloss und sieben Schlösser nacheinander zuzog. Mark konnte sich nicht vorstellen, was es zu stören gab.

Snead war ein zappeliger Mann, der einen schmutzigen Bademantel und dicke Socken trug. Er hatte den Schatten eines Bartes, also dachte Mark, dass er einen Rasierapparat besitzen oder sich auf irgendeine Weise pflegen musste. Er rieb sich ständig mit seinen schmutzigen Fingern an der Nase.

"Willst du uns nicht einladen, uns zu setzen?", sagte Gabriel. "Obwohl ich sehe, dass du im Moment wenig Möbel hast. Alles verpfänden?"

"Vielleicht", antwortete der Mann. "Hast du etwas für mich?"

"Vielleicht", säuselte Gabriel und sein Interesse war geweckt. "Wenn du mich mit einem guten Klempner in Kontakt bringst."

"Schwer zu finden ... einige sind weg ... verhaftet ... oder legal geworden", stotterte der Mann ungleichmäßig.

"Oh, ich bin sicher", fuhr Mizrahi unbeeindruckt fort, "du könntest jemanden auftreiben. Was sagst du dazu?"

Mr. Mizrahi griff in seine Tasche und zog eine kleine Plastiktüte heraus.

"Nun", sagte Snead. "Luc könnte in der Stadt sein. Er könnte ein paar andere kennen. Vielleicht bekommst du so eine gute Mannschaft zusammen. Über welche Art von Klempnerarbeiten reden wir? Ein großer Job?"

"Die größte."

"Und die hier passen irgendwie dazu?", wies er auf Kathy, Mark und Dr. LeTrec, die einzeln an der Wand aufgereiht waren. Es gab nichts anderes zum Anlehnen.

"Es steht mir nicht zu, das zu kommentieren."

"Du hast dich immer sehr bedeckt gehalten. Darf ich jetzt?", sagte er und griff nach der Tasche in Gabriels Hand. Gabriel zog sie weg.

"Ich glaube, du musst zuerst einen Anruf für mich machen."

"Natürlich, natürlich", murmelte Snead und ging aus seinem schmuddeligen Wohnzimmer in eine Küche, von der Mark sich nicht vorstellen konnte, dass sie noch viel schlimmer aussehen könnte.

"Vertrau mir", sagte Mr. Mizrahi und wandte sich an seine Begleiter, nachdem Snead den Raum verlassen hatte.

"Haben wir eine Wahl?", sagte Mark.

"Guter Junge."

Der Professor und Kathy warteten im Auto. Es war ein Renault, der auf der anderen Straßenseite des Cafés geparkt war, in dem Mark und Mr. Mizrahi Luc treffen wollten. Wenn Luc einen Nachnamen hatte, war er nicht zu erkennen gewesen. Kathy konnte durch die Fenster des Cafés gerade noch Marks Kopf über dem Dach eines geparkten Autos sehen.

"Er wackelt mit dem Kopf", sagte der Professor. "Nickt er jemandem zu? Ist dieser Typ aufgetaucht?"

"Nein", sagte Kathy. "Er ist nur nervös. Ich wette, er wippt auch mit den Füßen."

Der Professor trommelte mit seinen Fingern auf die Kopfstütze von Kathys Sitz. Es begann zu regnen. Zuerst war es nur ein Nieseln, aber es wurde immer stärker, bis es zu einem regelrechten Wolkenbruch wurde. Es gab keine Hoffnung, irgendetwas von dem zu sehen, was in dem Café vor sich ging.

"Was glaubst du, warum wir nicht durften?"

"Das schon wieder? Wir haben das schon so oft besprochen, ich weiß nicht, Kathy. Sei nicht so hartnäckig. Ich dachte, ihr Archäologen seid großartig darin, entführt und zu Missionen gezwungen zu werden. Ich habe Filme gesehen."

"Sehr witzig, aber im Ernst. Wie kann es dich nicht stören, dass wir das verpassen müssen?"

"Natürlich stört es mich, aber jetzt halt die Klappe darüber. Ich versuche nur, nicht zu viel darüber nachzudenken."

Ein Mann kam heran und klopfte laut an das Fenster der Fahrerseite. Er klopfte immer wieder mit den Fingerknöcheln gegen die Fensterscheibe. Er hatte einen dunklen Bart und dem Geräusch seiner Fäuste nach zu urteilen, trug er wohl mehrere Ringe. Wäre Kathy nicht angeschnallt gewesen, wäre sie vielleicht gegen die Decke des Wagens geprallt und hätte sich eine Gehirnerschütterung zugezogen, so erschrocken war sie im ersten Moment von dem Lärm.

"Scheiße", sagte der Professor und trommelte wieder mit seinen Fingern auf die Kopfstütze.

"Was? Was will er denn?"

"Er denkt, wir sind ein verdammtes Taxi", sagte er.

Sie saßen in einem gelben Geländewagen, der am Morgen vor ihrem Hotel aufgetaucht war. Gabriel war hineingesprungen, da er die Schlüssel hatte und sich niemand traute, Fragen zu stellen.

"Dann sag ihm, er soll verschwinden", sagte Kathy.

"Warum tust du es nicht? Bei dem Wetter mache ich kein Fenster auf."

"Mein Gott", murmelte sie.

Sie beugte sich über die Mittelkonsole, drückte den Knopf für den Bruchteil einer Sekunde und ließ das Fenster nur ein wenig krachen. Der Regen prasselte immer noch durch den Spalt im Fenster und sammelte sich auf dem Fahrersitz. Mr. Mizrahi würde sich darüber freuen.

"Wir sind kein verdammtes Taxi", schrie sie und drückte den Aufwärtsknopf. "Meinst du, das lässt ihn verschwinden?"

"Das sollte es auch", sagte der Professor.

Plötzlich krachte ein Brecheisen durch das Fenster auf der Fahrerseite und besprühte Kathy mit Glasscherben und Wassertropfen, die nur durch das Fehlen von Blut, das das Wasser mit sich zog, voneinander zu unterscheiden waren. Eine behandschuhte Hand griff hinein und entriegelte die Tür. Kathy und der Professor waren beide zu verblüfft, um etwas zu tun. Der Mann öffnete die Tür und schloss sie hinter sich. Er schloss das Auto auf und ein anderer Mann stieg mit dem Professor auf den Rücksitz.

"Bleibt ihr oder geht ihr?", kicherte der zweite Mann und zeigte seine vergilbten Zähne, die fast die gleiche Farbe wie das Auto hatten.

Kathy und der Professor flohen aus dem Auto und sahen hilflos vom Bordstein aus zu, wie das Auto davonfuhr und eine Spur aus Glasscherben hinterließ.

"Wie ist der Typ denn so?", sagte Mark und nippte an seinem Espresso, den Gabriel ihm bestellt hatte. "Du bestellst immer etwas, auch wenn du es nicht trinkst", hatte er gesagt. "Du musst wie ein normaler Kunde aussehen."

"Aber soweit ich weiß ... bin ich ein normaler Kunde", hatte Mark gesagt. "Und ich mag keinen Espresso."

Gabriel hatte ihm trotzdem einen Espresso bestellt.

"Er ist gut in seinem Job", sagte Herr Mizrahi.

"Welches ist?"

Gabriel Mizrahi starrte Mark nur an und nippte an seinem Espresso. Gabriel Mizrahi liebte Espresso, und er genoss ihn. Das Café war ziemlich gut. Draußen gab es eine Art Krawall. Sie dachten, sie hätten gehört, wie ein Fenster zerbrach und Glas auf den Bürgersteig schlug, aber es regnete so stark, dass sie durch die beschlagenen Fenster des Cafés nichts sehen konnten. Nach mehreren Versuchen von Mark, ein Gespräch zu beginnen, saßen sie schweigend da. Gabriel wollte nicht einmal über Gralskunde sprechen. Er war gereizt, und Mark mochte es nicht, wenn ein Mann wie Gabriel gereizt war. Das bedeutete, dass dieser Luc "gut genug in seinem Job" war, um Gabriel Angst zu machen.

Es war offensichtlich, dass der Mann, auf den sie warteten, angekommen war, als er durch die Tür kam. Er war ein riesiger Mann, eher zwei als drei Meter groß, und er trug einen Turban auf dem Kopf, der ihn noch größer erscheinen ließ. Er hatte einen dichten Vollbart, aus dem ein paar graue Haare herausragten. Sein Kiefer war eisern, wie aus Stein gemeißelt. Er nickte Gabriel zu und kam zu ihrem Tisch. Er zog einen Stuhl von einem anderen Tisch heran und bevor Mark ihm sagen konnte, dass sie ihm bereits einen Stuhl reserviert hatten, schob er ihn an einen anderen Stuhl heran und setzte sich zwischen die beiden, so wie ein normal großer Mann sich zwischen einen Stuhl gesetzt hätte.

"Du siehst gut aus, Gabriel", sagte der Mann mit einer sanften Stimme, die seiner Größe nicht gerecht wurde. "Obwohl ich müde bin, muss ich zugeben."

Mark konnte den Akzent des Mannes nicht zuordnen, aber er war nicht europäisch.

"Ich hoffe, es geht dir auch gut, Luc?", sagte Gabriel.

"Allah, gepriesen sei sein Name, war gut zu mir. Einige andere von der alten Mannschaft nicht so sehr. Was führt dich auf Schweizer Boden?"

"Eine Besorgung."

"Ist das nicht immer ein Botengang mit dir? Wer ist dein Freund?"

"Ich bin nicht sein Freund", sagte Mark und streckte seine Hand aus. Der Mann sah überrascht aus, nahm sie aber herzlich entgegen. "Und mein Name ist unwichtig, aber du kannst mich M nennen."

Der Mann lachte ein tiefes Bauchlachen, das das ganze Restaurant zu erschüttern schien. Er klatschte mit der Hand auf den Tisch und Mark spürte, wie sie von allen Seiten angestarrt wurden. Der Kellner kam angerannt und fragte, ob er etwas für den Neuankömmling holen könne. Luc bestellte eine Amandine und schickte den Kellner weg.

"Dein junger Freund glaubt also, dass er ein Spion ist, Gabriel? Du bringst mich zum Lachen, wenn du einen Mann wie ihn mitbringst. Was ist das für ein Auftrag?"

"Dieser Mann ist nützlich für mich. Das ist alles, was zählt. Und ich wollte, dass du sein Gesicht kennst ... damit du es nicht wegwirfst, wenn die Zeit gekommen ist. Ich möchte, dass sein Kopf bleibt, wo er ist."

"Und eine hübsche ist es, nicht wahr?" Luc leckte sich über die Lippen und lachte wieder, dieses Mal weniger herzhaft. "Ist es ein typisches Arrangement, nach dem du suchst?"

"Ja. Sonst nichts. Du musst dich nicht mit Details aufhalten. Ich kann dir einen Ort geben, an dem du sein kannst und eine Überweisung."

"Ich will das Doppelte von dem, was ich in Prag hatte."

"Erledigt", sagte Gabriel. Er stand auf und winkte Mark, ihm zu folgen. Sie schüttelten sich nicht die Hände und verabschiedeten sich auch nicht von Luc, sondern verließen das Café und gingen in den Regen. Gabriel schien so viel Abstand zwischen sich und Luc bringen zu wollen, wie er konnte. Er trug einen Regenschirm unter dem Arm, das konnte Mark sehen, aber er öffnete ihn in seiner Eile nicht.

Gabriel blieb plötzlich stehen. Er starrte mit offenem Mund auf den Bordstein auf der anderen Straßenseite. Der Professor und Kathy standen dort und schauten verblüfft. Kathys Gesicht blutete.

Mark rannte über die Straße, wurde nur knapp von mehreren Autos verfehlt und ging, um sich nach Kathys Gesundheit zu erkundigen. Herr Mizrahi drückte ungeduldig auf den Knopf des Zebrastreifens und atmete schwer vor Wut.

"Das Arschloch hat uns reingelegt", sagte Gabriel, bevor Kathy und der Professor Entschuldigungen stammeln konnten. "Scheiße!", schrie er und trat gegen eine Glasscheibe, die einmal Teil seines Autofensters gewesen war, und ließ sie auf die Straße schleudern. "Komm schon", sagte er. "Wir werden laufen. Das wird uns gut tun."

Sie liefen die elf Blocks zurück zum Hotel und Herr Mizrahi bat sie alle, in sein Zimmer zu kommen. Es war ganz anders als die Zimmer, in denen die anderen untergebracht waren. Das Zimmer, das eigentlich eine Suite war, hatte einen Springbrunnen, einen funkelnden Kronleuchter und drei Bäder. Sie setzten sich um den Kamin im Wohnzimmer und Gabriel begann, sich die Schläfen zu reiben.

"Das war meine Schuld", sagte er. "Was heute passiert ist. Ich war nachlässig. Ich hoffe, es geht euch beiden gut?"

Kathy und der Professor nickten, überrascht über den besorgten Ton in Mr. Mizrahis Stimme.

"Ich habe versprochen, dass dir nichts passiert und ich stehe zu meinem Wort. Das solltest du wissen, wenn du etwas weißt. Ich nehme mein Wort nicht zurück."

"Also", sagte Mark. "Was ist passiert?" Er sagte, was sie alle dachten.

"Luc schätzt es nicht, wenn ich ungedeckte Frauen zu unseren kleinen Geschäften mitbringe. Er weiß, dass ich ihm immer entgegenkomme. Deshalb habe ich Kathy gebeten, im Auto zu bleiben."

"Was ist mit mir?", fragte der Professor.

"Ihr seid beide Franzosen. Ich wollte mich einfach nicht damit befassen. Aber er hat uns eindeutig vor dem Treffen verfolgen lassen. Er wusste, dass ich mit einer Frau zusammen war und dass ich sie im Auto zurücklassen würde. Und er hat ein paar seiner Kumpels beauftragt, es mir zu stehlen."

"Wozu?"

"Um mich zu ärgern."

"Dann ist es also aus? Was immer du willst, dass er tut?"

"Was?", sagte Gabriel, wirklich schockiert über die Andeutung. "Natürlich nicht. Er ist der Beste. Wir sagen nichts über seine kleine Überraschung. Ich entschuldige mich aufrichtig bei euch beiden. Jetzt", sagte er. "Wenn ihr mich entschuldigen würdet."

Er ging zu seinem Hoteltelefon und wählte eine Nummer.

"Ja, Sabrina bitte, wenn du kannst. Nein, nicht Cynthia, ich habe immer Sabrina gehabt. Ja, ich weiß. Dann zahle ich mehr, wenn du die stornierst. Ja. Vielen Dank. Aber natürlich." Er hielt seine Hand an den Hörer des Telefons und warf ihnen mit einer Handbewegung einen verärgerten Blick zu. Er sagte: "Raus", und sie gingen gemeinsam in ihre viel weniger beeindruckenden Zimmer zurück.

Kathy bestand darauf, dass sie nichts weiter tun wollte, als ins Bett zu gehen, also gingen Mark und sein alter Professor in die Hotellobby, um Tee zu trinken und über die Ereignisse des Tages und die Zukunft nachzudenken.

"Weißt du noch, als wir Akademiker waren?", sagte der Professor und rührte Zucker in seinen Earl Grey. "Da war alles herrlich hypothetisch und passte genau zwischen die Ränder. Was ist daraus geworden?"

"Wir hätten Linguistik studieren sollen", sagte Mark humorlos. "Den ganzen Tag nichts als Worte. Das kann ja nicht so schlimm sein."

"Klingt furchtbar", sagte der Professor und beide lachten.

"Na gut. Ist ein Autodiebstahl so schlimm, wie er angepriesen wird?"

Die Rezeptionistin warf ihnen einen neugierigen Blick zu, wandte sich aber sofort wieder ihrem Fernsehprogramm zu.

"Alles und mehr, mein Junge. Ich kann mir vorstellen, dass das nicht die letzte Aufregung auf dieser Reise ist, oder?"

"Irgendwie glaube ich nicht", sagte Mark. "Irgendwie glaube ich nicht."

# 5

Das Telefon in Kathys und Marks Zimmer klingelte früh am Morgen. Kathy stöhnte und griff nach Mark, um den Hörer abzunehmen. Die Stimme am anderen Ende war vertraut und leise und der Klang weckte Kathy sofort auf. Sie legte den Hörer auf und rüttelte Mark wach.

"Du musst das Telefon nehmen", sagte sie.

"Hallo, Mark. Wie geht es dir?" Es war Reginald Astair. "Keine Panik, der Anruf ist sicher. Ich war sehr vorsichtig."

"Von wo aus rufst du gerade an?"

"Das kann ich dir nicht sagen."

"Was kannst du mir sagen?"

"Dass ich in der Nähe sein werde. Ich werde dich beobachten. Sei bereit. Ich kann dir nicht sagen, wann und wo du sein wirst, aber es wird eine Zeit kommen, in der ich da sein und dich retten werde. Dann können wir wieder tun, was wir vorhatten zu tun. Verstehst du das?"

"Ja", sagte Mark wie ein Roboter.

"Gut."

Nach einem Klicken war die Leitung tot und Mark erklärte Kathy, was Reginald gesagt hatte.

"Sollen wir es dem Professor sagen?", fragte sie.

"Vielleicht ... aber noch nicht", sagte Mark. "Es sei denn, er hat selbst einen Anruf bekommen. Ich denke, wir halten uns da bedeckt."

"Wir scheinen darin ziemlich gut zu werden."

"Wir werden auch in etwas anderem ziemlich gut."

"Ach ja?", sagte sie, rollte sich auf den Rücken und biss in die Spitze ihres kleinen Fingers. "Und was ist das?"

Mark schwamm durch das Meer von Laken zu ihr.

An diesem Morgen trafen sie sich nach dem Frühstück in Mr. Mizrahis Zimmer, wo er ihnen sagte, was sie an diesem Tag zu tun hatten. Es war klar, dass es ein aufregender Tag werden würde.

"Ich habe den Rest des Teams zusammengestellt, das wir brauchen", sagte er. "Du kennst Luc bereits, aber einen Schweizer Banktresor zu stehlen ist keine leichte

Aufgabe. Heute müssen wir einen kurzen Abstecher nach Montreux machen, um etwas sehr Wichtiges zu holen."

"Was ist das?", sagte Mark.

"Unsere Uniformen."

Gabriel hatte eine neue Reisemethode für sie arrangiert. Da ihr Auto am Vortag gestohlen worden war, hatte er offensichtlich nicht seine Zeit verschwendet. Als sie nach draußen gingen, warteten zwei schnittige, schwarze Ducatis beim Parkservice auf sie. Der Professor sollte mit Mr. Mizrahi fahren und Kathy mit Mark. Mark nahm den Helm vom Diener entgegen und zog ihn sich über den Kopf. Er klappte die Sonnenblende hoch und sah zu, wie Kathy auf das Motorrad kletterte, ihren Helm bereits aufgesetzt.

"Kommst du?", fragte sie. Sie ließ den Motor aufheulen und machte deutlich, dass sie am Steuer saß.

Mark ist aufgesprungen.

"Halt dich gut fest", sagte sie. Und das tat er. Er schlang seine Arme um ihre schmale Körpermitte und schon waren sie unterwegs.

Es gibt wohl kein besseres Land als die Schweiz, um mit dem Motorrad durchzufahren. Sie fuhren über Bergpässe und kurvenreiche Straßen, wo die frische Bergluft über ihre Helme und Schultern strömte. An einem Punkt, weit vor Gabriel und dem Professor, hielt Kathy das Motorrad an einer besonders schönen Stelle an. Sie hielt an der Seite an, nahm ihren Helm ab und legte ihn in ihren Schoß. Die Wipfel der Tannenbäume wiegten sich im Wind, während unter ihnen der Lac Léman in der Sonne glitzerte. Ein Vogel flog hoch am Himmel und stürzte sich auf ein Tier, das sie nicht sehen konnten.

Kathy drehte sich um und zog Mark den Helm vom Kopf. Er lächelte sie an.

"Ist es nicht wunderschön?", sagte sie.

"Ja", antwortete Mark und schaute nicht auf ihre Umgebung, sondern direkt in ihre Augen.

Kathy nahm Marks Gesicht in ihre Hände, die Rauheit ihrer Handflächen war angenehm, und küsste ihn tief. Es war schnell vorbei, der Moment war nur kurz, bevor sie sich wieder auf den Weg machen mussten. Sie warfen noch einen Blick auf die Berge und den See, setzten ihre Helme wieder auf und ließen den idyllischen Moment, den sie geteilt hatten, genau dort, wo er war, bevor sie über ihn gestolpert waren.

Nach einer Weile holten Mr. Mizrahi und der Professor Mark und Kathy ein und nach ungefähr zwei Stunden gab Mr. Mizrahi das Zeichen, ihm von einer Ausfahrtrampe zu folgen. Als sie unten an der Rampe ankamen, musste Mark feststellen, dass es hier nichts gab. Nun, fast nichts. Es gab eine stadiongroße Lagerhalle aus Wellblech, die aussah, als wäre sie seit Jahrzehnten nicht mehr benutzt worden.

"Da sind wir", sagte Gabriel.

"Hier?", sagte Kathy und sprach damit die Gedanken von Mark und dem Professor aus.

"Ja", sagte Gabriel. "Das ist der richtige Ort. Absolut entscheidend."

Sie stiegen von den Motorrädern ab und gingen den ganzen Weg um das Gebäude herum zu einer kleinen Tür, für die Gabriel einen Schlüssel in seiner Motorradjacke hatte. Er war der Typ Mann, der immer den richtigen Schlüssel für den richtigen Moment zu haben schien. Es dauerte ein wenig, bis der Schlüssel passte, aber nach einem Moment öffnete sich die Tür knarrend und die Bewegungssensoren schalteten die leistungsstarken Leuchtstoffröhren über dem Gebäude ein. Mark konnte nicht sehen, wofür sie mehrere Stunden gefahren waren. In dem Lagerhaus befanden sich nur Kisten. Die hintere Hälfte des Lagers bestand vom Boden bis zur Decke aus Pappkartons. Dorthin wollte Gabriel ohne weitere Erklärungen gehen. Sie konnten das Huschen von Mäusen hören, die es nicht gewohnt waren, gestört zu werden, während sie gingen.

Als sie die Stapel von Kisten erreichten, begann Gabriel sie scheinbar wahllos zu öffnen.

"Nö", sagte er. "Nein. Das hier nicht. Wärmer, aber nein."

Kathy, Mark und der Professor gingen hinter Gabriel und warfen einen Blick in die Kisten, die er geöffnet hatte, und was sie sahen, war überraschend. In jeder Kiste befand sich eine andere Uniform. Eine Kiste enthielt Uniformen der amerikanischen Post. Eine andere enthielt Clownskostüme. Eine war vollgestopft mit grünen Barista-Schürzen. Mark war entsetzt, als er in einer Kiste die geflügelten Uniformen von fast allen großen internationalen Fluggesellschaften sah. Das ging fast eine Stunde lang so weiter, bis Gabriel schließlich die Hände in den Schoß legte.

"Voilà!"

Was Gabriel schließlich gefunden hatte, war eine Kiste mit Uniformen einer bestimmten Bank in Genf, Schweiz. Es gab die Uniformen für die Kassierer, komplett mit angeheftetem Ascot, die Krawatten und Krawattenklammern, die für Berater und Manager nötig waren, mit den entsprechenden Namensschildern, und es gab eine für die Sicherheitsleute. Gabriel musste in den Kisten in der Nähe stöbern, um ein weiteres Wachmann-Outfit zu finden: Er suchte das größte, das er finden konnte. Er wies Mark an, sich eine Krawatte und eine Krawattenklammer auszusuchen, Kathy sollte sich eine Kassiereruniform aussuchen. Nur der Professor wurde ausgelassen.

"Nichts? Wenn ich schon mein Leben in einem Schweizer Gefängnis verbringen muss, möchte ich wenigstens dabei sein", sagte er.

"Du wirst involviert sein", sagte Herr Mizrahi. "Du wirst draußen sein und die Show leiten. Mach dir keine Sorgen um deine Beteiligung."

Als sie ihre neuen Uniformen ordentlich in den Seitentaschen ihrer Motorräder verstaut hatten, stiegen sie wieder auf ihre Motorräder und fuhren zurück nach Genf. Bevor sie losfuhren, nörgelte der Professor noch einmal:

"Es war eine lange Reise. Können wir auf dem Rückweg anhalten und etwas zu essen holen?"

Gabriel Mizrahi starrte den Professor an, als ob er eine noch viel absurdere Frage gestellt hätte. Gabriel schaute in die Ferne und blinzelte. Mark hatte das Gefühl, dass er etwas Bestimmtes suchte, und er konnte nicht umhin, an den Anruf zu denken, den er und Kathy an diesem Morgen in ihrem Zimmer erhalten hatten.

"Nein", sagte Gabriel. "Das können wir nicht."

Der Tag der Motorradtour war zwei Tage vor dem geplanten Banküberfall. Woher er so sicher war, dass es die richtige Bank war, wollte Gabriel nicht verraten, sondern nur immer wieder sagen:

"Das ist sie."

Mark überlegte, dass Vertrauen in Gabriels Beruf sehr wichtig sein muss.

Am nächsten Tag ließ Gabriel sie zum ersten Mal völlig außen vor, als er mit den anderen Teammitgliedern etwas planen ging. Offensichtlich gab es neben Luc noch zwei weitere Personen, die an der Operation beteiligt sein würden. Mark war der Meinung, dass es meist am besten ist, die Dinge einfach zu halten, aber er hielt den Mund. Er und Kathy blieben fast den ganzen Vormittag im Bett, aber gegen Mittag standen sie auf. Kathy ging hinunter in die Hotelbibliothek und kam ein paar Minuten später zurück. Mark saß in einem Sessel, trank Kaffee und hatte die Nachrichten im Fernsehen auf stumm gestellt.

"Schau dir das an", sagte Kathy. Sie hielt ein Buch in der Hand. Es war *"Die Geheimnisse des Heiligen Grals"* von Marcus Watters.

Mark grinste sie an.

"Watters? Du machst Witze, oder? Du weißt doch sicher, dass er ein Schreiberling der untersten Kategorie ist."

"Natürlich weiß ich das. Jeder, der jemals zehn Minuten mit dir verbracht hat, weiß, wie sehr du Marcus Watters hasst."

"Ich habe ihn bei einem Archäologiekongress in Boston fast geschlagen."

"Ich habe tatsächlich davon gehört. Aber das ist genau mein Punkt. Ich habe es aufgeschnappt, weil ich dachte, dass du es auch aufschnappen würdest."

"Wahrscheinlich, um es hinter einem anderen Buch zu verstecken. Irgendein anderes Buch."

"Als ich es aufhob, fiel etwas heraus."

Sie wedelte mit einem kleinen, zerrissenen Stück Notizbuchpapier in ihrer Hand. Mark stand so schnell auf, dass er fast seinen Kaffee über seine Boxershorts und Beine verschüttete.

"Was ist es?"

"Eine Notiz. Für dich."

"Von wem ist es?"

"Das steht da nicht."

Sie reichte ihm den Zettel.

*Mark,*

*Was für eine Ehre, dich in der Schweiz zu haben. Wenn du das gefunden hast, machst du deinem Ruf alle Ehre. Man sagt, dass man immer mehr sieht, als man sieht? Mal sehen, ob das wirklich so wahr ist, wie manche mir weismachen wollen.*

*Herzlichst*

"Kein Name?"

"Nur, wenn *herzlich* ein Name ist. Und das ist er nicht. Soweit ich weiß."

Mark kratzte sich unwillkürlich am Kinn. Ein Teil von ihm sehnte sich nach dem Loch, danach, dass die Leute wieder schlecht von ihm dachten. Er mochte diesen neu gewonnenen Status nicht immer, bei dem alle dachten, er sei so clever. Es war so viel einfacher, unter dem Radar zu bleiben, als den Erwartungen anderer gerecht zu werden.

"Und?", sagte Kathy.

"Na und?"

"Von wem ist es?"

"Ich habe keine Ahnung."

"Aber auf dem Zettel steht, dass du einen Ruf hast."

"Die Notiz überschätzt meine Klugheit gewaltig."

Er gab Kathy den Zettel zurück und ging zurück zu seinem Kaffee. Er drehte die Lautstärke der Nachrichten hoch. Es hatte einen Bombenanschlag in Jerusalem gegeben, aber das war eigentlich nichts Neues.

# 6

Der Tag des Raubes brach wie jeder andere an. Die Sonne schien durch die Jalousien in Marks und Kathys Hotelzimmer. Kathy wachte auf und Mark lief nervös im Zimmer auf und ab. Sie schaute auf die Uhr auf dem Nachttisch und sah, dass sie 5:30 Uhr anzeigte.

"Wir müssen erst in einer Stunde wieder aufstehen", sagte sie. "Komm zurück ins Bett."

"Meinst du, der Bankdirektor schläft gerade?", sagte Mark. "Nein, das tut er nicht."

Mark hatte ein ganz bestimmtes Bild im Kopf: einen blondhaarigen, tadellosen, Anzug tragenden Schweizer, der seiner morgendlichen Routine nachging und eine absurde Anzahl von Sicherheitskontrollen durchführte. Er ging kühl und gelassen seiner Arbeit nach, im Vertrauen auf die vielen Sicherheitsprotokolle seiner

Bank. Er ging seinen Geschäften nach, weil er es musste, weil er es jeden Morgen tat, aber er hätte nie gedacht, dass jemand versuchen würde, sie zu durchbrechen. Wer würde versuchen, seine Bank auszurauben? Das war Wahnsinn. Völliger Wahnsinn.

"Das ist Wahnsinn", sagte Mark. "Völliger Wahnsinn. Wir sind Archäologen, Kathy, keine Bankräuber."

"Nun", sagte Kathy. "Um fair zu sein, wenn das Leichentuch wirklich da ist, dann ist es nicht mehr da. Es gehört nicht irgendeinem reichen Typen, der es in einem geheimen Banktresor verstaut hat."

"Es gehört in ein Museum", sagte Mark. "Und ich glaube nicht, dass Gabriel das vorhat."

Mark lief weiter durch den Raum. Er ging nicht wirklich auf und ab, weil er nervös war oder weil er das Bild des Schweizer Bankdirektors im Kopf hatte, der seine morgendliche Runde machte. Sondern wegen seiner Schuldgefühle. Er fühlte sich schuldig, weil er das tun wollte. Er wollte es aus völlig egoistischen Gründen tun. Er wollte es tun, weil es ihn einen Schritt näher an den Gral brachte. Das war es doch, wofür er diese Reise angetreten hatte, oder? Der Gral. Und wenn es das war, was er tun musste ... dann soll es so sein.

"Was denkst du denn?", sagte Kathy.

"Dass ich bei dieser Sache zögerlicher sein sollte."

"Du bist nicht?"

"Nein, ich meine, ich bin es. Es ist verrückt. Aber es ist aufregend. Und Gabriel ist ein Verrückter, aber er will den Gral auch. Wie unglaublich wäre es, ihn tatsächlich zu finden? Auch das Grabtuch und die Dornenkrone zu finden?"

"Du glaubst doch nicht wirklich, dass wir das schaffen werden? Ich weiß, dass du die Wissenschaft verstehst ... die Bedingungen, die nötig wären, damit diese Krone bis jetzt relativ unbeschadet überlebt hat. Das ist unwahrscheinlich."

"Aber es ist möglich. Und das ist alles, woran ich denken kann. Und ich fühle mich deswegen schuldig."

"Komm zurück ins Bett", sagte Kathy wieder. Und dieses Mal tat Mark es widerwillig.

Der Professor hatte einen ganz ähnlichen Morgen, aber er musste ihn alleine durchstehen. Auch er durchlebte ein Wechselbad der Gefühle und konnte nicht schlafen. Auch er schritt in seiner Unterwäsche durch sein Zimmer und spähte durch die Jalousien auf die Stadt unter ihm. Alle gingen ihrer Arbeit nach, als ob nichts Ungewöhnliches geschehen würde. Sie wussten es nicht. Wie sollten sie auch? Für sie war es ein ganz normaler Tag. Ein weiterer Tag, an dem sie Lebensmittel einkauften, ihre Kinder in den Park brachten und die Fenster öffneten, um eine Brise hereinzulassen, während sie Rösti zum Mittagessen kochten.

Der Professor griff hektischer als nötig zu seinem Hoteltelefon. Er nahm es ab und hörte sich die Aufnahme an, die ihm erklärte, welche Tasten er für internationale Anrufe drücken musste. Er drückte die Tasten und wählte dann Karens Nummer aus dem Gedächtnis. Karen war seine Frau. Sie waren getrennt, schon seit mehreren Jahren. Irgendwann war sein Alkoholkonsum zu viel für sie geworden. Sie war die erste gewesen, die ihm gesagt hatte, dass er sich einschränken müsse, sonst würde die Universität etwas unternehmen.

"Die Leute reden", hatte sie ihm eines Morgens bei ihrem Kaffee gesagt. "Und wenn du dich nicht zusammenreißt, könntest du deinen Job verlieren. Ich sage dir das nur um deinetwillen."

Aber er hatte nicht auf sie gehört und sie war gegangen, bevor es bergab ging, aber sie war trotzdem gegangen.

Das Telefon klingelte und klingelte in ihrer Stube irgendwo außerhalb von Detroit. Sie lebte jetzt mit einem Mann namens Robert zusammen. Das wusste er. Es war Robert, der ans Telefon ging.

"Ich bin's, Claude."

In der Leitung herrschte eine Stille, die er nicht erwartet hatte.

"Warum rufst du an?"

"Bitte lass mich mit ihr reden. Es wird nur eine Sekunde dauern."

Es gab ein Rascheln und der Professor konnte hören, dass Robert den Hörer abgestellt hatte. Er hörte, wie er nach Karen rief und entspannte sich, atmete tief durch.

"Hallo", sagte sie zögernd. "Claude?"

"Hallo, Karen."

"Ist alles in Ordnung?"

Nach Jahren der Trennung und obwohl sie Tausende von Kilometern voneinander entfernt waren, konnte sie erkennen, dass es ein Problem gab. Sie konnte es an dem verzweifelten Tonfall seiner Stimme ablesen.

"Ich wollte nur sagen, dass es mir leid tut. Ich lag die ganze Zeit falsch. Ich habe ein Problem und das weiß ich jetzt. Ich habe es immer gewusst, aber ich wollte es nicht zugeben, und es tut mir leid. Ich wollte dir nur sagen, dass es mir sehr leid tut, was du meinetwegen durchmachen musstest. Das solltest du einfach wissen. Ich wollte, dass du das weißt."

"Nun ...danke", sagte sie. "Bist du sicher, dass alles in Ordnung ist? Du klingst aufgeregt. Bist du in Schwierigkeiten?"

"Nein. Ich wollte es nur wieder gutmachen. Pass auf dich auf, Karen."

"Warte", sagte sie, aber er hatte den Hörer aufgelegt.

Jetzt konnte er mit einem klareren Kopf weitermachen. Er stellte sich unter die Dusche, um sich auf den Tag vorzubereiten.

Gabriel Mizrahi hatte überhaupt keine Probleme zu schlafen. Er hatte geschlafen wie ein Lamm und war mit der Morgendämmerung aufgestanden, gut ausgeruht und voller Tatendrang. Er hatte sich noch nie in seinem Leben so erfrischt gefühlt. Er war zuversichtlicher denn je, dass dies der glorreichste Tag seiner gesamten Existenz werden würde und nicht nur seiner dreißigjährigen Suche. Alle seine Aufgaben waren geklärt. Alle waren über ihre Aufgabe und ihre Rolle bei der Operation informiert worden. Es stimmte, dass es viele bewegliche Teile geben würde, vielleicht zu viele, aber Gabriel glaubte das nicht. Sie waren ein entschlossener Haufen, und das sollten sie auch sein, dachte er. Er hatte sie am späten Abend zuvor wieder in seiner Suite versammelt und sich Zeit gelassen, um ihnen sorgfältige Anweisungen zu geben. Die anderen hatten drei Stunden lang fast schweigend dagesessen, während er ihnen nacheinander erklärte, was jeder von ihnen zu tun hatte. Sie hatten alle ohne zu fragen zugestimmt. Und nun war der Tag gekommen.

Er betrachtete sich im Badezimmerspiegel und ihm gefiel, was er sah. Er sah einen Mann, der schon bald der mächtigste Mann der Welt sein würde.

Sie fuhren schweigend zusammen im Auto. Der Professor und Kathy saßen auf dem Rücksitz, während

Mark auf dem Beifahrersitz saß und Gabriel fuhr. Mark trug seinen blauen Anzug mit Krawatte und Krawattenklammer, der darauf hinwies, dass er für die Bank arbeitete. Gabriel trug Straßenkleidung: Jeans und ein Hemd mit Knopfleiste. Kathy trug die Uniform der Kassiererin. Sie zerrte nervös an der Krawatte um ihren Hals, als wäre sie eine Schlinge, mit der man sie strangulieren könnte. Sie sollten das Auto auf dem Mitarbeiterparkplatz der Bank auf der anderen Straßenseite parken. Niemand wusste, wie Gabriel in den Besitz des Aufklebers gekommen war, der an der Frontscheibe des Wagens angebracht war, um ihren Angestelltenstatus zu kennzeichnen. Er war kein Mann, der dazu neigte, zu viel zu erklären, und die anderen mussten damit leben.

Als sie aus dem Bus stiegen und der Professor den Laptop aufklappte, den Gabriel ihm zur Verfügung gestellt hatte, zeigte Mark ihm die Daumen nach oben und Kathy versuchte, ihn anzulächeln.

Mark und Kathy betraten die Bank um 7:34 Uhr. Die Bank hatte erst seit vier Minuten geöffnet. Keiner von ihnen konnte vorhersehen, wie schnell alles ablief. Luc nickte ihnen zu, als sie das Gebäude betraten. Er stand in seiner Uniform, die sie zwei Tage zuvor aus dem Lagerhaus mitgebracht hatten, vor der Tür. Mark schauderte bei dem Gedanken, in welcher dunklen Gasse der Mann, der normalerweise morgens dort stand, zusammengesunken war. Er verdrängte den Gedanken. Wie ihnen gesagt worden war, gab es einen leeren Kassenplatz in der Nähe der Tür und einen Schreibtisch mit einem Schild, auf dem zu lesen war: Markus Zeims, Client Relationship Manager, ebenfalls in der Nähe der Tür. Über das Schicksal dieser beiden Bankangestellten wollten weder Kathy noch Markus nachdenken. Sie taten einfach, was ihnen gesagt wurde, und nahmen ihre Plätze ein.

Mark setzte sich an den Schreibtisch und lockerte seine Krawatte. Er loggte sich mit dem Passwort 52302 in den Computer ein, wie er angewiesen worden war, und surfte im Internet, um so zu tun, als sei er beschäftigt. Kathy nahm ihren Platz am Schalter ein und hoffte, dass sie niemand belästigen würde, bevor Gabriel die Bank betrat. Sie konnte nichts anderes tun, als auf ihre zunehmend verschwitzten Hände zu starren.

Gabriel betrat die Bank um 7:41 Uhr. Er hörte dem Professor durch seinen Ohrhörer zu. Er informierte ihn, dass alle Polizeiscanner frei waren. Niemand hatte eine lose Zunge gehabt.

"Gut", sagte Gabriel zu sich selbst.

Gabriel Mizrahi ging ruhig auf den Platz zu, an dem Kathy stand, und tat so, als hätte er sie noch nie gesehen.

"Junge Dame", sagte er schroff. "Ich muss sofort in mein Bankschließfach."

"Sir, lassen Sie mich Ihnen helfen, es dauert nur einen Moment", sagte sie.

"Schnell bitte. Ich habe nicht den ganzen Tag Zeit."

Kathy nahm den Hörer von ihrem Platz und wählte die 4, die Nummer von Marks Schreibtisch. Sie waren nicht mehr als vierzig Meter voneinander entfernt, aber Mark nahm den Hörer ab.

"Mr.", sagte sie ins Telefon. "Sir, wie war Ihr Name?"

"Lundgren".

"Herr Lundgren würde gerne an sein Bankschließfach kommen."

"Schick ihn zu mir."

Kathy wies Gabriel an, einen der Kundenbetreuer, Mr. Zeims, aufzusuchen. Als Gabriel Marks Schreibtisch erreichte, reichte er ihm die Hand.

"Markus Lundgren", sagte er.

"Freut mich. Ich nehme an, Sie haben Ihre Codes, Sir?"

"Aber sicher."

Er reichte Mark ein Stück Papier, das gefaltet und völlig leer war. Mark sah es an und nickte.

"Sehr gut. Hier entlang, Sir."

Eine laute Unterhaltung dröhnte durch die Banklobby, als Mark Gabriel zum Tresorraum führte. Gabriel hatte ihnen allen beim letzten Treffen die Pläne der Bank gegeben und Mark hatte fast die ganze Nacht damit verbracht, sie auswendig zu lernen. Er wollte nicht daran denken, was passieren würde, wenn er sie vergisst. Aber in diesem Moment war das egal, denn ein Schuss ertönte.

Sie drehten sich um und sahen einen Mann, der zu Luc's Füßen lag. Offensichtlich kannte er Luc von irgendwoher und hatte ihn gefragt, seit wann er in der Bank arbeitete.

An diesem Punkt brach die Hölle los. Gabriel zog eine Waffe und schrie Mark an.

"Los!"

Sie machten sich auf den Weg zum Tresorraum. Als sie den Gang hinunter sprinteten, schrie ein Sicherheitsbeamter sie an, sie sollten stehen bleiben. Mark erstarrte. Gabriel wirbelte herum und schlug dem Mann mit einer Kugel vom Kaliber 40 aus seiner Desert Eagle Mk VII den Schädel auf.

"Beweg dich", sagte er zu Mark. Mark konnte nur von den Lippen lesen, weil seine Ohren so stark klingelten.

"Wo sind sie?", sagte Mark. Er meinte damit die beiden anderen Männer, die an der Operation beteiligt waren. Sie sollten reinkommen, sobald Mark und Gabriel im Tresorraum waren. Der Plan war, dass Mark und Gabriel den Tresorraum erreichen und Mark "merkt", dass er seine Schlüsselkarte vergessen hat. Über die Gegensprechanlage würden sie einen anderen Kundenbetreuer anrufen, der seine Schlüsselkarte mitbringen sollte. Luc beschattete diese Person und bevor er merkte, dass Mark in Wirklichkeit kein Angestellter dieser Bank war, schlug er ihn nieder und nahm seine Schlüsselkarte an sich. Sobald sie im Tresorraum waren, brachen die beiden anderen Männer, die die Petemen waren, das gesuchte Schließfach auf.

Gabriel hat nicht geantwortet. Der Professor sprach in sein Ohr.

"Alle Polizeieinheiten im Umkreis von fünfzehn Kilometern sind unterwegs."

Luc kam mit einer Schlüsselkarte, die zweifellos von einer Leiche stammte, den Korridor hinaufgesprungen. Er reichte sie Gabriel, der sie einsteckte und die Türen öffneten sich automatisch mit einem zufriedenstellenden Geräusch.

Der Tresorraum war größer, als Mark es sich je hätte vorstellen können. Auf mehreren Ebenen gingen Metalltüren vom Boden bis zur Decke und führten über eine brückenartige Konstruktion zu einem Aufzug quer durch den Raum, den Gabriel ansteuerte. Mark folgte ihm, während Luc an der Tür blieb. Mark fiel es schwer, einen kühlen Kopf zu bewahren und er fragte sich, wie alles so schnell so furchtbar schief gehen konnte.

Im Aufzug gab Gabriel die Nummer des Schließfachs Nr. 23765 ein, damit sie dorthin gelangen konnten.

"Wie kommen wir rein?", fragte Mark.

"Auf die altmodische Art", sagte Gabriel.

Als sie die andere Etage erreichten, die ungefähr vierzig Fuß hoch war, starrte Gabriel sie einen Moment lang ehrfürchtig an. Aber er verschwendete nicht viel Zeit.

Mark konnte nur entsetzt zusehen, wie er etwas, das nur ein Zünder sein konnte, aus seiner Umhängetasche zog. Dann zog er einen großen Klumpen orangefarbenen Kitt heraus, auf dessen Verpackung *Semtex stand*, und begann, den Kitt - der eigentlich Plastiksprengstoff war - auf der Tresortür zu verteilen.

"Habe immer einen Notfallplan, Lockheed. Immer."

"Du willst das doch nicht in die Luft jagen?"

"Natürlich will ich das."

"Aber was ist mit dem Leichentuch?"

Gabriel blieb stehen, stand auf und legte seine Hände auf Marks Schultern.

"Ich möchte, dass du dir eine Sache merkst, Mark Lockheed. Wenn ich die Dreifaltigkeit nicht haben kann, kann es niemand."

Er brauchte weniger als fünf Minuten, um den Sprengstoff und den Zünder an der Tür zu befestigen und zurück zum Aufzug zu gehen. Als sie die untere Etage erreicht hatten, zog er ein Handy aus seiner Tasche.

Trotz seiner Einstellung zur Religion betete Mark.

Kathy war sehr besorgt, bevor sie die Explosion hörte. Die Computerbildschirme der Kassiererinnen und Kassierer wackelten, Becher mit Stiften wurden umgeworfen und fielen zu Boden, so dass die Stifte in alle Richtungen flogen. Sie wusste nicht, was sie tun sollte, außer sich den anderen Kassierern anzuschließen und in Panik zu verfallen. Offensichtlich war ihre Tarnung nicht aufgeflogen. Entsetzt beobachtete sie, wie der riesige falsche Wachmann den Gang entlang in Richtung Tresorraum stapfte und dabei seine Waffe im Anschlag hatte.

Sie kauerte mit den anderen Kassierern unter ihrem Schalter. Einige beteten, andere fluchten. Einige saßen wie betäubt da und warteten darauf, dass etwas passiert. Aber als die Explosion kam, war die Kacke am Dampfen. Die Kassierer brachen die Deckung auf und rannten so schnell sie konnten aus der Bank, als ob das Gebäude einstürzen würde. Es stürzte nicht ein, aber Kathy fand sich in einer seltsam verlassenen Lobby wieder. Die Kassierer hatten das Schiff verlassen und alle anderen in der Bank waren in Richtung Tresorraum gerannt. Sie befand sich in einem Schlamassel. Was sollte sie tun? Darüber hatten sie gestern Abend in ihrer Besprechung nicht gesprochen. Sie hatten überhaupt nicht über Notfallpläne gesprochen. Gabriel hatte so gesprochen, als ob es unmöglich wäre, dass sie scheitern. Das war eindeutig falsch gewesen.

Mark wurde durch die Wucht der Explosion zu Boden geschleudert. Er spürte, wie sein ganzer Atem seinen Körper verließ, und er befürchtete, dass er eine

Gehirnerschütterung hatte. Er lag auf dem Rücken auf dem Stahlboden und schaute nach oben. Soweit das Auge reichte, gab es nur Stahltüren, außer der Nummer 23756 - die war in Stücke gerissen und Mark konnte sich nicht vorstellen, wie viel Glück er hatte, dass ihn keine davon getroffen hatte - er hätte getötet werden können. Gabriel stand irgendwo links von ihm, versuchte aufzustehen und fluchte über etwas, das schief gelaufen war. Mark war sich nicht sicher. Sein Kopf war benebelt. Aber als er aufblickte, bemerkte er etwas. Da schwebte etwas auf ihn zu. Es sah aus wie ein altes Geschirrtuch oder ein Stück eines Handtuchs, das aus einer Ecke gerissen wurde, aber das war es nicht. Es schwebte über dem Rauch und der Zerstörung, wie durch göttliche Fügung. Und es bahnte sich langsam seinen Weg nach unten, nach unten, nach unten, bis es über Marks völlig verwirrtem Gesicht zum Liegen kam.

Der Professor war während des ganzen Ereignisses alles andere als untätig. Nach einer Weile wurde ihm klar, dass seine Rolle als Ausguck der Polizei abgelaufen war. Es geschah genau zu dem Zeitpunkt, als er die zweite Explosion hörte und aus dem Auto stieg, um an den Rand des Parkhauses zu laufen. Als er im dritten Stock parkte, sah er, dass ein riesiges Loch in die Seite der Bank gesprengt worden war und einige Gestalten auf dem Boden lagen. Wenn er sich nicht irrte, und das konnte er sich nicht leisten ... war das Mark, der dort lag. Er sprintete zurück zum Van und legte den Gang ein.

Die Reifen quietschten, als er mit sehr unsicherer Geschwindigkeit aus dem Parkhaus fuhr. Auf dem Weg nach unten war er irgendwann auf zwei Rädern unterwegs. Aber er musste schnell sein. Er hatte den Polizeifunk abgehört und wusste, dass es nicht mehr lange dauern würde, bis die ganze Gegend von Polizisten überschwemmt sein würde. Und er wollte nicht den Rest seines Lebens in einem Schweizer Gefängnis verbringen.

"Kannst du mich hören?", schrie er in sein Headset. Es gab eine Menge Störungen am anderen Ende, aber eine Stimme kam durch. Sie war sehr kratzig, aber es war Gabriels Stimme.

"Ja."

"Ich bringe den Van vorbei. Steig ein."

Das war alles, was er sagte.

~

Kathy traf eine Entscheidung. Sie ging in die Richtung, in die Luc gegangen war und fand sich in einem sehr langen und schwach beleuchteten Flur wieder. Die meisten Lichter waren erloschen, aber sie glaubte, den großen falschen Wachmann am Ende des Ganges zu sehen. Auf dem Boden lagen mehrere Leichen von Bankangestellten und sie ging über sie hinweg, ohne in ihre Gesichter zu schauen. Sie konnte es einfach nicht. Was hatten sie getan? Sie fand Luc. Er lag auf dem Rücken im Türrahmen und sein Kopf war in einem unnatürlichen Winkel zum Hals. Er war mit Sicherheit tot. Sie sah, dass Gabriel sich über Mark beugte, ihn schüttelte und ihn anschrie.

"Lass uns gehen!", sagte er immer wieder. Mark stand auf und sah Kathy, die auf ihn zugelaufen kam, um ihn zu unterstützen. Sie sprach mit ihm, aber er konnte sie offensichtlich nicht hören.

"Bringt ihn in den Van", rief Gabriel und zeigte auf das klaffende Loch in der Wand. Kathy tat ihr Bestes und stützte Mark, um ihn durch das Loch aus der Bank und in den Van zu bringen. Sie schaute über ihre Schulter zurück und sah, wie Gabriel sich über die Stelle beugte, an der Mark gestanden hatte, und vorsichtig etwas aufhob. Er zog eine Plastiktüte aus seiner Tasche und entfaltete sie. Sorgfältig faltete er den Lappen vom Boden zusammen und steckte ihn in die Tüte. Erst als sie Mark im Wagen festgeschnallt hatte, wurde ihr klar, was Gabriel da aufhob.

"Wo ist Mizrahi?", fragte der Professor, als Kathy den Sicherheitsgurt für Mark anlegte. Aber sie musste nicht antworten, denn in diesem Moment riss der Mann den Beifahrersitz auf und schlug ihn zu.

"Geh", sagte er.

Gabriel gab dem Professor Fahranweisungen und die Geräusche der Sirenen waren für sie real und eingebildet, je weiter sie aus der Stadt herauskamen.

# 7

Sie fuhren bis spät in die Nacht hinein und kamen immer tiefer in die Schweizer Landschaft. Erst gegen 4 Uhr morgens wies Gabriel den Professor an, von der Autobahn abzufahren und auf einen Feldweg auszuweichen. Das Abfahren von der Autobahn reichte aus, um den schlafenden Mark zu wecken, dem es schon viel besser ging. Er konnte immer noch nur auf einem Ohr hören, aber seine Kopfschmerzen waren verschwunden und Kathys latente Befürchtungen, dass er eine Gehirnerschütterung haben könnte, waren verflogen. Er setzte sich in seinem Sitz auf und neigte ihn in eine sitzende Position.

"Es ist also alles nach Plan gelaufen, oder?", sagte er. Niemand hat gelacht. "Zugegeben, nicht sehr lustig", sagte er. "Wo sind wir?"

"Wir sind am Ziel", sagte Gabriel.

Die automatischen Scheinwerfer gingen an, als sie sich ihrem "Ziel" näherten und sie konnten sehen, dass sie sich einem Haus im Ranchstil mit einer angebauten Scheune näherten. Vor der Scheune stand ein alter Peugeot mit verrosteten Radkappen, und ein Fuchs huschte um die Ecke zurück in den Schatten, als sie sich näherten. Der Professor parkte den Van vor der Scheune, neben dem Peugeot und zog den Schlüssel aus dem Zündschloss. Sie blieben alle auf ihren Plätzen sitzen. Gabriel nahm einen tiefen Atemzug.

"Sucht euch alle ein Zimmer und schlaft ein bisschen. Wir werden morgen früh weiter reden. Ich glaube, wir sind alle ein bisschen erschöpft. Einverstanden?"

Es gab keinen Widerstand gegen diese Idee und sie stiegen alle aus. Gabriel hatte (natürlich) einen Schlüssel zum Haus und öffnete die Tür. Aber der lange Tag, den sie alle hinter sich hatten, war damit noch nicht zu Ende. Als Gabriel die Tür zur Küche öffnete, ging das Licht an und ein Mann saß am Küchentisch. Vor ihm stand ein Tumbler Scotch, im Aschenbecher lag der Stummel einer teuren Gurkha und der Duft von Zigarrenrauch lag schwer in der Luft. Er hatte eine Waffe auf Gabriels Brust gerichtet.

"Guten Morgen, Gabriel", sagte er.

Es war Reginald Astair.

"Schöner Morgen, nicht wahr? Du siehst müde aus." Gabriel antwortete nicht. "Na gut, dann willst du eben nicht reden. Das kann ich verstehen. Aber jetzt - erst gib mir deine Waffe, dann das Leichentuch."

"Lass mich die ganze Arbeit für dich machen, ja?", sagte Gabriel, als er die Desert Eagle Mk VII aus seinem Schulterholster nahm.

"Ganz ruhig, Mizrahi. Schön gleichmäßig."

Gabriel legte die Waffe auf den Boden.

"Jetzt tritt sie schön langsam rüber."

Gabriel schob die Waffe mit seinem Fuß über den Holzboden. Reginald Astair beugte sich hinunter und hob die Waffe auf; er schob sie in seinen Hosenbund und setzte sich wieder hin.

"Meine lieben Freunde", sagte er zu dem Professor, Kathy und Mark. "Schaut nicht so besorgt. Kommt rein. Kommt rein. Gabriel, warum nimmst du nicht Platz - hier." Er gab Gabriel mit seiner Waffe ein Zeichen, sich ihm gegenüber an den Küchentisch zu setzen.

"Jetzt", sagte er. "Das Leichentuch. Du hast es doch bekommen, oder?"

"Töte mich", sagte Gabriel.

Reginald Astair lachte ein trockenes, humorloses Lachen.

"Wenn es das ist, was du wirklich willst, kann ich das tun, aber denk an deine Worte an unseren Freund hier. Wenn du es nicht haben kannst, kann es niemand haben." Gabriel warf ihm einen irritierten Blick zu. "Oh ja. Das habe ich gehört. Wenn ich dich töte, gehört es sowieso mir. Willst du nicht lieber noch ein bisschen länger leben und mich hassen? Natürlich werde ich nicht zulassen, dass es von jetzt an gleiches Recht für alle gibt. Du wirst einige Verluste hinnehmen müssen. Das kann ich nicht leugnen. Aber ich bin kein Unmensch. Und jetzt das Leichentuch, bitte."

Mark beobachtete, wie Gabriel einen Ziploc-Beutel aus seiner Umhängetasche zog und ihn über den Tisch schob. Reginald Astair schenkte ihr kaum einen zweiten Blick, bevor er Mark, der immer noch in der Tür stand, ein Zeichen gab, zu ihm zu kommen. Reginald reichte ihm die durchsichtige Tasche und sagte ihm, dass sich im Schlafzimmer am Ende des Flurs ein Safe befinde.

"Sucht euch eine beliebige Kombination aus", sagte er. "Warum geht ihr zwei nicht mit ihm? In der Zwischenzeit haben Gabriel und ich noch etwas zu besprechen."

Keiner von ihnen erhob Einspruch oder hätte gewusst, wie er Einspruch erheben sollte. Nach dem Tag, den sie hinter sich hatten, fehlten ihnen die Worte. Sie gingen durch den Flur des leeren Landhauses, wie es ihnen gesagt wurde. Der Reiz, nach historischen Artefakten zu suchen, hatte sich vorerst verflüchtigt. Sie waren nur noch verängstigt.

# 8

Die drei verbrachten den Rest der Nacht im Schlafzimmer mit dem Safe. Sie hatten keine lauten Geräusche aus der Küche gehört und konnten nur vermuten, dass an diesem Tag nicht mehr Gewalt angewendet worden war, als sie bereits miterlebt hatten.

Reginald Astair trank morgens in der Küche fröhlich Kaffee, als sie aufwachten, und er erwähnte Gabriel Mizrahi mit keinem Wort. Einer der Männer, die Mark aus seiner Wohnung in DC entführt hatten, stand vor dem Herd und brutzelte etwas Speck.

"Ihr seht alle hungrig aus", sagte Reginald. "Lasst uns schön frühstücken und ein paar Dinge besprechen."

"Ich frage mich nur ...", sagte Mark.

"Wie lange weiß ich schon, wo du warst?", vollendete er Marks Satz für ihn.

"Nun", sagte Kathy und schenkte sich eine Tasse Kaffee aus der Kanne ein, "Ja, ich glaube, das ist so ziemlich das, was wir uns gedacht haben."

Der Professor setzte sich schweigend an den Küchentisch.

"Eine durchaus berechtigte Frage. Völlig richtig", sagte Reginald. Er gab seinem Diener ein Zeichen, ihm Speck und Eier zu bringen, und bedankte sich, während er sich eine ordentliche Portion davon auf den Teller hob. "Und ich werde mein Bestes tun, um sie zu beantworten und dir zu erzählen, was ich gemacht habe, während du unter der Fuchtel von Gabriel Mizrahi standest. Zunächst einmal ... Ich weiß seit einigen Tagen, wo du dich aufhältst und ja, ich wusste, was du in der Bank gemacht hast. Ich habe versucht, dort einzugreifen, aber ich habe es nicht getan ... denn ich nehme an, du hast nicht erwartet, dass die Ereignisse in der Bank so ... dramatisch sein würden. Es gab einen ziemlich großen Stau, der durch Polizeifahrzeuge verursacht wurde, und selbst ich kann nicht alles beeinflussen. Ist das zufriedenstellend?"

In Wahrheit war es nicht zufriedenstellend, aber es gab nicht viel mehr, was sie sich hätten erhoffen können.

"Also ... das Leichentuch?", sagte Kathy.

"Das war nie Teil meines Plans, aber jetzt, wo ich es habe, werde ich es sicher nicht aufgeben. Allerdings ist es für mich nur von zweitrangiger Bedeutung. Es ist nicht der Gral. Ich bin nicht der gleichen Meinung wie

Gabriel Mizrahi mit all dem Unsinn über die Dreifaltigkeit und die Dornenkrone. Aber es ist sicherlich ein interessantes historisches Objekt. Ich nehme an, ihr beide wollt es trotzdem untersuchen, um festzustellen, ob es wirklich echt ist?"

Mark und Kathy nickten.

"Wenn wir können", sagte Mark.

"Natürlich. Und dann machen wir uns wieder an die Arbeit."

"Der Gral", sagte der Professor leise in einem niedergeschlagenen Ton. "Der Gral."

"Ja, Dr. LeTrec. Der Gral", sagte Reginald. "Hast du noch etwas hinzuzufügen?"

"Nur, dass ich helfen kann, das Leichentuch zu untersuchen."

"Wie ist das möglich?", sagte Mark, dessen Interesse geweckt war.

Der Professor griff tief in die Taschen seiner Khaki-Hose, die er schon länger trug, als ihm lieb war. Er zog einen Schlüsselbund heraus und schüttelte seine Schlüssel.

"Ich habe immer noch einen Schlüssel für das Labor an der Sorbonne. Als ich Marks Professor an der Universität von Chicago war, erhielt ich das Recht, die Labore der Sorbonne zu benutzen. Ich nehme an, dass sie vergessen haben, die Schlüssel zurückzufordern, als sie mich gefeuert haben, also können wir die

Kohlenstoffdatierung immer noch dort durchführen. Solange es nicht während der regulären Arbeitszeiten ist. Ich nehme an, dass du", er schaute Reginald an, "keinen Zugang zu Kohlenstoffdatierungsgeräten hast?"

"Ich nicht. Das ist ausgezeichnet, Dr. LeTrec." Reginald Astair legte eine Hand auf den Arm des Professors, dem die Situation völlig unangenehm zu sein schien. "Wir werden so schnell wie möglich nach Paris fahren. Und von dort aus geht es direkt nach Zypern."

Die Frage, die alle beschäftigte, war, was mit Gabriel passiert war. Mark und Kathy konnten nicht umhin zu bemerken, dass Reginald von ihm in der Gegenwart sprach, also nahmen sie an, dass er noch lebte, aber sie beneideten ihn nicht um das, was er zu diesem Zeitpunkt durchmachte.

"Wir werden im Flugzeug weiterreden", sagte Reginald und stand vom Tisch auf. "Ich bin mir sicher, dass ihr drei eine Menge zu besprechen habt, ohne dass der alte Mann weiter jammert. Er legte seine Hände auf Marks Schultern. "Ich bin froh, dass ihr drei wieder da seid."

Die drei saßen um den Küchentisch in der Hütte, scheinbar gerettet und sicher, aber sie fühlten sich nicht viel besser in ihrer Situation. Wenn Mark ehrlich zu sich selbst war, hätte er zugeben müssen, dass er sich noch schlechter und unsicherer fühlte als am Tag zuvor. Aber das hat er nicht gesagt. Er nippte an seinem Kaffee und saß in Stille.

# 9

Reginalds Flugzeug war so luxuriös wie immer, und der Flughafen war nur eine kurze Motorradfahrt entfernt. An diesem Morgen fanden sie heraus, dass Gabriel ein echter Motorradsammler war. Er muss ein echter Enthusiast gewesen sein. Als Reginald eines der massiven Scheunentore aufzog, fanden sie seine Sammlung. Die Tür öffnete sich mit einem lauten Knarren und Staub wirbelte in Wolken auf. Aber als sich der Staub verzogen hatte, sahen sie zehn oder mehr alte Motorräder. Diesmal hatte jeder von ihnen ein Motorrad für sich allein. Mark fuhr eine alte Indian Scout aus dem Jahr 1949 und fuhr weit vor allen anderen.

Er ließ sich den Wind durch die Haare wehen; er ging ohne Helm. Er versuchte, einen klaren Kopf zu bekommen und über seine Prioritäten nachzudenken.

Sein Leben hatte in letzter Zeit eine ganze Reihe dramatischer Wendungen genommen. Einige davon waren gut gewesen. Es war schwer zu glauben, dass er und Kathy ein Paar waren, und im Moment gab es keine andere Möglichkeit, es zu beschreiben. Noch vor ein paar Wochen hatte er Angst gehabt, überhaupt mit ihr zu reden, außer in der Enge des Lochs. Aber ein paar Wochen zuvor hatte er auch noch nie den Tod erlebt. Der Schädel des Bankangestellten zersplitterte immer noch in Marks Kopf: immer und immer wieder. Die kühle Schweizer Landluft war wie Balsam für seine körperlichen, geistigen und emotionalen Wunden.

"Welches willst du nehmen?" hatte Kathy gesagt, als sie sich die Motorräder ansahen. Sie sah sich eine 1937er Harley Davidson WLDR mit einem schnittigen roten Tank und einem erstaunlich gut erhaltenen Chromlenker an. Sie setzte sich auf den Sitz, um sie auszuprobieren. "Die hier ist bequem."

"Ich denke über den hier nach", sagte Mark und betrachtete den, den er schließlich wählen würde.

"Nun, es sieht nicht groß genug für uns beide aus", sagte sie und runzelte die Stirn.

"Nun", sagte er. "Ja."

Er konnte nicht in Worte fassen, wie er sich fühlte, dass er etwas Zeit zum Nachdenken brauchte, um die Dinge ins rechte Licht zu rücken. Aber Kathy verstand, was in ihm vorging, wenn sie ihn nur ansah. Sie ging nicht weiter auf das Thema ein, sondern gab Mark einen schnellen Kuss auf die Wange und stieg in ihren WLDR. Sie legte den Gang ein und ließ den Motor aufheulen. Sie klemmte sich den Helm unter das Kinn und raste aus der Scheune, während sie Mark sich selbst überließ.

Als sie das Flugzeug erreichten, war Mark wieder ganz er selbst und sogar der Professor, der in Reginalds Nähe immer niedergeschlagen war, schien bessere Laune zu haben. Jeder von ihnen erlaubte sich, sich wieder auf die Reise zu freuen, die sie vor sich hatten. Die Stimmung im Flugzeug war heiter und Reginald Astair hatte mehrere Flaschen französischen Champagners geöffnet.

"Um zu feiern, dass die Gemeinschaft wieder zusammen ist. Mögen wir nichts als Erfolg haben", sagte er.

Sie stießen alle mit ihren Gläsern an und ließen den Alkohol durch ihre Adern fließen, damit sie sich entspannter fühlten. Sie wollten nur so lange in Paris bleiben, wie es nötig war, um die Kohlenstoffdatierung an dem angeblichen Grabtuch durchzuführen. Der Professor war der Einzige, der das Verfahren schon einmal durchgeführt hatte.

"Der eigentliche Prozess wird nur ein paar Stunden dauern. Aber wir müssen die Probe vorbereiten, und dafür haben wir kein Labor zur Verfügung. Ich würde sagen, ich brauche zwei oder drei Tage", sagte er, als Reginald ihn nach dem Verfahren fragte.

"Und wie genau ist sie?"

"Nun, ich bin kein Theist, aber ich gehe davon aus, dass es etwa zweitausend Jahre alt sein muss, und wenn das der Fall ist, ist es sehr genau. Der Prozess stößt bei etwa 30.000 Jahren an seine Grenzen, und jenseits von 10.000 Jahren ist die Genauigkeit nicht mehr so hoch." Er nahm einen weiteren großen Schluck Champagner. "Die einzige Möglichkeit, das Verfahren wirklich sicher zu machen, besteht darin, die Probe in Stücke zu teilen und den Test mehrmals durchzuführen. Aber ich kann mir vorstellen, dass du das nicht willst."

"Wie groß müssen die Stücke sein?", sagte Reginald.

Mark beugte sich in das Gespräch.

"Ziemlich klein", sagte er.

"Winzig", fügte Kathy hinzu. "Es wäre wirklich die vernünftigste wissenschaftliche Entscheidung. Ich meine ... ich weiß, dass wir möglicherweise das Grabtuch Christi zerschneiden würden, aber aus einem bestimmten Grund, und es ist mikroskopisch klein. Niemand würde es erkennen können."

"Zerschneide es!", rief Reginald und schleuderte sein Sektglas in die Luft. Es prallte gegen die Decke des Flugzeugs und Reginald lachte schallend. Er läutete eine Glocke und ein Mann kam, um das Glas aufzukehren. Reginald schien immer eine Sauerei zu machen und jemanden zu haben, der sie für ihn unter den Teppich kehrt. Aber alle im Flugzeug waren zu betrunken, um sich darum zu kümmern. Sie waren auf dem Weg in die Stadt der Liebe, um das Grabtuch Christi zu verkohlen.

Sie fanden sich in der Stadt der Liebe wieder, aber sie kamen etwas erschöpft und deutlich abgestumpfter an als zuvor, auch wenn die Zeit zwischen den Besuchen nur kurz gewesen war. Mark war nicht mehr so fasziniert von den Menschen und der Atmosphäre in Paris, wie er es einst gewesen war. Er fand die Stadt immer noch atemberaubend schön, aber er sah jetzt jeden um sich herum als potenziellen Entführer oder Mörder oder als jemanden, den er möglicherweise töten musste, und dieses neue Bewusstsein gefiel ihm nicht. Er hatte einmal in einer College-Vorlesung gehört, dass Menschen ein höheres Maß an Intelligenz entwickeln, wenn sie lernen, Empathie zu empfinden. Mark hatte das Gefühl, dass er eine ähnliche Erfahrung machte. Was war so schwer daran, ein Mensch zu sein, dass es so schwierig geworden war? Es gab Tausende von Tieren, die Dinge tun konnten, von denen wir Menschen nicht einmal zu träumen wagten, aber sie hatten kein Einfühlungsvermögen. Mark verfluchte seine Empathie und ihre Fähigkeit, seine Wahrnehmung von Paris zu zerstören.

Er sah sich all die glücklichen Pariser an, die Arm in Arm spazieren gingen, und er sah ein Paar, das sich unter einem Baum ein Baguette teilte. Was war mehr Paris als das? Nichts, und doch konnte er sich nicht dazu durchringen, zu lächeln.

Kathy legte ihren Arm durch seinen und seine Gedanken kamen zur Ruhe.

"Worüber denkst du nach?", fragte sie und sah ihn auf eine Weise an, die seine existenzielle Krise zu einem schrillen Ende brachte.

"Nur, dass ich froh bin, dass du hier bist", sagte er. Kathy runzelte leicht die Stirn, verwandelte sie aber in ein Lächeln. Sie wusste, dass er nicht alles aufgeben würde, aber sie war froh, dass sie ihn vergessen lassen konnte, was immer er auf dem Herzen hatte.

"Nun", sagte sie. "Das solltest du auch."

Sie gab ihm einen Kuss auf die Wange und sie spazierten durch den Park. An ihrem ersten Tag in Paris hatten sie etwas Freizeit, denn sie konnten erst spät in der Nacht etwas mit dem Leichentuch machen, und solange sie Reginalds Leibwächtern erlaubten, ihnen lässig zu folgen, konnten sie tun, was sie wollten. Sie hielten auf einer Brücke an und blickten auf einen frei fließenden Bach und sahen gelbe und orangefarbene Blätter, die in kleinen Büscheln vorbei flossen. Sie reichten sich die Hände und schauten beruhigt in den Bach. Andere Paare liefen vorbei und für den zufälligen Beobachter sahen Mark und Kathy nicht anders aus als diese Paare. Nur ein weiteres ausländisches Paar in der Stadt, das sich ein wenig von der Pariser Spezialsoße leihen wollte, dem kleinen bisschen Romantik, das nur in ihrer schönen Stadt mit ihren charmanten Bistros und Parks mit Brücken zu finden ist, und den Blättern, die immer gelb zu sein scheinen und auf den Straßen auf die bestmögliche Art und Weise herumwirbeln, nie in den

Rinnsteinen stecken bleiben, sondern an idyllischen Paaren vorbeifliegen, als Vorzeichen für gute Zeiten, die gleich hinter der nächsten Kurve zu finden sind.

Der Professor verbrachte seine Zeit nicht damit, mit einer Geliebten im Park spazieren zu gehen. Um die Mittagszeit lauerte er vor dem Labor der Sorbonne. Er wollte warten, bis die archäologischen Forscher zu Mittag aßen (ein sehr langes Mittagessen, denn es war Paris) und sehen, ob sein Schlüssel noch funktionierte. Wenn sein Schlüssel nicht funktionierte, würde das ihren Plan durchkreuzen und sie würden einbrechen müssen. Nach der Sache mit der Bank war ein Einbruch das Letzte, was er tun wollte. Also setzte er sich auf seine Bank auf der anderen Straßenseite und aß einen Apfel. Noch bedrohlicher war, dass er Wein aus einer Papiertüte trank. Er fand, dass er ihn nach allem, was sie durchgemacht hatten, verdient hatte. Sein Hut war wie eine Karikatur über sein Gesicht gezogen, um nicht erkannt zu werden. Er war nur ein paar Blocks von dem Ort entfernt, an dem Kathy und Mark ihren romantischen Spaziergang genossen, aber das wusste er nicht.

Um viertel nach elf sah er, wie drei Männer das Labor verließen und er stand langsam auf. Er ließ die Mütze über sein Gesicht gezogen und ging über die Straße. Er ging ein paar Mal am Gebäude entlang, bevor er sich einigermaßen sicher fühlte, dass er in Sicherheit war. Er schlich sich an die Tür heran und holte den Schlüssel aus seiner Tasche. Er war verschwitzt und glitschig. Er hatte den ganzen Tag in seiner Tasche gesteckt und seine nervöse Hand hatte ihn immer wieder aufgefangen. Bevor er den Schlüssel ins Schloss stecken konnte, öffnete sich die Tür zum Labor und traf den Professor fast an der Stirn. Er stolperte rückwärts.

"Tut mir schrecklich leid", sagte die Stimme hinter der Tür. "Ich habe nicht erwartet, dass jemand so in der Nähe hängt."

Der Professor wollte seinen Hut zurück auf den Kopf ziehen und sich davonschleichen, aber eine feste Hand legte sich auf seine Schulter.

"Claude, bist du das?", sagte die Stimme. Der Professor sah sich gezwungen, sich überrascht umzudrehen.

"Hallo, Remy."

"Du bist es!"

Reginald Astair dachte über die Vergangenheit nach. Das Leichentuch lag in seiner Verpackung auf einem Tisch in seinem Hotelzimmer, aber es war nicht der einzige Gegenstand seiner Gedanken. Es war der Auslöser für einen viel größeren Gedankenstrom ... Gedanken an einen viel jüngeren Mann. An sich selbst natürlich. Er schritt in seinem Hotelzimmer umher und fragte sich, was aus diesem ehrgeizigen, aber prinzipientreuen jungen Mann geworden war. Der Ehrgeiz hatte bis ins hohe Alter überlebt. Viele Jahre zuvor war Reginald Astair Theologiestudent gewesen und hatte sich mit seinem besten Freund Gabriel Mizrahi eine Wohnung außerhalb des Campus geteilt. Sie hatten eine gemeinsame Leidenschaft: den Gral. Die anderen Studenten machten sich über die beiden lustig, die sich in ihrer Wohnung zusammenkauerten und davon träumten, Schatzsucher zu sein. Aber sie ließen sich davon nicht beirren. Sie ließen nicht zu, dass sich andere zwischen sie drängten; das würden sie schon selbst hinbekommen.

Es geschah in einem Sommer, als keiner von ihnen einen Kurs belegte. Sie waren ungefähr in der Mitte ihres Studiums, aber sie waren nicht die Art von Studenten, die den Sommer einfach in einem Dunst aus Margaritas, Stränden und Rücksitzen aus Kunstleder verschwinden lassen. Sie verbrachten viel Zeit in der Bibliothek, blätterten in ihren Lieblingsbüchern und studierten die Texte der neuen Bücher, die die Bibliothek angeschafft hatte. An einem dieser Tage, als Reginald mit einer fiesen Erkältung im Bett lag, kam Gabriel mit einem Buch in der Hand und einem unleserlichen Blick in den Augen in sein Zimmer gestürmt.

"Reginald, das ändert alles", sagte er mit blitzenden Augen.

"Wenn das Buch kein Sofortheilmittel für Erkältungen ist, bin ich nicht besonders interessiert." Er zog sich die Decke über den Kopf und sagte seinem Freund, er solle verschwinden. Gabriel zog sie herunter und drückte seinem Freund ein Buch in die Hand.

"Sieh dir das an", sagte er.

Das Buch trug den Titel: *Die andere Dreifaltigkeit*.

"Was ist damit?"

Gabriel sprach dann so schnell, dass er mehrmals von vorne anfangen musste, damit Reginald mit dem, was er sagte, Schritt halten konnte. Er sprach aufgeregt und mit einer Leidenschaft, die alles in den Schatten stellte, was Reginald je gesehen hatte.

"Gibt es noch andere?", sagte Reginald.

"Was?", sagte Gabriel, verärgert über die Frage seines Freundes.

"Nun, was zitiert er? Glaubt noch jemand daran? Oder ist es nur eine Theorie?"

"Du verstehst nicht", sagte Gabriel, stieg vom Bett seines Freundes und nahm sein Buch mit. "Ich erkläre es dir noch einmal, wenn du wieder gesund bist."

Er verließ das Schlafzimmer seines Freundes, aber ihre Freundschaft würde nie wieder dieselbe sein. Keiner von beiden konnte dem anderen das Verständnis abringen. Sie waren beide noch immer von der Idee des Grals überzeugt, aber die Theorien in *Die andere Dreifaltigkeit* ließen Gabriel Mizrahi nicht los. Monatelang stritten die beiden Mitbewohner darüber, und Reginald weigerte sich, sie auf die gleiche Ebene wie andere Gralstheorien zu stellen, weil sie durch nichts anderes gestützt wurde.

"Aber es macht Sinn", sagte Gabriel mindestens zum zehnten Mal.

"Aber das gilt auch für viele andere Dinge im Nachhinein. Erinnerst du dich an die Sache mit dem *Zauberer von Oz*, die wir im Wirtschaftsunterricht gelernt haben? Dass es dabei um den Goldstandard ging?"

"Ja."

"Das machte Sinn, aber es hatte nichts mit der Absicht des Autors zu tun. Jemand hat im Nachhinein Punkte mit seinen eigenen Zeilen verbunden. Das ist im Nachhinein viel einfacher. Und diese Theorie machte absolut Sinn, außer dass jeder, der mit der Geschichte von L. Frank Baum und der Oz-Serie vertraut ist, sie sofort als das erkannte, was sie war: Unsinn."

Ihre Freundschaft hat sich nie erholt.

Reginald Astair schritt in seinem Hotelzimmer umher und blieb stehen. Er betrachtete das Leichentuch und dachte darüber nach, was er seinem ehemaligen Freund angetan hatte. Er hätte zwar Schlimmeres tun können, aber es lastete trotzdem schwer auf ihm. Der Kreis seines Lebens hatte sich geschlossen.

Claude und Remy tranken drei Blocks vom Labor entfernt einen Kaffee unter dem Vorwand, dass der Professor dort gewesen sei, um ihn zu besuchen. Sie wussten beide, dass das völliger Unsinn war, aber niemand hatte das Thema durchbrochen. Der Professor erzählte ein paar vage Details über sein Leben als Kunsthändler und Remy hörte höflich zu. Der Professor hörte auf zu sprechen, als die Tür des Cafés von einem plötzlichen Windstoß zugeknallt wurde und die Art, wie er aufsprang, war seinem ehemaligen Kollegen nicht entgangen. Remy sah ihn eindringlich an.

"Bist du in Ordnung?"

"Ich?", sagte der Professor. "Gut, gut."

"Claude", sagte Remy und legte seine Hand über den kleinen, runden Tisch, auf dem Kaffeesatz verstreut war, auf das Handgelenk des Professors. "Ich war immer auf deiner Seite, weißt du. Du warst ein großartiger Professor. Die Studenten haben dich geliebt. Ich habe versucht, dir eine weitere Chance zu verschaffen. Es sieht so aus, als hättest du dich jetzt zusammengerissen, also was machst du hier? Warum hast du versucht, ins Labor zu kommen?"

Der Professor zuckte erneut zusammen. War er so offensichtlich gewesen? Natürlich war er das. Er versuchte, die Flasche Wein, die er auf der Bank liegen gelassen hatte, zu verdrängen, als ob er dadurch verhindern könnte, dass sein Freund merkt, dass er sich geirrt hatte.

"Ich wollte nur ...", er zögerte.

"Die Schlösser wurden vor zwei Jahren ausgetauscht", sagte Remy und nahm einen Schluck von seinem Café auf Lait. "Das hat natürlich nichts mit dir zu tun. Nur die üblichen Dinge." Er stellte seinen Kaffee wieder ab.

Die Hand des Professors hörte auf, mit dem verschwitzten Schlüssel in seiner Tasche zu spielen. Er blickte zu seinem ehemaligen Kollegen auf.

"Ich muss ins Labor."

Remy nahm noch einen Schluck. "Jetzt kommen wir weiter."

Mark und Kathy hatten sich langsam auf den Weg zurück zum Hotel gemacht. Sie gingen nicht gleich zurück, sondern in ein Café, das nur ein paar Blocks entfernt war. Sie wollten nicht auf ihr Zimmer gehen. Mark nippte schweigend an seinem Wasser, als Kathy etwas aus ihrer Tasche zog und es über den Tisch schob. Es war der Zettel aus dem Buch der Watters.

"Hast du überhaupt darüber nachgedacht?", fragte sie. Mark war überrascht, dass sie es sich aufgehoben hatte. Daran hatte er noch gar nicht gedacht.

"Ich war ein bisschen damit beschäftigt, in die Luft gesprengt zu werden und Banken auszurauben", sagte er.

Ein paar Köpfe im Café drehten sich in ihre Richtung.

"Das würde ich nicht von den Dächern schreien", sagte sie durch die Zähne. Sie schob den Zettel weiter über den Tisch. "Denk wenigstens darüber nach", sagte sie. "Solange wir noch etwas Zeit haben. Relativ gesehen."

Mark nahm den Zettel wortlos entgegen und steckte ihn in seine Tasche.

"Ich werde darüber nachdenken", sagte er.

Nach einer weiteren angenehmen Stunde im Café machten sie sich schließlich auf den Weg zurück in ihr Hotelzimmer. Es ist wunderbar einfach, so zu tun, als sei die Welt ein einfacher Ort, mit dem Duft von Kaffee in der Nase und dem sanften Stimmengewirr in den Ohren, das düstere Erinnerungen und die Angst vor der Zukunft ausblendet.

Mark schob die Schlüsselkarte zu ihrem Zimmer und bemerkte, dass der Fernseher eingeschaltet war. Er konnte sich nicht erinnern, ihn eingeschaltet gelassen zu haben. Kathy sah ihn an. Sie waren beide in höchster Alarmbereitschaft.

"Wahrscheinlich nur das Zimmermädchen", sagte Mark. Er nahm die Fernbedienung vom Bett und wollte sie gerade ausschalten, als er bemerkte, was gerade lief. Es waren die Nachrichten und sie waren auf Französisch, aber das eingefrorene Bild der zerstörten Bank war kaum zu übersehen. War es wirklich so schlimm gewesen? Das Feuer wütete endlos in der

Nachrichtenschleife und die Trümmer lagen verstreut in der Genfer Straße. Er stand unter Schock und war nicht in der Lage gewesen, das Ganze zu begreifen. Er schaltete den Fernseher aus.

"Nur das Dienstmädchen", sagte er.

Reginald, Kathy und Mark saßen auf der Bank, auf der der Professor etwa zwölf Stunden zuvor gesessen hatte. Der Professor war spät dran und sie machten sich langsam Sorgen. Reginald paffte an einer Zigarre, die längst erloschen war, aber er schien es nicht bemerkt zu haben. Mark spielte mit einem Stück Papier in seiner Tasche. Kathy war die Einzige, die entspannt zu sein schien, obwohl sie weit davon entfernt war. Sie war einfach die Beste darin, ihr Unbehagen zu verbergen. Sie rieb Mark mit der Handfläche über den Rücken, um ihn zu beruhigen. Er drehte seinen Kopf zu ihr und schenkte ihr ein schiefes Lächeln. Niemand wollte darüber nachdenken, warum der Professor zu spät kam. Es schien nur ein paar Möglichkeiten zu geben, und keine davon war gut. Es bestand immer die Möglichkeit, dass er irgendwo betrunken war, und das war nicht gut. Aber noch schlimmer war eine andere Möglichkeit: dass jemand wusste, was er tat, und ihn gefangen genommen hatte.

Aber ihre Befürchtungen waren unbegründet. Der Professor kam ein paar Minuten später mit einem anderen Mann auf sie zu geschlendert. Reginald Astair stand in seiner natürlichen Verteidigungshaltung auf.

"Wer ist das?", fragte er.

Der Professor hob seine Hand zu einer versöhnlichen Geste.

"Entspann dich, Mr. Astair. Er ist die Lösung, nicht das Problem."

"Erkläre", sagte Reginald.

"Mein Schlüssel funktioniert nicht mehr", sagte er. "Aber Remy hier ist die Lösung."

"Wenn wir jemanden brauchen", sagte Reginald. "Um uns beim Einbruch zu helfen, hättest du es mir einfach sagen sollen. Einer meiner Männer ist mehr als fähig, das zu tun, und gewöhnliche Kriminelle einzuschleusen, ohne mich vorher zu fragen, ist unklug."

"Er ist kein Krimineller." Sagte der Professor. "Jedenfalls nicht in den nächsten Minuten."

"Das will ich nicht hoffen", sagte Remy und reichte Reginald die Hand. "Remy Agee. Außerordentlicher Professor am Institut für Archäologie". Er fuchtelte mit einem Schlüssel in der Luft herum. "Und ich muss nicht in das Labor einbrechen. Ich habe einen Schlüssel."

Im Labor angekommen, schaltete Remy das Licht an und bat Reginald um die Probe. Reginald übergab das

Bündel und Remy reichte es Claude. Beide zogen chirurgische Handschuhe an und breiteten das Leichentuch auf einem Metalltisch aus, über dem eine sehr schwache Glühbirne hing. Remy holte ein Skalpell aus einer Schublade und schnitt mit einer langen chirurgischen Pinzette vorsichtig zwei winzige Proben, bestehend aus wenigen, nur millimeterlangen Fäden, vom Rand des Leichentuchs ab und legte sie in zwei kleine Petrischalen.

"Der schmerzhafte Teil ist vorbei", sagte er. Er faltete das Leichentuch wieder zurück und nickte Reginald zu.

"Und jetzt", sagte der Professor. "Zeit für die harte Wahrheit. Der nächste Teil ist sehr langweilig und wird ein paar Tage dauern."

"Ich habe gehört", sagte Remy, "dass du eine Reise nach Zypern geplant hast. Ich würde empfehlen, dass du diese Reise schon mal antrittst. Du musst hier nicht auf die Ergebnisse warten - du wärst nur im Weg."

Mark konnte nicht glauben, dass Professor Agee mit Reginald Astair sprach, aber das Selbstvertrauen des Mannes war faszinierend und Mark konnte nicht anders, als den Mann zu bewundern.

"Ich kann dir jemanden überlassen, der dich beschützt", sagte Reginald und überraschte alle. "Das heißt, wenn es für dich akzeptabel ist."

"Wenn du es für nötig hältst, würde ich das begrüßen", sagte Remy und lächelte Reginald höflich an.

Die Gruppe war kurz davor, sich zum ersten Mal freiwillig zu trennen. Sie einigten sich darauf, dass der Professor in Paris bleiben und sie in fünf Tagen in Nikosia treffen sollte, um ihnen die Ergebnisse mitzuteilen, seien sie gut oder schlecht. Reginald war mit dem Plan einverstanden, denn sein Ziel war wie immer nur der Gral.

"Wo", sagte Kathy, als sie wieder in Reginalds Flugzeug stiegen, "ist Judas wohl nach seiner Ankunft auf Zypern hingegangen?"

"Das ist der Punkt, an dem es unklar wird", sagte Mark und nahm Platz. "Aber es gibt ein paar Möglichkeiten, damit anzufangen."

"Wie zum Beispiel?"

"Das türkisch kontrollierte Nordzypern", sagte Reginald, als er in sein Flugzeug stieg. "Die türkische Invasion im Jahr 1974 nach dem Zusammenbruch der Verfassung und einige blutige Kämpfe in den 1960er Jahren führten zur Teilung Zyperns und jetzt müssen wir mit den Folgen leben." Weder Mark noch Kathy nahmen sich die Zeit, sich darüber zu wundern, warum die Antwort dem alten Mann so schnell zu kommen schien.

"Eine davon", sagte Mark. "Das war die Plünderung des südlichen, griechisch kontrollierten Zyperns. Die Museen wurden hart getroffen. Sie hielten sich notorisch bedeckt, was sie in ihren Museen hatten, also wissen wir nicht, was sie in ihren Museumslagern hatten. Aber was wir mit Sicherheit wissen ... und was die Öffentlichkeit nicht wahrhaben will ... ist, dass diese gestohlenen Artefakte ein großer Teil des Grundes sind, warum das Land immer noch gespalten ist."

"Klingt herrlich", sagte Kathy. "Ganz und gar nicht gefährlich."

"Mach dir keine Sorgen, meine Liebe", sagte Reginald. "Geld regiert die Welt."

Wie sich herausstellte, waren Claude und Remy nicht dazu bestimmt, ein paar ereignislose Tage zu verbringen. In der ersten Nacht, nachdem Reginald, Mark und Kathy abgereist waren, hatten sie die Zeit damit verbracht, die Probe vorzubereiten und sich an alte Zeiten zu erinnern: Studenten, Fakultätstreffen und so weiter. Es war alles sehr angenehm gewesen und sie hatten mehr oder weniger das Gleiche erwartet, als sie am nächsten Abend ins Labor zurückkehrten. Aber sie erlebten eine Überraschung. Jemand war bereits im Labor und wartete auf sie.

"Guten Abend, mein Herr", sagte der Mann, als Remy den Schalter umlegte. Claude sprang fast aus den Schuhen und der Mann bemerkte es und lachte schadenfroh. "Bitte", wies er auf zwei Laborhocker vor ihm. "Setz dich. Lass uns ein bisschen plaudern."

Die beiden Männer nahmen die Hocker und warteten darauf, dass der Fremde weitersprach.

"Mein Name", sagte er. "Ich heiße Lloyd Rica Niri. Und ich glaube, ihr beide habt mir einiges zu erklären. Erklärt mir, warum ihr mein Leichentuch testet und was genau ihr damit anstellt."

"Dein Leichentuch?", sagte Claude ungläubig.

"Das ist richtig. Mein Leichentuch. Gestohlen aus meinem Bankschließfach. Aber das ist nicht das, worüber ich mich aufrege. Ich bin vor allem darüber verärgert, dass ihr beide hier seid und nicht die Männer, die es gestohlen haben. Sag mir, wo ist Mark Lockheed? Ich fürchte, ich habe ihn überschätzt."

"Unwahrscheinlich", sagte Claude.

"Die Tatsache, dass er nicht hier ist, beweist, dass du in diesem Punkt falsch liegst", sagte der Mann ruhig. "Und wie sieht es mit der Kohlenstoffdatierung aus? Du wirst bald feststellen, dass er genauso alt ist, wie du hoffst. Aber wen interessiert das? Niemand außer Gabriel Mizrahi. Und wie ich gehört habe, macht er zur Zeit eine schwere Zeit durch."

"Es tut mir leid", sagte Remy zögernd. "Ich scheine nicht zu verstehen, was du von uns willst. Mr. Rica. Gibt es etwas, das wir für Sie tun sollen?"

"Das gefällt mir", sagte Lloyd Rica. "Sie kommt direkt auf den Punkt. Ja, es gibt etwas, das ihr beide für mich tun sollt. Hört gut zu, denn ich wiederhole mich nicht gerne."

Die beiden lehnten sich nah heran und konnten die IWI Jericho 941 MK VII mit Schulterpolster sehen, die bisher nur vage unter seiner Jacke zu sehen war.

## 10

Die Gruppe flog auf den griechisch kontrollierten Flughafen Paphos und wurde am Boden von einigen von Reginalds Männern empfangen, die ihnen auf der Spur immer einen Schritt voraus zu sein schienen. Reginald wollte Kathy und Mark nicht verraten, wie sie in den von der Türkei kontrollierten Norden Zyperns gelangen würden. Die Grenze war ein gefährlicher Ort und wurde selbst von den einflussreichsten Personen nicht einfach überquert. Deshalb fuhren sie zu einem nahe gelegenen Hotel und mussten bis zum Morgen warten, als Reginald und ein paar seiner Männer sie durch ein Labyrinth von Straßen führten, bis sie am Stadtrand ankamen.

Dort wartete ein Jeep auf sie, der sie zum Dorf Tsakistra brachte, von wo aus sie einen ausgetretenen Pfad entlanggingen, der nirgendwohin zu führen schien. Das Dorf rückte in den Hintergrund und bald gab es nichts mehr außer spärlicher Vegetation am Wegesrand. Der Weg wurde langsam steiler, und Mark wünschte sich, er hätte wieder ein Motorrad. Nach fast zwei Stunden Wanderung flachte der Weg ab. Marks Hemd war durchgeschwitzt und er hatte sich ein weiteres Hemd aus seinem Rucksack um den Kopf gebunden. Kathy hatte seit einer Stunde nicht mehr gesprochen, um Atem zu sparen. Nur Reginald lächelte. Nach weiteren zehn Minuten Fußmarsch erreichten sie einen einsamen Brunnen. Kathy fragte sich, welchen Zweck ein Brunnen so weit weg von jeder Siedlung erfüllen konnte. Reginald blieb direkt davor stehen.

"Nun", sagte er. "Runter geht's."

"Wie bitte?", sagte Kathy.

"Ich glaube, ich weiß, was er meint", sagte Mark und begann zu verstehen. "Ein Rebellentunnel."

Der Brunnen, wenn man ihn überhaupt einen Brunnen nennen kann, war nicht tief. Er war nicht mehr als fünfundvierzig Fuß tief, und als sie unten ankamen, konnten sie sehen, was sie oben im Schacht nicht sehen konnten. Es gab einen Tunnel, der unverkennbar nach Norden führte. Reginald holte drei Stirnlampen aus seiner Tasche, gab Kathy und Mark eine und schnallte sich seine eigene um den Kopf.

"Archäologen sollten nichts gegen ein bisschen Tunnelbau haben, stimmt's?", sagte er. Ihm war fast schwindelig.

Während sie liefen, erklärte Mark Kathy, dass die Rebellen, während des Staatsstreichs 1974, Tunnel gebaut hatten, um Truppen und (angeblich) gestohlene oder geplünderte Gegenstände zu transportieren. Mark fand es unheimlich passend, dass sie einen der Tunnel benutzten, durch den der Gral vielleicht schon in der nicht allzu fernen Vergangenheit gereist war. Der Tunnel war selbst mit ihren Scheinwerfern stockdunkel und sie erschraken ein wenig, als plötzlich Fledermäuse auftauchten, aber alles in allem verliefen die ersten paar Stunden ereignislos. Sie hatten noch etwa zehn Meilen bis zur Grenze vor sich, und Mark und Kathy konnten es sich ausrechnen. Sie würden mindestens eine Nacht in den Tunneln verbringen, vielleicht sogar mehr als eine. Darauf freuten sie sich zwar nicht, aber sie akzeptierten ihr Schicksal. Fünf Stunden nach ihrer Wanderung von Tsakistra mussten sie akzeptieren, dass sie eine Nacht in dem engen, stickigen Tunnel verbringen mussten.

Es war Reginald, der als Erster auf das Problem stieß, und das im wahrsten Sinne des Wortes. Er stolperte über einen Haufen Schutt, den ihre Scheinwerfer nicht ausreichend ausleuchten konnten, und direkt dahinter war der Tunnel blockiert. Die Rebellentunnel waren mehr als vierzig Jahre alt und Mark hatte bereits über die Möglichkeit eines Einsturzes nachgedacht. Trotzdem war es ein schwieriger Moment. Sie setzten sich alle an die Blockade und schwiegen eine Zeit lang.

"Wir müssen uns ausruhen", sagte Reginald. "Bevor wir versuchen, uns hier durchzuschlagen."

Mark und Kathy mussten zustimmen. Sie waren erschöpft. Nach der Wanderung zum "Brunnen" und den fast sechs Meilen, die sie unter der Erde zurückgelegt hatten, brauchten sie eine Pause. Sie waren fast zu müde, um sich darüber Gedanken zu machen, für immer in einem unterirdischen Tunnel gefangen zu sein. Fast. Sie saßen mit dem Rücken zu den Wänden des Tunnels nebeneinander, die Beine ineinander verschränkt, und Mark leuchtete mit seinem Licht auf den Zettel, den er noch in seiner Tasche hatte. Während ihrer Wanderung war ihm ein Gedanke gekommen, den er nicht mehr loswurde. Er war plausibel, wenn auch unwahrscheinlich.

"Ich habe nachgedacht", sagte er. "Über den Zettel."

"Ja?", sagte Kathy. Sie schaute auf. Sie war kurz davor einzunicken. Reginald schnarchte und stützte sich gegen die Blockade im Tunnel.

"Ja. Ich kannte diesen Typen mal. In der Schule. Er war besessen von Anagrammen. Er hat immer gesagt, dass die klügsten Leute die sind, die Anagramme schreiben können."

"Er klingt wie ein Irrer."

"Das ist genau das Richtige. Er wurde weggesperrt. In einer Anstalt. Als wir noch auf dem College waren."

"Was hat das mit dem Zettel zu tun?"

"Eine Menge", sagte er. "Eines nach dem anderen scheinen die Worte keine Rolle zu spielen.

"Aber im Ganzen?", beendete sie für ihn.

"Sie sind unübersehbar. Er wurde von dieser unglaublich reichen Schweizer Familie, den Niris, adoptiert. Sie starben beide bei einem Autounfall und hinterließen ihm alles. Das war der Zeitpunkt, an dem er anfing, durchzudrehen. Er steigerte sich mit seinem Anagramm-Fimmel auf eine ganz neue Ebene. Er begann zu glauben, dass Anagramme eine Art kosmische Bedeutung haben. Der Nachname seiner Adoptivfamilie ist ein Anagramm für ..."

"Jesus Christus", beendete Kathy wieder für ihn.

"Ja", seufzte er. "Und natürlich hat er sich an mich rangemacht. Er wusste von meiner Besessenheit. Jeder wusste es. Er wollte mir helfen, aber er war kein Archäologe. Er war Mathematiker, oder wollte es sein. Er war keine Hilfe für mich. Das war ungefähr zu der Zeit, als die Schule darüber nachdachte, ihn rauszuschmeißen. Sie ließen einen Berater mit ihm reden und so weiter. Ich meine ... es war offensichtlich, dass er über die Stränge schlug. Er verfolgte mich ... er zeichnete alles über mein Leben auf und versuchte, sich irgendwie mit mir zu verbinden."

"Und?", sagte Kathy.

Mark hielt den Zettel hoch. "*Herzlichst*, (auf englisch *Cordially, Anmerk. des Übersetzers)*", sagte er. "Das ist der Gruß am Ende des Zettels. Er hat die Unterschrift nicht weggelassen. Die Anagramme lauten *Lloyd Rica*. Das war sein Name."

Kathy keuchte.

Claude und Remy brauchten nicht lange, um herauszufinden, dass sie es mit jemandem zu tun hatten, der es nicht so genau mit Zahlen und Fakten nahm, obwohl er immer wieder betonte, Mathematiker zu sein. Er neigte zu langen Redeschwällen und redete viel darüber, wie sein Schicksal mit dem von Mark Lockheed und Jesus Christus verwoben war. Nichts davon ergab einen Sinn, und Lloyd Ricas Beharren darauf, die ganze Zeit in einem Ton epischer Ernsthaftigkeit zu sprechen, half ihnen nicht dabei zu entscheiden, was wichtig war und was nicht. Es lief auf Folgendes hinaus: Lloyd wollte, dass sie ein Treffen zwischen ihm und Mark Lockheed arrangieren, und die beiden hatten wortlos beschlossen, dass es eine schreckliche Idee wäre, dies zu tun.

"Er wird in Frankreich zurück sein", sagte Claude. "Dann können wir etwas arrangieren."

"Nein. Ich will, dass du mich zu ihm bringst", sagte Lloyd Rica. "Ich muss bei jedem Schritt mit ihm sein, sonst wird die Reise verdorben und unvollständig sein. Ich bin der Christus, den er braucht, um den Kelch zu finden. Ohne den Christus kannst du den Kelch nicht finden." Das war einer der Sätze, die er oft wiederholte und Claude und Remy hatten keine Ahnung, wie sie mit solchem Psychogeschwätz umgehen sollten. Sie waren Archäologen und keine Psychiater.

"Also gut", sagte Remy, während Claude ihn flehend ansah. "Wir werden dich zu ihm bringen. Wir bringen dich morgen früh zu ihm", schlug er vor.

Lloyd grinste Remy breit an.

"Sicherlich", sagte er. "Komm nicht zu spät."

"Das werden wir nicht."

"Natürlich wirst du das nicht. Ich werde zusehen."

Nachdem Lloyd Rica das Labor verlassen hatte und ihre Atmung sich wieder normalisiert hatte, stand Claude auf und schritt durch den Raum.

"Was zum Teufel war das für ein Geplapper? Wie hast du ihn dazu gebracht zu gehen?"

"Anagramme. Das war ein Hobby von mir in der Highschool. Scheint sich als nützlich erwiesen zu haben. Der spinnt doch, oder?"

"Was hast du gesagt?"

"Wir treffen ihn um neun Uhr morgens im Louvre."

Der Professor, der das Anagramm nicht so gut beherrschte, brauchte einen Moment, um es in seinem Kopf auszuarbeiten.

"Du kannst doch nicht ernsthaft daran denken, ihn zu treffen? Dann müssen wir uns eben ein anderes Labor suchen."

"Nur wenn wir mehr Proben bekommen. Wir haben den Prozess bereits begonnen und wir haben das

Leichentuch nicht mehr. Aber nein ... ich denke nicht, dass wir sein Spiel mitspielen sollten. Er ist gefährlich."

"Das würde ich auch sagen", stimmte Claude zu. "Er denkt, er sei Jesus Christus oder so."

"Er ist wahrscheinlich schizophren", sagte Remy nachdenklich. "Sie neigen dazu, Dingen eine übermäßige Bedeutung beizumessen, die normale Menschen nicht haben. In seinem Fall ist es das Anagramming. Er glaubt, dass es bei Anagrammen keine Zufälle gibt. Weil sein Nachname ein Anagramm von INRI ist und er mit deinem Freund Mark jemanden getroffen hat, der auf der Suche nach dem Heiligen Gral war ... sieht er eine kosmische Verbindung. Und Schizophrene lassen diese Dinge nicht einfach so auf sich beruhen. Es ist ein bisschen so, als hätte man es mit einem religiösen Eiferer zu tun. Du kannst nicht vernünftig reden."

"Und was machen wir jetzt?"

"Wir nutzen seine Paranoia gegen ihn", sagte Remy und stand von seinem Hocker auf. "Aber zuerst ... musst du besser im Anagramming werden."

Es ging nur langsam voran. Keiner von ihnen wollte es zugeben, aber sie bewegten zuerst die kleinsten Steine, weil sie Angst hatten, die größeren zu bewegen. Sie hätten einen weiteren Einsturz verursachen und ihr eigenes Grab schaffen können. Mark hielt an und wischte sich die Stirn an seinem Hemd ab. Es war heiß und stickig in dem Tunnel. Die schlechte Beleuchtung durch ihre Scheinwerfer machte die Arbeit noch schwieriger.

"Fünf Tage", sagte Reginald. "Wenn wir in fünf Tagen nicht rauskommen, wissen meine Männer, dass sie uns holen müssen." Das sollte tröstlicher klingen, als es war, aber Kathy nickte ihm zu, als würde sie sich dadurch besser fühlen. Sie fühlte sich noch schlechter, nachdem Mark in der Nacht zuvor die geheimnisvolle Notiz aus dem Buch gelöst hatte. Wenn er Recht hatte (und sie wusste, dass er Recht hatte), dann hatten sie auch einen Verrückten, der sie verfolgte.

Sie hatten schon mehrere Stunden lang an dem blockierten Durchgang gegraben, als Mark anhielt und den Stein, den er trug, fallen ließ.

"Hey, stopp", sagte er zu Kathy und Reginald, die ihn ansahen, als sei er verrückt. "Bleibt stehen", flüsterte er. Es dauerte nicht lange, bis sie begriffen, warum er das gesagt hatte. Sie waren nicht allein da unten. Unverkennbar waren Geräusche von Graben und Schaben zu hören, die nicht von ihnen kamen.

"Jemand gräbt von der anderen Seite", sagte Kathy leise. Mark nickte. Er setzte sich und lehnte sich mit dem Rücken an die Tunnelwand.

"Klingt, als hätten sie Schaufeln", sagte er. "Dann sollte es nicht mehr allzu lange dauern."

"Das war's?", sagte Reginald und schien völlig ratlos zu sein. "Habt ihr sonst nichts mehr hinzuzufügen?" Reginald Astair hatte einen panischen Ton an sich, der Mark und Kathy nicht besonders gut zu Gesicht stand und den sie nicht gewohnt waren.

"Wolltest du umkehren?", sagte Mark etwas bissig.

"Nein."

"Na ja ... dafür hast du dich ja gemeldet", sagte Mark. "Es war von vornherein klar, dass es gefährlich wird. Wir können nur hoffen, dass sie uns freundlich gesinnt sind."

"Wie hoch sind die Chancen dafür?", fragte Kathy.

"Nicht gut", sagte Mark. "Ganz und gar nicht gut."

Zumindest mit einer Sache hatte Mark recht. Sie brauchten nicht sehr lange. Es dauerte nur noch dreißig Minuten, bis sie Licht in den Rissen sehen konnten. Die Leute, die ihnen entgegengruben, hatten viel hellere Lichter und ihre Schaufeln. Sie sprachen schnell auf Arabisch und ihre Worte drangen erschreckend durch die kleinen Risse in den Felsen. Reginald, Mark und Kathy standen auf, als es klar war, dass sie jeden Moment durchbrechen würden. Mark nahm Kathys Hand und drückte sie. Reginald schwitzte durch sein Hemd.

Sie traten zurück, als der Kopf einer Schaufel durchbrach, gefolgt von einer behandschuhten Hand, die den Schutt aus dem Weg schob. Die Schaufel schlug wieder zu, dann ein Stiefel, und dann konnte sich ein Mann hindurchzwängen.

Er schien nicht überrascht zu sein, sie zu sehen. Er musterte sie von oben bis unten und fragte sie in akzentfreiem Englisch, ob sie irgendwelche Waffen bei sich hätten. Reginald händigte seine Pistole aus und Mark und Kathy beteuerten, dass sie keine hätten. Der Mann forderte sie auf, ihre Hände vor sich zu halten, und fesselte sie. Dabei ging er nicht zu grob vor, sondern war sanft genug.

"Du bist verhaftet, weil du versucht hast, illegal nach Nordzypern einzureisen. Hast du irgendwelche Fragen?"

Das taten sie nicht. Es war ihnen klar, dass diese Männer keine Gesetzeshüter waren, sondern auch an Tunnelschleichen gewöhnt waren. Der Mann, der sie mit dem Reißverschluss gefesselt hatte, und ein anderer führten sie durch den Tunnel in die Richtung, in der sie unterwegs gewesen waren. Der Mann wies die anderen an, die Tunnel weiter zu räumen. Es schien Mark, dass, wenn Nordzypern die Tunnel immer noch unterhielt, sie sie wahrscheinlich auch noch benutzten. Aber wofür?

# 11

Claude war irritiert. Er war nicht gut in Anagrammen. Er hatte noch nie einen Sinn darin gesehen. Und er wurde auch nicht viel besser.

"Was soll das Ganze?", fragte er zum x-ten Mal, während er durch die Etagen von Remys Wohnung schritt.

"So arbeitet dieser Typ. Offensichtlich hat er eine Menge Geld. Genug, um die Leute vergessen zu lassen, dass er ein Verrückter ist. Aber du siehst, dass er nicht an Anagrammen vorbeikommt. Sie sind für ihn heilig. Er *muss* sie als wichtig ansehen. So ist er verdrahtet. Es ist eigentlich ganz einfach. Wir brauchen nur ein paar Anagramme, um ihn in die Irre zu führen, damit wir Zeit gewinnen, um die Kohlenstoffdatierung abzuschließen und von hier zu verschwinden."

"Nach Zypern."

"Nach Zypern."

"Okay, schlag mich noch mal."

Claude und Remy übten die ganze Nacht hindurch und als die Sonne über Paris aufging, hatten sie schon eine ziemlich genaue Vorstellung davon, was sie Lloyd Rica erzählen würden.

"Das ist völlig absurd", sagte Claude, als sie morgens Kaffee tranken, um wach zu bleiben. "Das wird nie funktionieren." Er war in letzter Minute ein wenig in Panik geraten.

"So darfst du nicht denken. Er wird nicht denken, dass es verrückt ist. Er wird es mit Ehrfurcht behandeln. Du wirst sehen. Es wird klappen."

Der Professor durchlebte etwas, das diejenigen, die mit Worten Geld verdienen, oft durchmachen: Ungläubigkeit. Er konnte nicht glauben, dass eine alberne Buchstabenkombination zu Konsequenzen in der realen Welt führen konnte. Aber er musste es glauben. Der Mann war verrückt. Der Mann war reich. Und der Mann hatte eine Waffe. Also würde er an die Macht der Worte glauben, auch wenn er nicht glücklich darüber war.

Sie verließen die Wohnung von Remy mit viel Zeit. Ihr Weg zum Louvre war langsam, bedächtig und schweigend. Was keiner von ihnen wusste, als sie mit den Händen in den Taschen und den Gesichtern auf die Pariser Bürgersteige blickten, war, wie wenig all ihre Planung und ihr logisches Denken am Ende zählen würden. Sie waren an ihr Dilemma herangegangen, wie es Wissenschaftler zu tun pflegen: logisch und kritisch. Und das kann man ihnen kaum verübeln. Sie wurden mit einem Verrückten konfrontiert und bereiteten sich wie auf eine Präsidentschaftsdebatte vor. Sie ließen in ihrem Plan keinen Platz für das, womit sie mehr als alles andere hätten rechnen müssen: das Unerwartete.

Um zehn nach neun wussten sie, dass etwas nicht stimmte, als sie am Rande des Brunnens vor dem Louvre saßen. Keiner von ihnen wollte es zugeben, bis es weit nach viertel nach neun war. Zu diesem Zeitpunkt tauschten sie Blicke aus, die alles sagten. Sie begannen zu verstehen, dass ihre Planung nichts bringen würde. Die Pistole wurde in Remys Rücken gestoßen. Er sprang auf und wäre fast aufgestanden, aber die Stimme, die ihm im Nacken saß, sagte ihm, dass er nur auf sein Kommando hin aufstehen sollte. Claude erstarrte. Er war in einer besseren Position, um einen Schritt zu machen, aber er hatte nicht die mentale Stärke.

"Jetzt", sagte die Stimme. "Steh langsam auf."

Für jeden zufälligen Passanten sah es so aus, als wären Lloyd Rica und Remy ein Paar, das eng beieinander ging, Arm in Arm, und als wäre Claude ihr dritter Freund, der sie nicht zu weit aus den Augen lassen wollte. Den versteinerten Wissenschaftlern kam der Weg wie eine Ewigkeit vor. Sie befanden sich im achtzehnten Arrondissement, wo die Gebäude grau und niedrig gebaut waren. Ein Fenster im dritten Stock auf der anderen Straßenseite zerbrach und ein Plattenspieler lag zerschmettert auf der Straße. Ein Taxi wich ihm aus, ohne dass die Reifen quietschten; der Status quo war nicht gebrochen. Schließlich führte Lloyd sie in eine Gasse und in ein Gebäude, wo sie eine müde Treppe hinaufstiegen, die unter ihrem Gewicht ächzte. Sie stiegen vor ihm hinauf und da sie jetzt drinnen waren, konnte er die Waffe offen hinter ihnen halten.

"Es ist unverschlossen", sagte er die Treppe hinauf, als sie eine schmutzige Tür mit einem kleinen stahlverstärkten Fenster erreichten, das so schmutzig war, dass es nicht mehr zu gebrauchen war. "Öffne sie. Setz dich auf den Boden."

Remy öffnete die Tür und der Anblick, der sich ihm und Claude bot, war wirklich erschreckend. In der Wohnung hing eine einzige Glühbirne an einem Stromkabel von der Decke herab. Sie schwankte, obwohl sich die Luft in dem stickigen, engen Raum nicht bewegte. Es war ein einziger Raum und es gab keine Möbel. Die Wände waren mit Bildern von Mark Lockheed bedeckt. Einige von ihnen waren in unbedeutenden Fachzeitschriften, die man nur mit viel Mühe finden kann. Aber andere waren in ihrer Offenheit viel beunruhigender. Claude und Remy hatten keine Zeit, sich mit den Bildern von Mark zu beschäftigen, denn der Rest des Raumes verlangte ihre Aufmerksamkeit. In den Boden waren Wellstahlschlingen mit schweren Eisenfesseln geschraubt. Sie sahen aus, als gehörten sie in das Marshalsea-Gefängnis im London des frühen neunzehnten Jahrhunderts und nicht in das Paris des einundzwanzigsten Jahrhunderts. Jahrhunderts gehören.

Und doch ragten sie hervor, und anhand der verstreuten, seltsam geformten Metallgegenstände im Raum wurde den beiden Wissenschaftlern klar, was für sie bestimmt war. Die Aussichten waren nicht schön.

Sie setzten sich langsam auf den Boden, während Lloyd Rica die Tür hinter sich schloss und mit dem Ärmel über das Fenster in der Tür strich, als wolle er es reinigen. Als er fertig war, sah es genauso aus wie vorher. Er rieb sich die Nase so stark, dass es bei den meisten Menschen blutig werden würde, aber er schien sich nicht zu stören.

"Zieh sie an", sagte er und seine Stimme brach. Die beiden Männer, die er gefangen genommen hatte, wussten nicht, wie schwer das für ihn war. Sein Selbstvertrauen hing an einem seidenen Faden. "Sie klicken, wenn sie verriegelt sind."

Die beiden Männer auf dem Boden taten nichts.

"Tu es!", schrie Lloyd wie verrückt und die beiden Männer griffen nach den eisernen Fesseln, um ihr eigenes Schicksal zu besiegeln.

## 12

Sie liefen eine lange Zeit im Gänsemarsch, bevor sie sich wieder ausruhen durften. Nach Marks Berechnungen würden sie am Morgen aus den Tunneln heraus sein. Er war sich nicht einmal ganz sicher, ob es schon Nacht war, aber es kam ihm so vor, als wäre es so. Der Mann, der für die Aktion verantwortlich zu sein schien, stellte eine Laterne auf den Boden und alle setzten sich wie an ein Lagerfeuer.

"Also", sagte Mark. "Ich bin Mark."

Kathy und Reginald Astair starrten ihn ungläubig an.

"Ich weiß", sagte der Mann kühl, öffnete seinen Rucksack und nahm ein Stück Dörrfleisch heraus. Er riss ein Stück mit den Zähnen ab. Das andere Stück warf er Mark zu. Mark hielt sich die Hände mit dem Reißverschluss vors Gesicht und riss ein Stück von dem getrockneten Fleisch ab. "Wartest du auf meinen Namen?", fragte er.

"Ich glaube nicht, dass wir dafür genug Zeit haben", sagte Mark, und der Mann lachte ein raues Lachen, das in den Tunneln widerhallte.

"Ich mag Ihre Einstellung, Mark. Sehr charmant. Ich werde das sicher meinen Vorgesetzten gegenüber erwähnen."

"Und wer sind sie?"

"Die rechtmäßige Regierung von Zypern natürlich. Und es gibt noch einige andere interessierte Parteien.

"Die Grenzpatrouille, nehme ich an?", sagte Mark. "Da wir beim illegalen Überschreiten der Grenze aufgegriffen wurden."

"Glaubst du, das ist dein einziges Verbrechen?", sagte er und griff erneut in seinen Rucksack. Diesmal zog er ein Klappmesser heraus. Er klappte es auf und es machte ein zufriedenstellendes Klickgeräusch. Er begann, den Splitt unter seinen Nägeln zu entfernen. "Ich hasse es hier unten", sagte er. "Es ist ekelhaft, unter der Erde zu sein." Er grunzte, als sich ein besonders großes Stück Splitt unter dem Nagel seines Zeigefingers löste.

"Ich kann mir nicht vorstellen, was wir sonst noch gemacht haben", sagte Mark. "Wir sind sehr neugierige Archäologen, die sich nicht mit der Bürokratie internationaler Reisen herumschlagen wollten. Du weißt ja, wie das ist."

"Das tue ich in der Tat, Mark", sagte der Mann. "Ich weiß, wie es ist. Und deshalb weiß ich auch, dass du nur

Scheiße erzählst." Er deutete auf Reginald Astair. "Dein Freund ist furchtbar still. Warum fragst du ihn nicht, ob er eine Idee hat?"

Der Mann merkte, dass er Mark überrumpelt hatte und lächelte selbstzufrieden.

"Du weißt also nicht alles über deinen Reisegefährten."

"Hör nicht auf das, was er sagt", sagte Reginald, und Mark musste feststellen, wie erbärmlich er klang. "Zyprioten kann man unter keinen Umständen trauen."

"Tut, tut, tut", sagte der Mann. "Das sieht nicht sehr schmeichelhaft für dich aus. Du hättest in DC bleiben sollen, Astair. Du hättest in DC bleiben sollen. Du kannst es einfach nicht lassen."

Mark schaute dem Mann ins Gesicht und versuchte, ihn einzuschätzen. Das Licht der Laterne warf ein unheimliches Licht, das nur seine Lippen und sein Kinn richtig beleuchtete und den Rest seines Gesichts in einem unterirdischen Schatten liegen ließ.

"Ja. Ich weiß, was du hier tust", sagte er. "Ich suche nach Judas. Du bist nicht der Erste. Aber", sagte er und legte den Kopf schief. "Dir gebührt besondere Anerkennung dafür, dass du den Trend ausgelöst hast. Die Zeitung, die du geschrieben hast, hat viele Leute zu uns geführt. Das ist auch der Grund, warum dein Name in dieser Gegend nicht sehr beliebt ist. Überhaupt nicht sehr beliebt."

Der Mann lachte wieder sein schreckliches, hackendes Lachen und Kathy lehnte sich gegen Marks Arm. Sie lehnte ihren Kopf an seine Schulter und war weit weg, zurück in der Schweizer Landschaft, wo sie neben einem Motorrad im Leerlauf stand und in die schöne Ferne blickte. Sie war nicht in der Höhle, wie Mark es war. Er wünschte sich, er wäre es nicht.

"Das glaube ich dir nicht", sagte Mark wenig überzeugend.

"Sehr gut", sagte der Mann. "Aber das wirst du bald."

# 13

Remy hat nie vergessen, wie er das erste Mal einen Schuss gehört hat. In den Filmen und im Fernsehen wird er nie als laut genug dargestellt. Das war der Gedanke, der sein zwölfjähriges Gehirn mehr als alles andere durchdrang. Das lag zum Teil daran, dass er nicht in der Lage war, die Hirnmasse zu verarbeiten, die sich auf der Spitze seiner hellen Turnschuhe befand, aber auch an der schieren Überraschung über die Wucht des Geräusches.

Sein Vater hatte ihn zum Sorbet eingeladen, wie schon so oft zuvor. Seine Mutter war vor zwei Jahren gestorben, und es war schwer gewesen, aber sein Vater tat sein Bestes, und Remy war ein ungewöhnlich kluger Junge, der das erkennen und zu schätzen wusste. Eine der ersten Lösungen seines Vaters, um plötzlich alleinerziehend zu sein, war Zucker. Er wusste nicht so viel über Kinder, wie er gerne gewusst hätte, aber er wusste, dass sie Zucker mögen. Remy mochte nicht einmal Sorbet besonders gern, aber die Idee, dass sein Vater es versucht, gefiel ihm besonders gut. So wurde kurz nach dem Tod seiner Mutter die Tradition geboren, am Samstagmorgen Sorbet zu holen. Sie gingen immer zu Fuß von ihrer Wohnung aus und nahmen den längsten Weg, den sie gehen konnten. Sie gingen durch den Park und machten mehrere Umwege um Menschenmassen herum. Normalerweise brauchten sie für Hin- und Rückweg mehr als eine Stunde, obwohl es auch nur eine Viertelstunde sein konnte. Es war eine Übung in Vater-Sohn-Bindung.

An diesem Morgen nieselte es, und sie machten nicht ganz so viele Umwege wie sonst. Das heißt nicht, dass sie sich beeilten, aber der Regen und die allgemeine Eintönigkeit, die jede Routine mit sich bringt, selbst eine so angenehme wie ein Sorbet-Lauf, dämpften ihre Stimmung ein wenig. Bald, sehr bald, würden sie einfach froh sein, am Leben zu sein. Es geschah, als Remys Vater dem Besitzer des Sorbetstandes, der mittlerweile ein Freund der Familie war, das Wechselgeld zuwinkte. Instinktiv warf Remys Vater seinen Sohn zu Boden und deckte ihn mit seinem Körper zu, aber für Schutzmaßnahmen war es zu spät. Der Schuss hatte sich nur wenige Meter von ihnen entfernt gelöst, und das Trommelfell der beiden Männer würde sich nie wieder erholen. Jemand hatte eine Waffe auf einen Mann gerichtet, der irgendwo hinter ihnen in der Schlange stand, aber er hatte sich geweigert, seine Brieftasche herauszugeben. Er hatte nach der Waffe gegriffen und sie war losgegangen. Aus dieser Entfernung war nur noch wenig von seinem Schädel übrig. Als Remys Vater ihn zu Boden gebracht hatte, war der Straßenräuber schon einen Block entfernt, keuchte schwer und kam nicht mehr zurück, um seine Waffe zu holen.

Remy stand auf, als sein Vater ihn losgelassen hatte, und war sich plötzlich bewusst, dass die Gefahr vorüber war. Remy hatte beobachtet, wie die Leute um ihn herum ihn ansahen und ihre Münder sich bewegten. Es kam nichts heraus, aber es sah unheimlich aus, als ob sie versuchten, mit ihm zu reden. Sie zeigten auf ihn und er schaute auf seine Füße hinunter. Da war etwas Graues und Klumpiges an seinen Schuhen. Der Mann, der sich gewehrt hatte, lag ein paar Meter entfernt. In der Ferne ertönten Sirenen. Es war das erste Geräusch, bei dem er merkte, dass er wieder hören konnte.

Remy hat nie vergessen, wie sich das Geräusch eines Schusses aus nächster Nähe anhört. Das frühe Trauma hatte ihn unauslöschlich geprägt und als er Claude beobachtete, wie er mit Lloyd Rica kämpfte, wusste er, was passieren würde, lange bevor es tatsächlich passierte.

Als Lloyd ihnen befohlen hatte, sich selbst an den Boden zu fesseln, hatte Claude so getan, als ob er genau das tun wollte, aber er hatte sich die schwere Fessel geschnappt und sie nach Lloyd Rica geworfen. Glücklicherweise war die Kette gerade lang genug, dass das schwere Metallstück Lloyd in den Magen traf und ihn unvorbereitet traf. Claude bewegte sich mit überraschender Schnelligkeit und stürzte sich auf Lloyd. Sie kämpften mit beängstigender Intensität um die Waffe. Remy war wie erstarrt, seine Kindheitserinnerungen vernebelten sein Urteilsvermögen, obwohl er sich bewusst war, dass das Schicksal seines Lebens davon abhing, wie der Kampf, der sich vor ihm abspielte, ausgehen würde.

Die Waffe ging los. Es war genauso laut, wie Remy es in Erinnerung hatte, und als es vorbei war, lag Lloyd Rica auf dem Boden der Wohnung und die beiden Wissenschaftler warteten schweigend darauf, dass die Polizei kam und sie mitnahm. Doch die Minuten vergingen und nichts geschah. Niemand schien von dem Schuss Notiz zu nehmen. Das Blut von Lloyd Rica ergoss sich über den Boden und durchtränkte Claudes Schuhe und Socken. Angewidert warf er die Waffe in die Ecke. Sie schlitterte über den Boden und kam an der Wand zum Liegen.

"Ist er das?", sagte Remy und brach endlich das Schweigen.

"Ja. Er ist tot."

Sie wussten es beide, aber es musste gesagt werden. Niemand konnte so viel Blut verlieren und überleben. Es war unmöglich.

"Was sollen wir tun?", sagte Claude und sprach damit die offensichtliche Frage aus, auf die keiner von ihnen eine Antwort hatte. "Sollen wir uns stellen? Es war Selbstverteidigung. Er wollte uns foltern."

"Nein. Auf keinen Fall. So etwas tun wir nicht."

"Was dann?"

"Wir begraben ihn."

"Bist du wahnsinnig?"

"Das frage ich mich auch langsam."

Das buchstäbliche Licht am Ende des Tunnels war für Mark, Kathy und Reginald Astair kein angenehmer Anblick. Solange sie im Tunnel waren, waren das Draußen und alle damit verbundenen Konsequenzen nur eine Illusion, etwas, das erst dann real werden würde, wenn es direkt vor ihren Augen war. Und da war es. Der helle zyprische Sonnenschein, der sie mit seinem strahlenden Glück verhöhnte. Ihr Entführer holte tief Luft, als er aus dem Tunnel trat und stemmte die Hände in die Hüften.

"Atmet die freie Luft, meine Freunde", sagte er. "Genießt sie, solange ihr könnt."

Der Anblick einer echten Stadt war überraschend. Obwohl sie erst seit ein paar Tagen im Tunnel waren, kam es ihnen wie eine Ewigkeit vor. Sie waren sich dessen noch nicht bewusst, aber sie befanden sich in Lefka, gleich auf der anderen Seite der Grenze zu Nordzypern. Die Stadt hatte für keinen von ihnen eine Bedeutung, außer für Reginald, der schon einmal dort gewesen war ...

Sie wurden hinten in einen Transporter mit Schiebetür und Sirene gesetzt. Der Verkehr wich ihnen aus dem Weg und sie fuhren schnell nach Norden.

"Wohin gehen wir?", wagte Mark zu fragen. Ihr Entführer aus den Höhlen saß auf dem Beifahrersitz, und der Fahrer war ein Fremder, der nach vorne auf die Straße starrte, als ob sein Leben davon abhinge.

"Da kann ich es dir auch gleich sagen", sagte er. "Wir gehen zum Haus des Premierministers. Du musst natürlich erst einmal sauber gemacht werden, du bist schmutzig."

"Es gibt keinen Premierminister", sagte Reginald. "Dreckige Rebellen haben keine offiziellen Titel."

"Dein Freund ist sehr unhöflich", sagte der Mann. "Aber ich kann dir mit bestem Gewissen versichern, dass ich dich genau dorthin bringe. Ich würde dich nicht anlügen. Premierminister Kamali ist Mr. Astair hier sehr leid. Sehr müde. Und du hattest das Pech, mit ihm gefunden zu werden. Das tut mir leid", sagte er. "Besonders für dich", sagte er und richtete seinen Blick auf Kathy. Mark konnte spüren, wie sie erschauderte. Ihr Entführer lächelte und zum ersten Mal konnten sie seine

Zähne im Tageslicht sehen. Ein goldener Schneidezahn funkelte sie an, als er sich wieder nach vorne zum Auto drehte. "Es ist keine lange Fahrt. Wir sind in null Komma nichts da."

Soweit Mark das beurteilen konnte, war der Mann tatsächlich ehrlich zu ihnen gewesen. Nach einer Stunde hielten sie auf einer verlassenen Straße vor einem schmiedeeisernen Tor. Der Fahrer des Transporters kurbelte sein Fenster herunter. Er tippte einen neunstelligen Code ein und das Tor öffnete sich langsam und quietschend. Es waren noch einige Kilometer auf der Straße zu fahren, bevor das Haus des Premierministers in Sicht kam. Es war ein Haus mit mehreren Giebeln, gebaut im englischen Stil mit beeindruckenden Natursteinmauern an den breiten Seiten des Domizils. Es sah bemerkenswert deplatziert aus, da es allein auf einem kahlen Hügel stand. Weit und breit waren weder Bäume noch sonst etwas zu sehen. Mark konnte Männer mit Gewehren in schwarzer Kleidung sehen, die auf dem Gelände patrouillierten. Er konnte sich nicht vorstellen, warum sie das mussten. Sie konnten an einer Stelle stehen und meilenweit sehen.

"Ein lustiger Fakt für euch zwei", sagte ihr Entführer. "Dieses schöne Haus wurde von eurem Freund hier gebaut."

Mark und Kathy wandten sich an Reginald. Er sagte nichts und leugnete die Behauptung auch nicht. Es sah dem Stil des Hauses, in das Mark damals in DC gebracht worden war, verblüffend ähnlich. Diese Nacht war für Mark und alle anderen Beteiligten eine Ewigkeit her.

Sie wurden aus dem Transporter gelassen und ihre Fesseln wurden durchgeschnitten. Sie konnten sowieso nirgendwo hinlaufen. Der Mann schnippte mit den Fingern und zwei der Wachen, die Mark bemerkt hatte, kamen herbei.

"Das", sagte er. "Das ist leider der Punkt, an dem wir uns voneinander trennen."

Er verbeugte sich tief und ging zurück zum Tor. Mark konnte sich nicht vorstellen, dass er den ganzen Weg zurückgehen würde. Aber er hatte nicht viel Zeit, darüber nachzudenken, denn er wurde am Arm genommen, nicht ganz sanft, und in Richtung des Hauses geführt. Er bemerkte, dass es immer grüner wurde, je näher sie kamen. Es sah so aus, als ob der Besitzer des Hauses seinen Garten von den Mauern aus nach außen hin angelegt hatte und nur etwa hundert Meter weit gekommen war. Als das Haus direkt vor ihnen stand, gab es eine Fülle von Grünpflanzen. In der kurzen Zeit, die ihm zur Verfügung stand, sah Mark: Orangenbäume, Tulpen, weißen Oleander und jede Menge Pflanzenarten, die Mark nicht kannte. Er war weit davon entfernt, ein Experte in Botanik zu sein.

Nachdem sie das riesige Haus betreten hatten, wurden Mark und Kathy in ein Schlafzimmer geführt und gebeten, sich vorzeigbar zu machen. Die Tür klappte hinter ihnen zu und wurde verschlossen. Irgendwie wussten sie, dass ihre neuen Freunde direkt vor der Tür im Flur standen.

"Also", sagte Kathy. "Tolle Bude."

Und das waren sie in der Tat. Die Suite war palastartig. Die Böden waren aus gut poliertem Marmor und die Decken waren dreißig Fuß hoch. Das Bett stand in der Mitte des runden Raumes und war mit einem weißen, hauchdünnen Schleier verhüllt.

Mark öffnete die Schranktüren und fand ein Zimmer vor, das für sich allein hätte stehen können. Es gab jede Menge Kleidungsmöglichkeiten für sie beide und als er sich umdrehte, um es Kathy zu sagen, sah er ihre Gestalt unter dem Baldachin des Bettes verschwinden. Der Baldachin kräuselte sich noch immer leicht. Er ging zum Bett und öffnete den Vorhang. Kathy lag auf dem Bett, all ihrer Kleidung entledigt, und winkte ihm zu.

"Was haben wir zu verlieren?", fragte sie. Mark ließ den Vorhang hinter sich fallen und setzte sich zu ihr aufs Bett.

Sie waren so laut, wie es ihnen gefiel, und ließen die Wachen vor der Tür wissen, dass sie immer noch da drinnen waren, und dass sie sehr lebendig waren.

Gabriel Mizrahi war ein geduldiger Mann. Er wartete seine Zeit in Santander ab. Immerhin war sein alter

Freund so freundlich gewesen, ihn in einer so schönen Stadt unterzubringen. Seine wirklich treuen Mitarbeiter würden ihn finden. Sie würden zwar einige Zeit brauchen, aber sie würden ihn finden. Er verbrachte seine Tage mit der Arbeit auf den Booten, immer begleitet von seinen beiden namenlosen Beschützern. Die Männer, mit denen Gabriel arbeitete, hatten viele Gerüchte und Theorien darüber, wer die Männer waren, bei denen Gabriel lebte.

Es war eine wunderschöne Villa am Meer, die er mit den beiden Männern teilte. Die anderen Männer, die auf den Booten arbeiteten, versuchten, etwas aus Gabriel herauszubekommen, aber er bestand immer nur darauf, dass sie seine "Leibwächter" waren, was nicht ganz unwahr war. Er ging nie weiter darauf ein und lieferte auch keinen Grund, warum ein Bootsmann einen Leibwächter braucht, geschweige denn zwei. Sie konnten nie etwas aus ihm herausbekommen. Er erledigte seine Arbeit und blieb für sich. Er schien ein erfahrener Seemann zu sein, aber er erzählte ihnen nie, wo er sonst noch gearbeitet hatte. Er war wirklich das größte Geschenk, das die Männer aus der Kleinstadt je erhalten hatten. In den Monaten, in denen Gabriel Mizrahi da war, hatten sie bei ihren Lunchpaketen immer etwas zu besprechen.

Santander war hauptsächlich eine Touristenstadt. Die Fischereiindustrie war das Einzige, was an diesem Ort noch organisch war. Das soll nicht heißen, dass die Stadt nicht schön war, aber man konnte nur so viele Touristen über die Boulevards und Strände schwärmen hören, bis sie verdorben und gewöhnlich wurden. Die Einheimischen blieben meist unter sich und besuchten ihre eigenen Orte, die nur selten von Touristen aufgesucht wurden, außer von den unerschrockensten und abenteuerlustigsten, die die ausgetretenen Pfade verließen.

Gabriel hatte wenig Probleme damit, sich in die örtliche Routine einzuleben und unter sich zu bleiben. Einige der Männer an den Docks sagten, dass sie ihn gelegentlich unten im Stadtzentrum sahen. Er kaufte immer Bücher und trug sie in seinen Armen zurück ans Ufer. Sie dachten sich, dass er viel Zeit zum Lesen haben musste, da er die Villa nie verließ, außer um Bücher zu holen und zur Arbeit zu gehen. Was hatte er vor? Sie haben es nie herausgefunden. Eines Morgens erschien er einfach nicht zur Arbeit, und das tat er auch nie wieder. Noch ein paar Wochen nach seinem Verschwinden wurde über ihn getratscht, aber irgendwann verschwand Gabriel Mizrahi aus dem Bewusstsein der Einwohner von Santander, Spanien. Es war, als ob er nie dort gewesen wäre.

An dem Morgen, an dem er nicht zur Arbeit erschienen war, hatte er es vor. Doch als er in der Frühstücksecke der Villa ankam, fand er seine beiden "Leibwächter" tot über ihrem Kaffee zusammengesunken. Er überprüfte sorgfältig ihren Puls. Sie waren tatsächlich tot. Er war erfreut, aber nicht beunruhigt. Er ging seinen morgendlichen Geschäften nach wie vor nach. Er rührte seinen Instantkaffee in das dampfende Wasser und setzte sich auf die Fensterbank in der Nische. Sie würden jeden Moment vorbeikommen. Er beobachtete, wie ein Tourist das Parasailing lernte und von einer großen Welle umgeworfen wurde. Er schmunzelte vor sich hin. Er hörte, wie die Eingangstür der Villa geöffnet wurde und nahm einen großen Schluck seines Kaffees. Er rieb sich die Hände an seinem Matrosenoverall. Er nahm an, dass er sich umziehen müsste. Sie würden Kleidung für ihn haben.

"Hallo", sagte er, als seine Mitarbeiterin in die Küche kam. "Sehr gute Arbeit."

"Mr. Mizrahi", sagte der Mann und verbeugte sich tief. "Es tut uns leid, dass wir so lange gebraucht haben, um Sie zu finden."

Gabriel hob die Hand, um den Mann und seinen anderen Mitarbeiter, der nun den Raum betrat, zu beruhigen.

"Ich bin dankbar für euren Dienst. Für euch beide. Ich wusste, dass ihr treu seid und dass ihr mich finden würdet. Die Länge der Zeit spielt keine Rolle. Santander ist reizend, wenn auch ein bisschen neugierig."

Er lachte und seine Männer lachten mit ihm, leicht irritiert über die gute Laune ihres Chefs.

"Wenn Reginald schlau wäre, hätte er mich getötet, oder?", sagte er und trank die letzten Schlucke seines Kaffees. Seine Männer waren still. "Es ist in Ordnung", sagte er. "Es ist wahr. Aber er konnte sich nicht dazu durchringen, es zu tun. Seine Gefühle haben ihn überwältigt. Aber jetzt lasst uns weitermachen. Du weißt doch, wohin wir jetzt gehen müssen?"

"Zurück nach Paris?", fragte einer seiner Männer zaghaft.

Gabriel klatschte enthusiastisch in die Hände.

"Ja, mein Freund. Ja. Das habt ihr beide wirklich gut gemacht."

## 14

Remys Vater war nicht erfreut darüber, dass sein Sohn darauf bestand, zur Beerdigung des Mannes zu gehen. Sie hatten in der Zeitung gelesen, dass die Trauerfeier am Samstagmorgen stattfinden würde, ihrer Sorbet-Zeit. Remy, der schon in seinem jungen Alter ein sicheres Gespür für metaphorische Resonanz hatte, hielt das für angemessen. Aber sein Vater war besorgt, dass sein Sohn überhaupt hingehen wollte.

"Aber wir kennen ihn doch gar nicht", sagte sein Vater.

"Wir waren da. Das müssen wir. Habt ihr nicht in der Zeitung gelesen, dass er Witwer ist? Überhaupt keine Familie. Das ist sehr traurig."

"Ja, aber wir sind nicht seine Familie."

"Papa", sagte Remy. "Warst du im Krankenhauszimmer, als Maman gestorben ist?"

"Ja", sagte sein Vater und verschluckte sich ein wenig. "Das war ich."

"Und ich, du und Maman waren dabei, als Oma starb. Deine Familie ist es, die da ist, wenn du gehst. Wir waren mit ihm da. Wir sollten zur Trauerfeier gehen, Papa."

Remys Vater konnte nicht glauben, dass die Worte aus dem Mund seines Sohnes kamen, aber er musste zugeben, dass sie einen Sinn ergaben, wenn auch auf eine seltsame Art und Weise. Am Ende stimmte er zu und fühlte sich dadurch sogar besser in dieser Situation.

Remy machte nicht dieselben Fortschritte wie Claude. Claude konnte nicht verstehen, warum Remy so ruhig war und warum er darauf bestand, Lloyd Rica zu begraben.

"Er hat versucht, uns zu töten. Und wir kennen ihn nicht einmal."

"Das ist nicht der Punkt. Es geht um Anstand. Er hatte eindeutig seine eigenen Probleme. Er hat eine Beerdigung genauso verdient wie jeder andere", sagte Remy.

"Keiner hat uns kommen sehen. Wir können einfach gehen. Wir haben noch zu tun. Wir müssen weiter an der Kohlenstoffdatierung arbeiten."

"Ich kann gar nicht glauben, dass du gerade jetzt daran denkst", sagte Remy.

"Ich brauche einen Drink."

Es herrschte eine tiefe Stille. Claude bedauerte seine Worte, aber sie waren wahr gewesen.

"Hör zu", sagte er. "Du denkst nicht praktisch. Wie sollen wir das logistisch überhaupt schaffen?"

Er war überrascht zu erfahren, dass Remy tatsächlich schon an die Logistik gedacht hatte. Und er hörte die nächsten zehn Minuten zu, als Remy ihm erklärte, wie sie Lloyd Ricas Leiche am besten entsorgen konnten. Claude hörte in schuldbewusstem Schweigen zu und ließ sich langsam von der Präzision und Logik des Plans seines alten Freundes überzeugen.

"Gut", sagte er schließlich. "Wir werden es tun."

Da er nicht blutverschmiert war, war Remy derjenige, der die Wohnung als Erster verließ, als sich die Dunkelheit über Paris gelegt hatte. Da er zuvor ziemlich aufgeregt gewesen war, musste er als Erstes herausfinden, wo genau in Paris sie sich befanden und wie weit sie von einer möglichen letzten Ruhestätte für ihren potenziellen Peiniger entfernt waren. Das dauerte nicht lange, und kurz darauf machte er sich auf den Weg zu einem 24-Stunden-Laden. Er kaufte: zwei Dosen Pfirsiche (sie waren beide am Verhungern und würden ihre Kraft brauchen), zwei große Kaffees und eine Reihe von Männerkleidung. Er kaufte Claude ein Paar Jeans, Socken und Sandalen, da dies die einzigen Schuhe waren, die verkauft wurden, sowie einen schweren Wintermantel. Zum Schluss kaufte er noch zwei schlichte schwarze Hüte. Ohne große Eile machte er sich auf den Weg zurück in die Wohnung und trug sein seltsames Sortiment mit dem Stolz, das Richtige getan zu haben, wovon er ziemlich überzeugt war.

Als er zurückkam, ging sein Freund auf dem Boden auf und ab und verfolgte dabei das Blut. Remy machte ihn nicht darauf aufmerksam, denn Claude schien das gar nicht zu bemerken.

"Mein Gott, hast du dir aber Zeit gelassen", sagte er, als Remy die Tür hinter ihm schloss. "Lass es uns einfach tun."

Remy warf Claude eine Dose Pfirsiche zu und hielt die Kaffees gegen das Licht.

"Iss. Du bist ganz schön aufgeregt. Du musst essen."

Sie aßen schweigend und als sie fertig waren, zog sich Claude im schummrigen Licht der immer noch schwankenden Glühbirne um. Unerklärlicherweise lag in einer dunklen Ecke der Wohnung eine große blaue Plane. Remy hatte sie als Erster bemerkt und dankte dem Himmel, dass er nicht auch noch eine Plane kaufen musste. Sie machten sich daran, die Leiche von Lloyd Rica in die Plane einzuwickeln. Als sie damit fertig waren, warteten sie auf den Einbruch der Nacht. Sie hatten sich auf vier Uhr morgens als beste Zeit dafür geeinigt. Das war eine lange Zeit des Wartens.

Als es endlich so weit war, trugen sie die Leiche in der Plane die klapprige Treppe hinunter, die sie mit vorgehaltener Waffe hinaufgezwungen worden waren.

Der nächstgelegene Friedhof war nur zwei Blocks entfernt. Die Straßen waren völlig leer, bis sie weniger als hundert Meter vor dem Friedhof auf einen Polizisten trafen. Remy zog seinen schlichten schwarzen Hut vor dem Polizisten.

"Morgen, Officer", sagte er. Der Polizist rümpfte die Nase über die Plane.

"Ist es das, wofür ich es halte?", fragte er.

"Ja, Sir. Das ist eine echte Tragödie."

Der Beamte ging mit ihnen den Bürgersteig entlang, da sie die Leiche nicht einfach absetzen konnten.

"Sehr traurig", fuhr Remy fort. "Sie haben uns gesagt, dass sie an einem Sorbet-Stand erschossen wurden."

Der Offizier schüttelte den Kopf und murmelte etwas über die Verderbtheit der modernen Welt.

"Ich könnte nicht tun, was ihr beide tut", sagte er. "Ich könnte es nicht tun."

Und damit war er weg. Er setzte seine Patrouille fort und die beiden Männer bahnten sich ihren Weg durch die Tore des Friedhofs. Claude konnte nicht glauben, was gerade passiert war.

Sie brachten die Leiche zum hinteren Teil des Friedhofs und legten sie vorsichtig ab. Befreit von ihrer Last gingen sie zu der Hütte, in der sich alles befand, was sie brauchen würden. Sie lag näher an der Straße, aber sie waren jetzt sicherer in ihrer Deckung. Remy blickte hinter sich auf die ruhige Straße, bevor er die Waffe aus seiner Manteltasche zog. Er schlug mit dem Kolben der Waffe auf das alte Türschloss und es fiel mit einem leisen Klirren zu Boden. Alles lief nach Plan.

Bis sie ein Stöhnen hörten.

Es dauerte nicht lange, bis Mark geduscht und in einen Smoking umgezogen war. Er war nicht überrascht, dass der riesige Kleiderschrank einen Smoking enthielt, der sich anfühlte, als wäre er für ihn maßgeschneidert worden. Wenn er in letzter Zeit etwas gelernt hatte, dann war es, die Dinge so zu akzeptieren, wie sie auf ihn zukamen. Er streckte sich auf dem Himmelbett aus und rief im Bad nach Kathy.

"Bist du jetzt bald fertig?"

"Ich stecke meine Ohrringe ein", rief sie zurück.

Mark konnte sich ein Kichern nicht verkneifen. Es war, als würden sie sich auf die Hochzeit ihres Freundes vorbereiten, als wären sie in einer Suite, die sie selbst ausgesucht und gekauft hatten, und nicht in eine, in die sie nach ihrer Entführung gestoßen worden waren. Sie wurden zu Experten darin, das Beste aus einer Situation zu machen.

Als sie endlich aus dem Bad kam, sah Kathy hinreißend aus. Sie trug ein trägerloses smaragdgrünes Ballkleid und hatte ihr Haar zu einem eleganten Dutt hochgesteckt. Sie war ungeschminkt, das war das Einzige, was nicht auf sie in der Suite gewartet hatte, aber sie sah trotzdem umwerfend aus. Ihre Ohrringe waren schlichte Kronleuchter, nichts allzu Ausgefallenes, aber sie passten perfekt. Mark gab ihr einen langsamen Applaus.

"Oh, hör auf", sagte sie. "Lass uns zu dem neuen reichen Mann gehen, der uns herumkommandieren wird."

"Das scheint ein Thema zu sein, oder?" Mark lachte und klopfte leise an die Tür ihres Zimmers. Es gab ein Schlurfen von Füßen und dann wurde sie von einer ihrer Wachen aufgerissen.

"Hier entlang", sagte er.

Reginald Astair verbrachte seine Zeit in seiner ebenso großartigen Suite, allerdings in einem weit weniger angenehmen Zustand. Er saß zusammengekauert an der Tür und lauschte darauf, dass die Wachen etwas Wichtiges verkündeten, da er sonst wenig zu tun hatte. Er wusste, dass er duschen und sich umziehen sollte, und er konnte nicht leugnen, wie er nach ein paar Tagen im Tunnel roch, aber er brachte es nicht über sich, das zu tun. Das passierte mit Gralssuchern. Der Gral wollte nicht gefunden werden. Egal wie sehr er sich anstrengte, es war immer jemand da, der ihn aufhielt. Er befand sich in einer Krise. Er hatte sein Leben der Suche nach dem Gral gewidmet, und er hatte nichts anderes getan, als ihn zu verhöhnen und in den Hintern zu beißen. Er gönnte sich einen Moment, um in Selbstmitleid über seine Niederlage zu schwelgen. Aber trotzdem ... in seinem Hinterkopf war es noch da. Da war das Bild des Grals in seinen Händen, wie er aus dem Becher trank und das körnige Wasser sanft hinunterlief. Auch das konnte er nicht leugnen. Es war so real wie irgendetwas anderes für ihn und es war ein Bild, das er nicht abschütteln konnte. Trotz seiner ständigen Niederlagen war es das, was ihn weitermachen ließ, und als er zusammengesunken an der Tür seiner Suite saß, fiel es ihm wieder ein. Er stand auf und ging ins Bad. Er musste vorzeigbar aussehen.

Kathy und Mark fanden sich in einer großen Halle wieder und wurden über einen roten Teppich zu einem Mann geführt, der auf einem Thron saß, den man nur als Thron bezeichnen konnte. Doch der Mann, der auf dem erhöhten Podest saß, so dass seine Knie auf Augenhöhe mit ihnen waren, sah nicht wie ein König aus, sondern wie ein Bürgerlicher - ein Premierminister. Er trug einen knackigen grauen Anzug und eine Weste und hatte einen streng gestutzten Bart. Er trug eine runde Brille mit Metallrahmen. Das einzig Auffällige an ihm war die goldene Uhr an seinem Handgelenk, die er lässig überprüfte, als er aufstand und auf das Paar zuging.

"Willkommen, willkommen", sagte er. "Obwohl ich zugeben muss, dass du länger zum Anziehen gebraucht hast, als ich gedacht hätte."

Er reichte dem verblüfften Mark seine Hand und schüttelte sie kräftig. Er nahm Kathys Hand und küsste sie, bevor er sie ihr zurückgab. Er sah ihr in die Augen und schenkte ihr ein Millionen-Watt-Lächeln. Er drehte sich schnell um und klatschte in die Hände. Wie aus dem Nichts tauchte eine Gruppe von Männern auf und trug einen Esstisch und Stühle herein.

"Sehr gut, sehr gut", sagte er und gab Mark und Kathy ein Zeichen, sich zu ihm an den Tisch zu setzen. "Bitte, bitte", sagte er. Er hatte die auffällige sprachliche Angewohnheit, Wörter zu wiederholen, aber das kam auf eine angenehme Art und Weise rüber. Er knöpfte seine Anzugsjacke auf und warf sie theatralisch über die Lehne seines Stuhls. Er klatschte wieder in die Hände und weitere Männer erschienen mit dampfenden Tellern. "Wunderbar, Lupe, wunderbar, danke, danke", sagte er, nahm die angebotene Stoffserviette und faltete sie in seinem Schoß. Er strahlte über den Tisch hinweg Kathy und Mark an, die ihr Bestes taten, um entspannt zu wirken, obwohl es offensichtlich war, dass sie es nicht waren.

Das Essen bestand aus Hummer mit einer scheinbar unendlichen Auswahl an Beilagen. Premierminister Kamali aß mit ungewöhnlichem Genuss und der Gedanke, dass das Essen vergiftet sein könnte, verschwand sofort aus dem Fenster. Mark und Kathy waren ziemlich ausgehungert, nachdem sie so viel Zeit in den Tunneln verbracht hatten, und ihr Appetit zeigte das auch.

"Besser als Moubrys Tunneldreck, oder?", sagte ihr Gastgeber und lachte vor sich hin. "Ich werde diesen Mann nie verstehen. Niemals verstehen", sagte er. "Sehr seltsam, sehr seltsam. Ich wette, er ist zurück zum Tor gelaufen, nachdem er dich abgesetzt hat, oder?" An den Gesichtern seiner Gäste konnte er sehen, dass er richtig geraten hatte. "Kein Wunder, kein Wunder. Er ist ein komischer Keks."

Diese Bemerkung ihres Gastgebers hätte ihnen, wenn sie sich wohler gefühlt hätten, ein Lachen entlockt, denn Goldentooth war zweifellos ein sehr seltsamer Mann. Als das Essen vorbei war und es an der Zeit war, zur Sache zu kommen, wischte sich der Premierminister mit seiner Serviette den Mund ab.

"Ich kann sehen, dass ihr beide besorgt seid. Das müsst ihr nicht sein. Moubry hat mir gesagt, dass ihr keine Schuld tragt. Dein Begleiter, Reginald, ah Reginald ... das stimmt nicht ganz. Ihr beide habt einfach einen Fehler bei der Arbeit gemacht. Ich vergebe dir, ich versichere dir, dass ich dir vergebe."

Sie nickten und dankten ihm ausgiebig. Er hob seine Hand, um sie zum Schweigen zu bringen.

"Aber es gibt etwas, worüber ich mit dir reden möchte. Ich weiß, was du tust ... das kann ich dir leicht erklären, denn du bist bei weitem nicht der Erste, der sich mit diesem Mann mit demselben Ziel in mein Land schleicht. Es ist ... zum Teil deine Schuld und ich bin versucht, dir das vorzuwerfen, aber ich finde deinen Text in dem besagten Aufsatz so charmant, dass es mir schwer fällt, das zu tun. Ich möchte, dass du weitermachst ... aber für mich."

Mark nahm sich einen Moment Zeit, um sich mit seiner Serviette den Mund abzuwischen, obwohl er das gar nicht musste. Er gab sich selbst etwas Zeit, um seine Gedanken zu sammeln, bevor er antwortete. Das war ein heikles Thema und er wollte niemanden beleidigen.

"Ich würde lügen, wenn ich behaupten würde, dass wir diese Tonlage noch nie gehört haben", sagte Mark, und Kathy hielt sich die Hand vor den Mund und hätte fast gelacht.

"Mizrahi?", sagte der Premierminister. "Die beiden sollten sich wirklich ein Zimmer nehmen, oder?" Er lachte in sich hinein. "Ich kann dir versichern, dass mein Tonfall ein wenig anders ist."

"Wie ist das?", sagte Kathy.

"Ich möchte, dass du es zerstörst."

Kathy ließ ihr Weinglas fallen, das auf dem Marmorboden zerschellte, und der Wein schwappte wie Blut zu ihren Füßen.

Das Stöhnen kam aus dem Inneren des Friedhofsschuppens. Remy stieß die Tür auf, bevor seine Nerven zu sehr strapaziert wurden, um ihm noch zu helfen. Und sie wurden mit dem Lustigsten belohnt, was sie die ganze Nacht gesehen hatten. Das Stöhnen stammte von dem Friedhofswärter, der zu betrunken war und sich im Schuppen eingeschlossen hatte. Er lag auf einem Sack Mulch und hatte eine Flasche billigen Armagnac zwischen seinen Beinen. Die beiden Männer starrten ihn an und der Platzwart starrte zurück. In seinen Augen war kein Verständnis zu erkennen.

"Wir haben deine Schicht übernommen", sagte Claude, als er sich wieder unter Kontrolle hatte. "Du kannst nach Hause gehen."

"Porbly need ta", lallte er und versuchte aufzustehen. Remy beugte sich hinunter und half dem Mann auf. Als er auf den Beinen war, wackelte er ein wenig, aber er sah nicht so aus, als würde er umfallen.

"Wohnst du weit weg?", fragte Remy. Alles, was sie als Antwort erhielten, war ein heftiges Kopfschütteln.

"'Sanks", sagte er und versuchte, seinen Hut zu ziehen. Doch er schlug seinen Hut nur auf den Boden. Claude hob ihn für ihn auf und setzte ihn wieder auf seinen Kopf. Er bemerkte, dass es ein schlichter schwarzer Hut war, der ihrem eigenen sehr ähnlich war, und er konnte sich nicht vorstellen, wie viel Glück sie gehabt hatten.

"Komm gut nach Hause", sagte Claude.

Claude und Remy sahen ungläubig zu und stemmten ihre Hände in die Hüften, als der Platzwart die Straße hinunter und um die Ecke bog. Das Glück war in dieser Nacht wirklich auf ihrer Seite. Die beiden Männer waren zu ängstlich, um über ihr Glück zu sprechen, also holten sie die Schaufeln, die sie suchten, und machten sich auf den Weg zum hinteren Teil des Friedhofs, um ihre unappetitliche Arbeit zu erledigen. Remy dachte bei sich, dass Shakespeare wohl noch nie ein Grab ausgehoben hatte, sonst wären seine Schilderungen weniger witzig gewesen. Ein Grab zu schaufeln, das lang und tief genug für einen Menschen war, war schwieriger, als sie es sich vorgestellt hatten, und es war eine schweißtreibende Arbeit. Ab und zu mussten sie erschöpft aufhören und sich auf ihre Schaufeln stützen. Sie sprachen wenig und Remy ließ seine Gedanken in die Vergangenheit schweifen.

Remy und sein Vater hatten an der Beerdigung des Mannes teilgenommen, der erschossen worden war. Remys Vater hatte den Morgen damit verbracht, die Zeitungsständer zu durchforsten, um Informationen über die Ermittlungen zu finden, aber es schien, als hätte die Polizei die Suche nach dem Mann völlig aufgegeben. Das war die Realität der Polizeiarbeit: Sie war meistens erfolglos. Er las von dem Mann, zu dessen Beerdigung sie gingen, und war traurig. Der Mann hatte, wie sein Sohn ihm erzählt hatte, niemanden auf der Welt. Er war Universitätsprofessor gewesen (und als Remy viele Jahre später eine Professur übernahm, war das seinem alternden Vater nicht entgangen) und hatte ein weitgehend einsames Leben geführt, nachdem seine Frau in jungen Jahren gestorben war. Er hat nie wieder geheiratet, aber er war ein lebhafter und freundlicher Mann, der gerne mit Studierenden und Lehrkräften über alles diskutierte. Sein Studienfach war Philosophie und Remys Vater fragte sich, was er wohl von seiner Todesart gehalten hätte. Er hätte sicher einen treffenden Syllogismus für den Moment seines eigenen Todes gehabt, aber Remys Vater wusste es nicht.

Remy und sein Vater waren die einzigen Menschen, die bei der Beerdigung des Mannes anwesend waren, abgesehen von denen, die vertraglich dazu verpflichtet waren. Für Remy und seinen Vater war es unglaublich, dass keiner der Studenten oder Mitarbeiter des Mannes gekommen war. Philosophie muss ein sehr grausames Studienfach gewesen sein, war alles, woran Vater und Sohn denken konnten. So verbrachten die beiden den Vormittag bei der Beerdigung in der feierlichsten und ernsthaftesten Form von echter Trauer, die man je um einen völlig Fremden empfunden hatte. Als der Priester seine Worte sprach, liefen Remy zum ersten Mal seit dem Tod seiner Mutter die Tränen über das Gesicht. War das alles, was das Leben zu bieten hatte?

"Ich kenne jemanden, der auf diesem Friedhof begraben ist", sagte Remy zu Claude und brach damit das Schweigen, das mehrere Minuten gedauert hatte.

"Was?", sagte sein Freund.

"Da drüben", zeigte Remy und stützte sich auf seine Schaufel. Er hatte erkannt, um welchen Friedhof es sich handelte, als er Stunden zuvor von der Wohnung des Toten aufgebrochen war. Er hatte darüber nachgedacht, einen anderen Friedhof zu suchen, aber das schien eine unhaltbare Idee zu sein. "Zumindest glaube ich, dass er das ist. Halt dich fest." Remy kletterte aus dem Loch. Es war jetzt groß genug, dass es einige Anstrengung kostete. Sie waren gut und leise vorangekommen. Claude sah ihm zu, wie er über den Friedhof ging und fühlte sich gezwungen, ihm zu folgen. Und das tat er auch. Als Remy stehen geblieben war, starrte er auf ein Grab, das vernachlässigt aussah. Es war von Unkraut überwuchert und im Gegensatz zu den meisten Gräbern in der Umgebung gab es keine verwelkenden Blumen, die liebevoll niedergelegt worden waren. Claude beobachtete, wie Remy auf Hände und Knie ging und begann, das Unkraut mit Gewalt auszureißen. Er warf das Unkraut mit einer rechtschaffenen Wut quer über den Friedhof in alle Richtungen. Als er fertig war, saß er keuchend auf seinen Knien und starrte auf den Grabstein. Es war ein alter, verblasster Stein; billig, wahrscheinlich von einer dieser Wohltätigkeitsorganisationen bezahlt, die Grabsteine für Menschen ohne Erbe kaufen.

"Wer ist er?", fragte Claude.

"Niemand", sagte Remy. "Niemand. Nur ein alter Universitätsmann wie wir."

Remy stand auf und legte Claude die Hand auf die Schulter.

"Lass uns fertig werden."

Claude bemerkte, dass Remy Tränen über die Wangen kullerten, und er hatte das Gefühl, dass er ein wenig verstand, warum Remy den Mann, der sie foltern wollte, um Mark Lockheeds Aufenthaltsort zu verraten, unbedingt begraben wollte. Er verstand es nicht ganz und würde es auch nie verstehen, aber er konnte damit leben.

Von da an erledigten sie ihre Arbeit schnell. Als sie fertig waren, tasteten sie den Bereich so gut es ging ab. Sie waren zufrieden, dass sie dem geistig verwirrten Mann gegenüber das Richtige getan hatten. Sie trugen die Schaufeln zurück in den Schuppen, in dem sie den betrunkenen Hausmeister gefunden hatten. Sie legten die Schaufeln schweigend an ihren Platz zurück und schlossen die Türen.

Sie blickten nicht zurück, als sie die Straße hinuntergingen. Remy schlug vor, dass sie ins Labor gehen sollten. Sie mussten die Fortschritte bei der Kohlenstoffdatierung überprüfen. Claude nickte zustimmend. Er hatte fast vergessen, warum er sich wieder mit seinem ehemaligen Kollegen getroffen hatte. Es war ein langer Weg, aber keiner von ihnen beschwerte sich. Sie brauchten den Spaziergang und es war eine kühle, angenehme Nacht. Doch als sie das Labor erreichten, merkten sie, dass etwas nicht stimmte. Sie gingen am Rande des Parks auf der anderen Straßenseite entlang und konnten sehen, dass zwei Personen vor der Tür des Labors standen. Und es waren nicht zwei gewöhnliche Menschen.

Ihre Uniformen verrieten sie. Sie waren Polizeibeamte.

Gabriel Mizrahi hatte einen Lauf. Die Reise zurück nach Paris war eine Verjüngungskur für ihn und er fühlte sich wieder lebendig. Ihm war nicht bewusst, wie sehr er sich in seinem erzwungenen Exil in Spanien im Winterschlaf befunden hatte. Aber er war zurück und seine Sicht war so klar wie eh und je. Er schritt über den alten, rissigen Holzboden einer der vielen Wohnungen, die er in Paris besaß, und erklärte seinen Männern seinen Plan. Es waren jetzt mehr von ihnen; einige von ihnen waren aus den Ritzen gekommen, als sich die Nachricht von seiner Rückkehr herumgesprochen hatte. Er fand sogar heraus, dass einige von ihnen weiter gearbeitet hatten, als wäre er nie weg gewesen. Sie erklärten, dass sie Vertrauen hatten und davon ausgingen, dass er zurückkehren würde. Er klopfte den Männern herzlich auf die Schulter und hörte ihnen gebannt zu, was sie ihm erzählten. Sie hatten die Geschehnisse in Paris im Auge behalten und erzählten ihm, dass der Professor und ein anderer Mann in einem Forschungslabor nicht weit von dem Ort entfernt, an dem sie gerade saßen, etwas vorhatten.

Der Rest des Plans war relativ einfach zu durchschauen. Für einen Mann wie Gabriel war es nicht schwer, sich Verkleidungen zuzulegen, die einer oberflächlichen Prüfung standhielten.

"Heute Nacht", sagte Gabriel zu seinen versammelten Männern. "Dann machen wir unseren Zug. Warum überhaupt Zeit verschwenden? Ihr habt alle Erwartungen übertroffen, die ich an euch stellen konnte. Ihr seid wirklich ausgezeichnete Gefährten."

Gabriel ließ seine Männer ein paar Augenblicke in seinem Lob schwelgen, bevor er zu genaueren Details des Plans überging. Es gab noch ein wenig schmutzige Arbeit zu erledigen, um die notwendigen Uniformen zu beschaffen. Es ging auch um die Frage, wer die eigentliche Arbeit machen würde. Er beschloss, dass es zwei sein sollten. Er hatte noch nie mehr als zwei Polizisten zusammen auf Patrouille gesehen und jeder weitere würde ein unnötiges Maß an Verdacht auf sich ziehen. Der Rest des Teams würde für weniger aufregende, aber ebenso wichtige Aufgaben wie Überwachung und Vorbereitung zuständig sein. Gabriel überließ es seinen Männern, wer ihn in das Labor begleiten würde, in dem die beiden Männer gearbeitet hatten. Wenigstens das hatten sie sich verdient.

"Ich werde ein Nickerchen machen", sagte er ihnen, bevor sie die Chance hatten, sich richtig aufzuregen. "Also diskutiert bitte in aller Ruhe. Wir werden heute

Abend alle sehr lange aufbleiben." Er lächelte sie an, ging ins Schlafzimmer und schloss die Tür hinter sich. Als er sich auf den Rücken legte und auf den staubigen Deckenventilator starrte, lächelte er weiter. Die Dinge liefen wieder nach Plan und er war zufrieden. Er hatte keine Ahnung, ob er überhaupt würde schlafen können, obwohl er es dringend nötig hatte. Er war einfach zu aufgeregt. War es wirklich noch keine vierundzwanzig Stunden her, dass er gezwungen gewesen war, dem banalen Geschwätz der spanischen Bootsleute über ihre Frauen, Kinder und Gärten zuzuhören? Die Männer, die er getroffen hatte, taten ihm mehr leid, als sie sich je hätten vorstellen können. Sie hatten kein Abenteuer in ihrem Leben. Sie hatten kein Ziel, das sie antrieb, so wie er. Alles, worum sie sich kümmern mussten, waren ihre Jobs und ihr sehr, sehr kleines Leben. Sein Leben war großartig und er hatte vor, es jeden Tag noch größer werden zu lassen. Er konnte seine Aufregung kaum zurückhalten.

Gabriel Mizrahi träumte von seinem Leben als jüngerer Mann. In seinem Traum war er wieder im College und saß mit Reginald auf der Couch. Sie sahen sich das Universitätsfernsehen an. Sie waren einige der einzigen Studenten, die sich die von Studenten produzierten Low-Budget-Sendungen ansahen. Aber heute zahlte sich diese Vorliebe aus. Ihre Augen klebten an dem Bildschirm.

"Hast du davon gehört?", sagte Gabriel zu Reginald, wobei seine Augen den kleinen, unscharfen Fernsehbildschirm nicht verließen. Der Schnee, der über das Gesicht des Schülerreporters fiel, trug wenig zu der ehrfürchtigen Stimmung der beiden jungen Schüler bei.

"Nein. Nichts."

Der Studentenreporter erklärte, dass ihre Universität einen sehr hohen Zuschuss für einen ganz bestimmten Zweck erhalten würde. Sie sollten die nötige Ausrüstung für die Kohlenstoff-14-Datierung erhalten. Sie waren sprachlos. Sie hatten unzählige Stunden damit verbracht, gemeinsam über den Gral zu diskutieren und darüber, wie sie sicher sein konnten, dass sie das richtige Objekt hatten, wenn sie es fanden. Sie waren sehr dagegen, den Ruhm mit einem anderen, bereits etablierten Gralssucher zu teilen, und die Lösung war ihnen direkt in den Schoß gefallen.

Viele Jahre später fühlte sich der schlafende Gabriel Mizrahi ganz ähnlich - als ob ihm die Lösung all seiner Probleme einfach in den Schoß gefallen wäre.

Die beiden "Polizisten" wussten nicht, dass sie beobachtet wurden oder dass ihre Anwesenheit völlig falsch gedeutet wurde. Sie hätten es unmöglich wissen können, aber das Tragen von Verkleidungen beruhte auf dem Gedanken, dass sie selbst mitten in der Nacht gesehen werden würden. Sie machten sich nicht die Mühe, ihr Tun zu verbergen, weil sie als Polizisten verkleidet waren. Jeder, der sie sah, würde annehmen, dass sie in offizieller Mission unterwegs waren.

Sie brachen die Tür zum Labor auf und gingen hinein.

# 15

Zurück in der schicken Suite versuchten Mark und Kathy herauszufinden, wann es so schief gelaufen war. Alles schien so gut zu laufen. Das Abendessen war köstlich und vor allem fröhlich gewesen. Erst nachdem er ihnen eröffnet hatte, was er von ihnen wollte, befanden sie sich in ihrer jetzigen Lage.

"Er kann uns doch nicht ewig hier festhalten, oder?", sagte Kathy, die mit dem Rücken zum Bettgestell saß.

"Nun", sagte Mark. "Ich spiele hier ungern den Debbie Downer, aber wer genau weiß, dass wir hier sind? Es ist ja nicht so, dass es einen internationalen Aufschrei geben wird und die Marinesoldaten uns bei einer Razzia retten werden. Ich glaube, wir sitzen hier fest."

"Was sollen wir tun, Mark?"

"Es gibt wirklich nur eine Möglichkeit, nicht wahr?"

Mark und Kathy wussten nicht, dass ihr Gastgeber nicht ganz ehrlich war, wenn es darum ging, auf sie zu warten, bis sie zum Abendessen kamen. Er wusste, dass sie eine Weile brauchen würden, schon um ihn zu ärgern. Er hatte nicht nur in der großen Halle auf sie gewartet. Er hatte Reginald Astairs Zimmer einen Besuch abgestattet.

Reginald kam im Bademantel aus dem dampfenden Badezimmer und fand Premierminister Kamali vor, der aus einem Kristallglas Zivania, einen typisch zypriotischen Tresterschnaps, schlürfte und sich lässig an ein Bücherregal lehnte. Die *Satanischen Verse* von Salman Rushdie schrien in ihrer lauten roten Schrift über der Schulter des mächtigen Mannes. Reginald wuschelte sich den Kopf; er war nicht überrascht, den Mann zu sehen.

"Herr Ministerpräsident. Deine Manieren sind mangelhaft. Ich habe kein Klopfen gehört."

Premierminister Kamali lachte und schwenkte sein Getränk in seiner Handfläche.

"Sehr lustig, sehr lustig, Reginald", sagte er. "Aber du bist die letzte Person, die einen Vortrag über Manieren halten sollte, denn du hast keine. Wie oft hast du mein Land schon illegal betreten?"

"Ich sehe kein Land", sagte Reginald. "Nur einen sehr reichen Mann, der Geld wäscht und Waffen an Gauner verkauft."

Das Lächeln des Premierministers bekam einen kleinen Riss, aber er verbarg ihn gut.

"Vergiss es", fuhr Reginald fort. "Sie werden es nicht tun. Nimm mich beim Wort. Mach dir keine Mühe."

"Oh, ich weiß", sagte Kamali. "Ich weiß, ich weiß. Berufsethos und so weiter. Aber sie werden es für mich finden."

"Unter dem Vorwand einer Vereinbarung?"

"Offensichtlich."

"Da wäre ich mir nicht so sicher", sagte Reginald.

"Oh, Reggie, Reggie, du bist so wenig überzeugend. Du bist der lebende Beweis. Sie werden nicht widerstehen können. Jetzt ist es zu spät. Sie sind Suchende und Suchende hören nicht auf. Gerade du solltest das wissen. Du wusstest, dass ich dich wahrscheinlich wieder kriegen würde, aber du bist trotzdem gekommen. Sie sind jetzt genauso wie du."

Reginald ballte und löste seine Fäuste.

"Warum bist du hier, Giorkis? Nur aus Schadenfreude?"

"Reginald, du beleidigst mich. Du weißt, dass ich nicht schadenfroh bin. Ich bin gekommen, um dir ein Angebot zu machen."

"Unsere Ziele liegen so weit auseinander, dass ich mir nicht vorstellen kann, worüber wir uns einigen könnten."

"Vielleicht sind sie gar nicht so weit voneinander entfernt, wie du vielleicht denkst", sagte der Premierminister.

Reginald Astair hörte zu, als Premierminister Kamali ihm seinen Plan vorstellte. Je mehr er zuhörte, desto mehr konnte er sich darauf einlassen.

~

Kathy und Mark kamen zu einem unausweichlichen Schluss. Sie würden dem Premierminister sagen, dass sie ihm helfen würden, den Gral zu finden, um ihn zu zerstören. Ihn zu zerstören, gehörte natürlich nicht zu ihrem Plan, und sie mussten davon ausgehen, dass er das auch wissen würde. Sie würden das Spiel sehr sorgfältig spielen müssen, aber es gab wenig, was sie sonst tun konnten. Kathy legte Marks Arm um ihre Schultern und sie saßen mit dem Rücken zum Bett und atmeten tief durch.

~

Claude und Remy brachen gleichzeitig in Panik aus. Was war passiert? Sie waren so vorsichtig gewesen. Niemand hatte gesehen, wie sie mit Lloyd Rica in die Wohnung gegangen waren, oder zumindest glaubten sie nicht, dass sie jemand gesehen hatte. Aber es waren Polizisten, die in das Labor gegangen waren. Das Labor, das nur sie in den letzten Tagen benutzt hatten. Sie befanden sich mitten in den, wie die Universität es nannte,

"Forschungsferien", in denen die meisten Wissenschaftler auf dem Campus Urlaub machten. Die Polizisten mussten auf der Suche nach ihnen gewesen sein.

Sie fuhren eine Schleife zurück in den Park und hielten ungefähr dort an, wo Mark und Kathy vor kurzem noch zusammen gestanden hatten, auf einer kleinen romantischen Holzlattenbrücke.

"Bist du gerade in Panik? Ich bin nämlich in Panik", sagte Claude. "Sollen wir uns jetzt stellen? Ich meine, es kann uns doch nicht schaden, dass wir ihn begraben haben, oder? Das war nur Respekt vor den Toten. Das ändert nichts daran, dass es Selbstverteidigung war. Oder? Richtig?"

"Nun", sagte Remy. "Ich glaube, das macht es sogar noch schlimmer. Es wirkt weniger glaubwürdig, als ob wir versuchen würden, etwas zu vertuschen. Ich glaube nicht, dass sie uns den Respekt vor den Toten abkaufen würden. Selbst du hast das am Anfang nicht wirklich geglaubt."

Remy dachte mit einem etwas klareren Kopf, denn er war nicht derjenige, der den Abzug betätigt hatte. Er war zwar immer noch in die Sache verwickelt und nicht aus dem Schneider, aber er trug nicht die gleichen Schuldgefühle mit sich herum wie sein Freund. Er legte seine Hände auf Claudes Schultern und schüttelte ihn leicht.

"Es wird alles gut werden. Wir müssen unseren Freunden nur sagen, dass wir unser Experiment nicht beenden konnten. Wir können sagen, dass die Universität uns erwischt und uns aus dem Labor verbannt hat. Das ist absolut glaubwürdig."

"Das ist es, nicht wahr?", sagte Claude und sein Atem wurde etwas langsamer. "Und die Polizei darf unsere Namen nicht erfahren."

"Natürlich nicht. Was wir jetzt tun müssen, ist, ruhig zu bleiben und nach Zypern zu fahren. Wir werden sie einholen und so tun, als wäre das alles nie passiert. Denn das ist es nicht."

Zurück in Remys Wohnung, packten die beiden Männer hastig. Die erste Etappe ihrer Reise sollte mit dem Zug erfolgen. Keiner von ihnen wollte sich mit der Sicherheit am Flughafen herumschlagen. Sie glaubten zwar nicht, dass ihre Gesichter auf Plakaten in der ganzen Stadt zu sehen sein würden oder dass ihre Pässe auf eine schwarze Liste gesetzt worden waren, aber eine gewisse Paranoia hielt sie davon ab, zum Flughafen Roissy-Charles de Gaulle zu fahren. Sie nickten einander zu, als sie die Wohnung verließen, und auf dem Weg zum Bahnhof waren sie sehr schweigsam. Sie trugen beide nur Rucksäcke. Sie waren nicht aus Angst still, sondern aus einem Gefühl der ruhigen Entschlossenheit. Sie würden nach Zypern kommen. In den letzten 24 Stunden war nichts mehr passiert.

Der Bahnhof war überfüllt, obwohl es noch sehr früh am Morgen war. Die beiden Männer konnten nicht umhin, sich ab und zu über die Schulter zu schauen. Remy justierte die Gurte seines Rucksacks, als ein Mann, der seinem Vater sehr ähnlich sah, in den TGV, den französischen Hochgeschwindigkeitszug, einstieg. Das war nicht ihr Zug und das war nicht sein Vater. Er kannte diese Dinge.

Claude wippte gerade mit dem Fuß, als der Tumult begann. Ein Mann flog an der Bank vorbei, auf der sie saßen, und hatte eine Tasche vor die Brust geklemmt. Er schob die Leute aus dem Weg und eine Frau schlug hart auf dem Boden auf. Die Kaffeetasse, die sie bei sich trug, fiel mit einem ploppenden Geräusch zu Boden und Dampf stieg aus der braunen Pfütze auf, die sich von ihrem aufgespreizten Körper ausbreitete. Claude konnte nur zusehen, wie Remy aufstand und loslief. Was tat er da? War er wahnsinnig?

Remy verfolgte den Straßenräuber, ohne nachzudenken. Claude konnte seinen Augen nicht trauen. Sie versuchten, sich unauffällig zu verhalten, und da flog sein Freund in einem überfüllten Bahnhof einem Kriminellen hinterher und zog damit eine Menge Aufmerksamkeit auf sich. Als nächstes rannten zwei Polizisten vorbei. Es waren nicht die Polizisten von gestern Abend. Natürlich waren sie das nicht. Er musste den Kopf schütteln, um die dummen Gedanken loszuwerden. Das würde keinen Sinn ergeben. Es waren jung aussehende Beamte, die normalerweise auf dem Bahnhof oder an solchen Orten waren. Das war kein

Auftrag, den jemand wollte. Sie rannten schnaufend hinter dem Straßenräuber und Remy her.

Claude stand auf, um zu sehen, ob er einen besseren Blick darauf werfen konnte, aber er überlegte es sich anders und setzte sich wieder hin. Aber er konnte sich nicht zurückhalten. Er stand auf und joggte dem Straßenräuber, Remy und den Polizisten hinterher. Er war erst ein paar Spalten weiter, als er bemerkte, dass ihr Zug angekommen war. Er kam ins Schleudern und hielt an.

Die Fahrgäste stiegen aus dem Zug aus. Leute wie er standen Schlange, um in den Zug zu kommen. Wo war Remy? Aus Gewohnheit schaute Claude auf sein Handgelenk, obwohl er seit Jahren keine Uhr mehr getragen hatte. Nervös sah er sich um. Der Schaffner meldete sich über die Sprechanlage und sagte etwas Unverständliches. Claude tat, was er tun musste: Er stieg in den Zug ein.

Gabriel Mizrahi konnte seinen Augen kaum trauen. Er war noch keine zehn Minuten in dem Labor, fünf davon hatte er damit verbracht, einen Lichtschalter zu finden, und schon hatte er einen großen Durchbruch.

Vor all den Jahren, damals im College, waren er und Reginald die ersten Schüler auf der Warteliste gewesen, die lernen durften, wie man die Kohlenstoffdatierungsgeräte benutzt. Gabriel hatte nichts vergessen. Schon nach wenigen Minuten im Labor wusste er, dass das getestete Material - und er war sich ziemlich sicher, dass er wusste, was es war - ein paar tausend Jahre alt war. Er konnte seine Aufregung kaum zügeln. Er tanzte durch das Labor und ergriff die Hände seines Mannes.

"Ist dir klar, was das bedeutet?", sagte Gabriel. Der Mann nickte. "Wir fahren nach Zypern, mein Freund. Wir fahren nach Zypern."

Gabriel mochte Zypern nicht. Er hatte sich nie viel aus dem Klima, den Menschen oder der Landschaft gemacht. Aber in diesem Moment war es der einzige Ort, an dem er sich überhaupt vorstellen konnte, sein zu wollen. Im Vergleich zu Zypern war Paris für ihn eine Gosse. Auf Zypern befanden sich mindestens zwei der Elemente der "anderen Dreifaltigkeit". Das wusste er und es machte ihn glücklicher als alles andere in seinem Leben zuvor. Keine Frau hatte ihn jemals auch nur annähernd so fühlen lassen, wie er sich in diesem Moment in diesem schwach beleuchteten Labor als Polizist verkleidet fühlte.

Nur ein paar hundert Meter weiter hatten Claude und Remy im Park einen Moment der Krise. Sie machten genau die entgegengesetzte Erfahrung wie der israelische "Polizist". Sie befanden sich an unterschiedlichen Enden des emotionalen Spektrums, aber ihre Emotionen kamen alle vom selben Ort: von demselben sehr alten Objekt, das sehr verloren war und von vielen Männern gesucht wurde, die sich selbst als

"Sucher" dieses Objekts bezeichneten, als ob sie ein Recht hätten, es überhaupt zu finden.

Die letzte Phase der Suche war anders als die vorangegangenen. Die grundlegenden Komponenten blieben dieselben, aber der Umfang war größer geworden. Es war nicht zu leugnen, dass Premierminister Kamali, trotz seiner Schwächen, wusste, wie man stilvoll reist. Die Zahl der Personen, die Mark, Kathy und den Premierminister begleiteten, lag bei etwa fünfzig. Sie ritten auf Pferden und gingen ungestört, um ihre Mission zu erfüllen. Aus der Ferne sahen sie einfach wie eine lange Wolke aufgewirbelten Staubs aus. Das Wort "Karawane" kam Mark in den Sinn, obwohl er auf dem Rücken eines Pferdes und nicht eines Kamels saß. Er ritt neben dem Premierminister selbst. Sie waren auf dem Weg in die Kyrenia-Berge, die sich entlang der Nordküste Zyperns erstrecken.

"Ich weiß, dass Reginald dir wahrscheinlich erzählt hat, dass jemand in meinem Land den Gral aufgrund von Plünderungen in den Händen hält. Ich werde nicht leugnen, dass es Plünderungen gegeben hat." Der Premierminister sagte. "Aber ich kann dir versichern, dass ich nichts davon weiß, wenn wir den Gral haben. Er ist nichts weiter als eine Last für mich. Ich habe andere Dinge, um die ich mich kümmern muss, und trotzdem verbringe ich die Hälfte meiner Zeit damit, selbsternannte Archäologen von meinen Grenzen fernzuhalten, die sich auf Reisen befinden wie du."

Mark und Kathy hatten beschlossen, den Premierminister nicht zu fragen, was genau mit Reginald Astair geschehen war. Die bessere Entscheidung schien zu sein, es gar nicht zu wissen.

Mark war kein Fan von den beiden Männern, die vor ihm und dem Premierminister ritten. Einer von ihnen hatte über die Schulter zu ihnen geschaut, als Kamali gesprochen hatte. Die beiden Männer waren ganz in Schwarz gekleidet und ihre Gesichter waren durch Masken verdeckt. Mark nahm an, dass sie die persönlichen Leibwächter des Premierministers waren.

"Aber du", fuhr Kamali fort. "Du weißt es besser, nicht wahr? Warum sagst du mir nicht, warum wir in die Region von Kyrenia fahren?"

"Es gibt eine Legende, die von einer anderen Art von Nachtreise spricht", sagte Mark und kam damit dem Premierminister entgegen. "Die nächtliche Reise der koranischen Legende, bei der der Prophet Muhammad in den Himmel aufsteigt, nachdem er zur am weitesten entfernten Moschee gereist ist, wo er andere Propheten im Gebet anführt, ist nicht die Geschichte, der wir nachgehen. Wie ich in meinem Aufsatz erwähne, gibt es einige Hinweise darauf, dass einige saudische Gelehrte der damaligen Zeit zumindest die Theorie von der Flucht des Judas kannten."

"Er hat also nach dem Gral gesucht?", sagte Kathy.

"Und dein Freund hier denkt, dass er es gefunden hat", sagte der Premierminister. "In den Bergen von Kyrenia ... nicht in der entferntesten Moschee."

"Nun", sagte Mark. "Es hat keinen Sinn, sich zurückzuhalten. Das ist die Theorie. Er hatte die Absicht, sie zu zerstören."

"Aber er konnte es nicht tun", sagte Kathy und beendete damit Marks Gedanken.

"Ganz genau. Er war ein Mann mit Ehrfurcht vor der Geschichte", sagte Mark. "Die Legende besagt, dass er nicht wollte, dass der Kelch gefunden wird, damit seine neue Religion gedeihen kann, aber er konnte ihn nicht zerstören. Also versteckte er ihn tief in den Bergen."

"Ich werde sein Werk vollenden", sagte Kamali. "Er hätte es zerstören sollen, als er die Chance dazu hatte, aber er ist im letzten Moment weich geworden. Das Gleiche wird mir nicht passieren."

Die weiteren Beteuerungen des Premierministers, dass er den Gral zerstören würde, hingen wie eine dunkle Wolke über der Gruppe, und sie ritten lange Zeit schweigend. Als das Schweigen schließlich gebrochen wurde, tauschten Kathy und Mark leise Erinnerungen aus und fragten sich, was ihre Kollegen in "dem Loch" machten, während sie in die nordzyprischen Berge ritten. Das Bild ihrer unterschätzten Kollegen, die im Dunkeln in einem fensterlosen Raum schufteten, in den die Regierung der Vereinigten Staaten Archäologen schickt, damit sie wie die Exemplare, die sie untersuchen, verrotten, hatte eine überraschend beruhigende Wirkung. Mark und Kathy mussten sich insgeheim eingestehen, dass ein Teil von ihnen - der Teil, der sich nicht nach Jetsets und Abenteuern sehnt - den schlechten Kaffee, die politische Unkorrektheit der unterbezahlten Regierungsangestellten und sogar den wahnsinnigen Verkehr in ihrer Heimatstadt Washington, DC, vermisst.

Mark bohrte mit seinen Augen Löcher in die Rücken der schwarz gekleideten Sicherheitskräfte für den Premierminister und dachte an all den Ärger, in den er und Kathy geraten waren. Sie hatten keinen klaren Plan für die Zukunft.

~

Remy erkannte seinen Fehler viel später als sein alter Freund Claude LeTrec, auch bekannt als der Professor. Er erkannte die unglaubliche Dummheit seines Handelns erst, als er mit den beiden pickeligen Polizisten sprach, die ihn und das Opfer, aber nicht den Täter erwischt hatten. Remy hatte ihn auch nicht erwischt, aber er hätte es fast geschafft.

Als er die Treppe erreicht hatte, die zurück auf die Straßen von Paris führte, sprang er über eine Frau, die sich bückte, um verschüttetes Popcorn aufzuwischen, und landete drei Stufen weiter oben. Er überraschte sich selbst mit seiner eigenen Beweglichkeit. Als er die oberste Stufe erreichte, sah er den Täter gerade um eine Ecke verschwinden. Er schaute über seine Schulter die

Stufen hinunter und sah das mitleidige Gesicht der Frau, die ausgeraubt worden war, ihre Haut war rot und fleckig, und sie schnaufte, um mitzuhalten. Remy machte sich wieder auf die Suche nach dem Mann. Einige freundliche Bürgerinnen und Bürger sahen, was passierte, und machten Remy den Weg frei, während er den Mann verfolgte. Ein paar jubelten sogar. Ein Mann warf seinen Kaffee nach dem Dieb und man konnte seinen Schmerzensschrei hören. Remy war ihm dicht auf den Fersen.

Aber er stolperte über einen Riss im Bürgersteig und der Boden kam schnell hoch, um Remys Gesicht zu treffen. Als er wieder bei Bewusstsein war, waren die Polizei und die Frau schon da und der Dieb war längst weg. Seine Nase blutete und er stoppte den Blutfluss mit dem Ärmel seines Hemdes. Als er merkte, dass er seinen Rucksack noch anhatte, fiel ihm alles sofort wieder ein. Er war kein Mann, der oft Rucksäcke trug. Er hatte einen Rollkoffer. Aber sie hatten sie beide getragen, er und der Professor. *Scheiße,* dachte er bei sich, *was habe ich mir nur dabei gedacht?* Es gab keinen Grund, den Helden zu spielen, und jetzt fragten die Polizisten, ob er mit ihnen zur Wache zurückgehen und eine Aussage machen könnte, um den Mann vielleicht einem Phantombildzeichner zu beschreiben. Schließlich hatte er den besten Blick auf ihn geworfen.

"Ich will meinen Zug nicht verpassen. Ich will nicht unhöflich sein, aber es ist wichtig."

"Nun", sagte einer der Polizisten. "Welcher Zug war es?"

Er erzählte es ihnen und den Beamten und die Dame informierte ihn, dass es bereits weg war. Es war weg, während er den Dieb verfolgte. Natürlich war es das; es war schon fast Zeit, als er dem Mann hinterherlief. Er konnte seine eigene Dummheit nicht fassen. Hatte Claude den Zug ohne ihn bestiegen?

"Er hat wirklich genug getan", sagte die Frau zu den Polizisten und legte ihre Hand auf Remys Arm. "Danke."

"Ich wünschte, ich wäre nicht gestolpert", sagte Remy mit einem schiefen Lächeln.

"Wirklich, Monsieur ... es wird nur ein paar Minuten dauern", sagte einer der Beamten.

"Klar", sagte Remy. "Ich muss sowieso einen anderen Zug nehmen."

Der Professor war ebenso verärgert - er hatte den Zug bestiegen. Er hätte auf seinen Freund warten können und sie hätten gemeinsam in den nächsten Zug steigen können. Aber er war in Panik geraten und musste einsteigen.

Er war in seine Gedanken versunken und brauchte deshalb so lange, bis er bemerkte, dass der Mann, der ihm im Zug gegenüber saß, ihn anlächelte. Es war nicht das freundliche Lächeln, das Reisende einander oft schenken, wenn sich ihre Blicke zufällig treffen, oder gar ein Lächeln, das von echter Freude zeugt. Es war ein freudloses Lächeln und der Mann, dem es gehörte, konnte sein Glück kaum fassen. Oh ja, es ging aufwärts.

"Schön, Sie wiederzusehen, Dr. LeTrec", sagte der Mann am anderen Ende des Ganges. Die Frau, die neben Claude saß, konnte sehen, dass die beiden sich kannten und rückte in die Reihe, damit sie sich offener unterhalten konnten. Als die beträchtliche Körpergröße der Frau aus dem Weg gerückt war, konnte der Professor das unverwechselbare Lächeln von Gabriel Mizrahi sehen.

"Ich glaube, wir haben eine Menge zu besprechen", sagte Gabriel. "Soll ich uns ein privates Abteil besorgen?"

Claude nickte sanftmütig. Es gab keinen Grund, an der nächsten Haltestelle auszusteigen und nach Remy zu suchen. Seinem Freund würde es gut gehen - er war ein kluger Mann.

# 16

Der Premierminister war in seinem Zelt. Es war eigentlich eher ein mobiles Schlafzimmer als ein Zelt. Es wurde von vier Männern und vier Maultieren transportiert, die ausschließlich dafür unterwegs waren. Es hatte einen Plüschsessel, eine Leselampe, einen Couchtisch und andere Annehmlichkeiten, auf die der Ministerpräsident nicht verzichten wollte. Er saß gerade in seinem Sessel und las im Schein seiner Lampe, als sich die Klappen seines Zeltes öffneten und einer seiner schwarz gekleideten Leibwächter hereinkam.

"Mein ... Kollege ... möchte mit dir sprechen. Ich habe ihm gesagt ..."

Der Premierminister hob seine Hand.

"Du hattest Recht. Ich bin sehr müde und werde mich bald zur Ruhe setzen. Sag ihm, dass ich später gerne mit ihm spreche und dass er sich jetzt mehr auf die anstehende Arbeit konzentrieren sollte."

"Ja, Sir", sagte der Mann und wandte sich zum Gehen.

"Und Ibrahim?"

"Ja, Herr Premierminister?"

"Behalte ihn im Auge."

Premierminister Kamali wandte sich wieder seinem Buch zu, als ob nichts passiert wäre und er nicht gestört worden wäre. Er legte seinen Finger auf die Seite, um einer besonders interessanten Textstelle zu folgen.

Zwanzig Meter weiter saß Mark mit Kathy und stocherte mit einem Stock in einem schwachen Feuer. Es war kalt. Während ihres Rittes am Tag war es heiß gewesen, aber nach dem Sonnenuntergang war die Temperatur drastisch gesunken. Sie legten sich eine Decke um die Schultern und hielten sich gegenseitig fest, um sich zu wärmen.

"Was denkst du, was das alles soll?", sagte Kathy und nickte mit dem Kopf in Richtung des Zeltes des Premierministers. Einer seiner Leibwächter stand vor dem Zelt, während der andere ins Innere ging, um mit ihm zu sprechen. Derjenige außerhalb des Zeltes sah ungeduldig aus und schlurfte mit den Füßen.

"Nichts Gutes", sagte Mark und rieb seine Hände aneinander.

"Hast du überhaupt schon mal darüber nachgedacht?", sagte Kathy. "Wie wir ihn davon abhalten können, es zu tun?"

"Das ist so ziemlich alles, worüber ich nachgedacht habe. Aber ehrlich gesagt ... bin ich mir nicht sicher, ob wir das tun sollten."

Es herrschte eine tiefe Stille zwischen den beiden und Kathy wägte ihre Worte sorgfältig ab.

"Was meinst du damit, dass du nicht sicher bist, ob wir es tun sollten?"

"Nun", sagte Mark und schob die Decke so, dass sie die Gesichter der anderen besser sehen konnten. "Ist es unser Leben wert? Als Archäologe habe ich die berufliche Pflicht, dafür zu sorgen, dass der Becher erhalten bleibt. Er ist von historischer Bedeutung. Er ist tausende von Jahren alt. Aber Kathy ... Ich glaube nicht, dass er göttlich ist. Ich bin weder Reginald noch Gabriel. Es ist nur ein Becher. Willst du möglicherweise dein Leben für eine berufliche Verpflichtung aufgeben? Was wäre, wenn wir einen anderen Job hätten?"

"Wir müssen es versuchen", sagte Kathy leise. "Das müssen wir."

Ihr Gespräch verstummte, als die Nacht sie einholte und der Schlaf wichtiger wurde als jedes moralische Dilemma.

Als sie am Morgen erwachten, herrschte um sie herum ein reges Treiben. Sie schienen die letzten Menschen in der Karawane zu sein, die noch geschlafen hatten. Mark und Kathy rieben sich den Schlaf aus den Augen, als der Premierminister, der bereits in seiner kompletten Reitausrüstung unterwegs war, mit zwei dampfenden Bechern auf sie zukam.

"Kaffee für meine Archäologen?", sagte er fröhlich. Auch wenn sie mit ihm zutiefst uneins waren, mussten sie zugeben, dass er im Allgemeinen ein charmanter Mann war.

Sie standen auf, um sich zu strecken und nahmen die angebotenen Becher dankbar an. Sie beobachteten, wie einige Mitglieder ihrer Karawane Taschen packten und Maultiere und Pferde beluden. Rufe ertönten in der Morgenluft, Befehle wurden erteilt, Streitereien ausgetragen. Es herrschte ein reges Treiben in den sonst so ruhigen Ausläufern. Der Premierminister konnte sehen, wie Marks Augen über die Aktivitäten wanderten.

"Wir reduzieren die Unterstützung. Leider wird mein Zelt eines der ersten sein, das verschwindet."

"Ganz schön hart, was?", sagte Mark. "Sie gehen zurück?"

"Nicht alle", sagte er. "Das wesentliche Personal wird bleiben." Was das genau bedeutet, erläuterte er nicht. "Und in Zukunft werden wir uns weiter verkleinern. Am Ende werden es nur noch wir sein. Du kannst nicht mit einer Karawane in die Berge ziehen. So funktioniert das nicht, fürchte ich."

"Nein", sagte Mark. "Ich nehme an, nicht."

Der Premierminister verließ sie, um sich auf den Morgen vorzubereiten. Er hüpfte fast, so schwindelig war er. Mark drehte sich um, um etwas zu Kathy zu sagen, aber sie war schon weg.

~

Kathy war weggerutscht, während der Premierminister mit Mark gesprochen hatte. Ihr Kaffee stand noch immer auf der Decke neben ihrem Platz und warf Dampf in die Luft. Sie verschwand in dem Trubel und setzte das einzige Mittel ein, das wirklich wichtig ist, wenn man etwas erreichen will: Selbstvertrauen. Sie mischte sich unter die Männer und tat so, als ob sie dort hingehörte. Sie überprüfte die Satteltaschen und tat dies so offiziell wie möglich. Sie ging von Maultier zu Maultier und nickte den Männern zu, während sie dies tat. In einer der ersten Satteltaschen fand sie ein Ouija-Brett, und so seltsam es auch schien, sie wusste, was zu tun war. Sie nahm es heraus und nahm es mit.

Es dauerte einige Minuten, bis sie fand, was sie suchte. Sie schaute in die Satteltasche und die Morgensonne glitzerte auf der Mündung. Vorsichtig holte sie den 357er Sarsilmaz-Revolver heraus und schnappte sich ein paar zusätzliche Patronen, während sie dabei war. Sie nahm den Deckel der Schachtel des Ouija-Bretts und legte den Revolver und die Patronen hinein. Sie trug die Schachtel unter dem Arm und ging zurück zu Mark. Mark sah sie schon von weitem und warf ihr einen komischen Blick zu. Sie schaute Mark an und achtete nicht darauf, wohin sie ging. Aus Versehen stieß sie mit einem der Leibwächter des Premierministers zusammen. Er schubste sie weg und sie taumelte ein wenig.

"Pass auf, wo du hingehst", sagte er mit kratziger Stimme. Sie fand ihr Gleichgewicht wieder, als eine starke Hand sie stützte. Sie schaute auf und sah Premierminister Kamali neben sich stehen.

"Entschuldigung", sagte er. "Er hat keine Manieren, ist aber gut in seinem Job."

Kathy hielt das Ouija-Brett fest umklammert.

"Danke", sagte sie kurz und knapp. Sie begann wegzugehen.

"Und Kathy?", fragte er, als sie wegging. Sie schaute über ihre Schulter zurück.

"Lass uns das Spiel spielen, für das du Zeit hast. Ich liebe Spiele." Seine Augen waren auf die Schachtel gerichtet, die sie unter ihrem Arm hielt. Sie nickte und ging schnell dorthin zurück, wo Mark stand.

# 17

Remy verließ das Polizeirevier und versuchte mehrmals, die Handynummer seines Freundes anzurufen, aber jedes Mal ging direkt die Mailbox ran. Er musste eine Entscheidung treffen. Er konnte in sein Leben zurückkehren. Er konnte in den Urlaub fahren. Jetzt, da die Panik vorbei war, sah er klarer, dass er nicht nach Zypern fahren musste, wenn er nicht wollte. Aber er musste sich einer Tatsache stellen, die ihm sehr klar geworden war: Er wollte nach Zypern gehen. Er wollte helfen, den Gral zu finden. Es war zwar nicht seine einzige Leidenschaft, aber er war Archäologe und fühlte sich seinem Freund und Forscherkollegen gegenüber in der Pflicht.

Außerhalb des Bahnhofs hielt er ein Taxi an und stieg ein.

"Charles de Gaulle", sagte er, und das Taxi fuhr in Richtung seines Ziels los. Er wollte sich nichts von der Action entgehen lassen.

Ein paar hundert Meilen entfernt, in einem Zug, der schnell Richtung Bern und dann nach Mailand fuhr, informierte der Professor Gabriel Mizrahi über die Ereignisse seit dem Bankraub. An manchen Stellen war Gabriel wirklich interessiert, an anderen tat er so, als wüsste er die Informationen noch nicht. Ihm war klar, dass sie ihn durch eine unglaubliche Kraft der Unwahrscheinlichkeit beim Betreten des Labors gesehen hatten, aber er hatte das Gefühl, dass die Angst des Professors nur zu seinem Vorteil war.

"Ich kann ihnen also nicht mit Sicherheit sagen, ob es alt genug war, um das Leichentuch zu sein. Aber ich habe meine eigenen Gedanken dazu", sagte er, faltete die Hände und tippte mit den Daumen auf sein Kinn.

Gabriel beugte sich vor, als ob er die professionelle Meinung des Professors hören wollte. Er wusste bereits, dass das Leichentuch alt genug war, und die untersuchten Proben befanden sich in diesem Moment in seiner Tasche zwischen seinen Füßen.

"Erzähl mal", sagte er.

"Ich habe schon mit Artefakten aus dieser Zeit zu tun gehabt", sagte der Professor. "Natürlich könnte es eine sehr clevere Fälschung sein ... aber warum eine

Fälschung machen und sie dann in einen Banktresor legen? Ziemlich dumm, wenn du mich fragst."

"Aber ja", sagte Gabriel. Er hielt einen Moment inne und strich sich über das Kinn. "Darf ich dich Claude nennen?", fragte er.

Der Professor war über den Namen irritiert, weil er ihn so selten hörte. Seine Ex-Frau hatte ihn immer Claude genannt; auf Plattitüden wie "Schatz" oder "Süße" verzichtete sie völlig. Für sie war er immer Claude und sie war immer Karen. Sein eigener Name war zu einer Art Talisman geworden, der zu seiner nun zerbrochenen Beziehung gehörte.

"Klar", sagte er. "Warum nicht, verdammt noch mal."

"Du magst mich nicht besonders", sagte Gabriel ruhig. "Und das kann ich verstehen. Aber es gibt auch etwas, das du verstehen musst. Ich gehe davon aus, dass du vorhast, deine Freunde zu finden. Es gibt nur wenige Orte, an denen sie sein könnten. Ich war schon einmal in Nordzypern und kann dir sagen, dass die Führung Gralssuchern gegenüber nicht gerade freundlich gesinnt ist ... auch wegen deines ehemaligen Schülers. Offensichtlich lenken Gralssucher wertvolle militärische Ressourcen von wichtigeren Unternehmungen wie der Bombardierung des südlichen Teils des Landes ab. Aber hier geht es nicht um Politik. Nein ... es geht um etwas viel Persönlicheres. Premierminister Kamali ... hasst uns. Alle Gralssuchenden. Ich weiß nicht warum, aber ich weiß, dass es nicht daran liegt, dass wir sein Land verschandeln. Es ist tiefer als das. Er verbirgt es hinter Lächeln und Anzügen, aber er ist gefährlich. Wenn er deine Freunde gefangen genommen hat, wovon ich ausgehe, dann sind sie in Schwierigkeiten."

Das war eine Menge Information für den Professor, die er auf einmal aufnehmen musste, und er war immer noch überwältigt, als der Israeli seinen Namen sagte.

"Und?"

"Und du brauchst mich. Ich brauche dich auch, aber du brauchst mich mehr. Wir können nicht einfach ins Land stürmen, wie sie es sicher getan haben. Reginald hält sich für schlau und denkt, sein Geld würde ihn schützen. Aber ich wette, das ist nicht der Fall."

"Und was machen wir jetzt?"

"Ich habe eine Idee", sagte Gabriel.

Er griff in seine Tasche und zog einen Flyer für eine Veranstaltung heraus, die in Iskele stattfand. Auf dem Flyer stand "NetCon: Ein Event mit Internet-Prominenz". Der Professor drehte den Flyer in seinen Händen um und warf Gabriel einen gequälten Blick zu.

"Glaubst du, sie lassen uns ins Land, weil du Karten für einen Idiotenkongress hast?"

Gabriel lachte leise.

"Du missverstehst mich, Claude. Wir werden keine Gäste sein. Wir werden Internet-Berühmtheiten sein. Wenn es eine Sache gibt, die überall auf der Welt unauslöschlich wahr ist, dann ist es diese: Prominente bekommen eine Sonderbehandlung."

Der Professor verstand, was Gabriel vorschlug und zweifelte nicht an der Fähigkeit seines Netzwerks, es zu verwirklichen. Zum ersten Mal seit einer Weile lächelte auch er.

Der Weg wurde immer beschwerlicher und das blieb von den übrigen Mitgliedern der Karawane des Ministerpräsidenten nicht unbemerkt. Die Ausläufer des Gebirges wurden langsam steiler und die Wanderung verlief größtenteils in einer düsteren Stille. Mark und Kathy fragten sich, wann sich die Karawane wieder verkleinern würde und wohin genau sie gehen sollten, wenn sie erst einmal in den Bergen waren. Marks Theorie hatte in den Ausläufern des Gebirges geendet. Er hatte keine Beweise gefunden, nicht einmal Indizien, die seiner Meinung nach zu einem genaueren Punkt als diesem führten. Auch wenn er daran glaubte, wusste er, dass seine Theorie über den Gral auf keinem sehr festen Fundament stand. Er war ein Wissenschaftler, aber das hier war nicht gerade ein wissenschaftliches Unterfangen. Er befand sich auf dem Spielfeld der Fantasie und der Religion seines Vaters, aber irgendwie ... wusste er, dass er Recht hatte. Was er nicht wusste, war, ob er im Begriff war, eine Menge Zeit damit zu verschwenden, atemlos in den Bergen Nordzyperns herumzuwandern, angestachelt von einem leicht

verrückten Türken, auf der Suche nach etwas, das
vielleicht nicht gefunden werden sollte.

Das Bild der beiden, die vergeblich in den Bergen suchten, erinnerte Mark an eine Zeit in seiner Kindheit, als sein Vater ihm ein Rätsel von Lewis Carroll gestellt hatte.

"Warum ist ein Rabe wie ein Schreibtisch?", hatte er von der Bettkante aus zu seinem Vater zurückgesprochen. Er zerrte an den Ärmeln seines Pyjamas. Er wuchs zu schnell und keine seiner Klamotten passte ihm richtig.

"Das ist das Rätsel", hatte sein grinsender Vater gesagt. "Aber ich kann dir die Antwort nicht sagen. Das musst du schon selbst herausfinden."

Und es hatte nicht lange gedauert, bis der Junge aufgab und seinen Vater nach der Antwort fragte, aber es hatte lange gedauert, bis er sie akzeptierte.

"Es gibt keine Antwort", hatte sein Vater gesagt. "Es war nie dafür gedacht, eine zu haben. Es ist unsinnig."

Er war kein glücklicher Camper gewesen. Er hatte viel persönliche Zeit, die er in seinem Baumhaus hätte verbringen können, mit dem Versuch verbracht, dieses Rätsel zu lösen, auf das es offensichtlich keine Antwort gab. Er hatte die Weisheit seines Vaters als Kind nicht erkannt und wünschte sich oft, er wäre noch am Leben, um ihm sagen zu können, dass er jetzt verstanden hat.

Er hatte es nie besser verstanden als jetzt, als er mit der Karawane eine immer steilere Steigung hinaufging. Das

Leben hatte eine Fülle von Rätseln, die wahrscheinlich nie gelöst werden würden, und er steckte gerade mitten in einem davon.

Die Stille ihrer Wanderung wurde von einem Gerangel unterbrochen. Eine Schlägerei war ausgebrochen, und als ob es Mittagspause in der Schule wäre, hielten alle inne; die Karawane kam zum Stillstand. Die beiden Männer waren auf dem staubigen Boden aufgeschlagen und hielten sich gegenseitig die Hände an die Kehle. Alle waren überrascht, als sie sahen, dass es die beiden Leibwächter des Premierministers waren, die mit den schwarzen Gewändern und den Kapuzengesichtern. Giorkis Kamali stand wie erstarrt da und sein rechter Arm ragte aus dem Körper, als wollte er etwas tun oder sagen, konnte es aber letztlich nicht.

Die Männer rangen und krümmten sich auf dem Boden. Einer von ihnen griff nach der Kapuze des anderen, aber ein Fuß erwischte den Angreifer direkt in der Brust und er wurde zurück auf den Boden geschleudert. Ihm war eindeutig die Luft weggeblieben und er rang nach Atem. Trotzdem nahm er seine Maske nicht ab. Der andere Wachmann stand auf und stellte sich über den keuchenden Körper. Er griff absichtlich in seine Tasche und schaute sich um, als wäre er sich zum ersten Mal bewusst, dass er beobachtet wurde. Er forderte jeden heraus, der ihn herausfordern wollte, aber im Gegensatz zu Goliath meldete sich niemand, es war kein David anwesend, der bereit war, sein Leben für den anderen Wachmann zu riskieren. Der Mann zog eine Pistole aus seinem Gewand und richtete sie auf den atemlosen

Mann, der, als er sah, was geschah, versuchte, auf Händen und Knien wegzukriechen.

Aber er schaffte es nicht weit. Der Schuss hallte in den Bergen wider und alle in der Karawane mussten den Schuss unzählige Male hören, da das Echo von den Felswänden, die sie umgaben, zurückprallte. Der Mann, der geschossen hatte, steckte die Pistole zurück in sein Gewand und deutete an, dass er sich mit dem Premierminister beraten wolle. Premierminister Kamali ging zu seinem verbliebenen Leibwächter, und sie entfernten sich vom Rest der Karawane, außer Hörweite. Kathy und Mark waren bis zu einem gewissen Grad an Gewalt gewöhnt, aber keiner von ihnen konnte den Schock oder die Angst verbergen, die ihnen ins Gesicht geschrieben stand. Die Karawane wartete schweigend, um zu sehen, was aus der Diskussion zwischen den beiden Männern wurde.

Der Mann, der angeschossen worden war, blutete schnell und sein Blut sammelte sich unter seinem Körper. Der Boden war zu hart, um sein Blut aufzusaugen, und der Abhang des Berges leitete es zur Basis. Alle sahen mit morbider Faszination zu, wie sich sein Blutfluss seinen eigenen Weg nach unten bahnte.

Die beiden Männer kamen zurück und der Premierminister war derjenige, der sprach.

"Wir werden wie geplant weitermachen, wie geplant", sagte er. Und mehr nicht. Alle schienen bereit zu sein, weiterzugehen, solange sie den Anblick der Leiche schnell hinter sich lassen konnten, und sie wären vielleicht auch leise weitergegangen, wenn Kathy sich nicht gemeldet hätte.

"Das war's?", rief sie. Der Premierminister hatte sich umgedreht und war bereit, weiterzumachen. Er war nicht erfreut, sich wieder umzudrehen und sein Gesicht verriet es. Er war rot und blinzelte Kathy mit seinen Augen an.

"Ja", sagte er. "Das ist es."

"Was ist passiert?"

Der Premierminister reagierte nicht, sondern schnippte mit den Fingern. Zwei Männer kamen hinter Mark und Kathy hervor und hoben sie gewaltsam auf. Sie setzten sie auf ihr Pferd und stellten sich neben sie.

"Sie wird gehen", sagte Mark und bahnte sich einen Weg zu seinem eigenen Pferd, das neben dem von Kathy stand. "Mach dir keine Sorgen."

Mark warf dem Premierminister einen bedeutungsvollen Blick zu und dieser nickte seinen Männern zu. Sie zogen sich zurück und Kathy konnte frei reiten.

Die Karawane zog mit einem Mitglied weniger weiter, als ob gar nichts passiert wäre.

# 18

Gabriel und der Professor befanden sich in Mailand in einem Hotelzimmer. Sie hatten sich dafür entschieden, unter falscher Identität nach Zypern zu fliegen, weil das offizieller aussah.

"Ich werde wie ein Idiot dastehen", sagte der Professor. "Ich bin ein Akademiker."

"Nein", sagte Gabriel. "Du bist ein Blogger. Und zwar ein sehr beliebter. Der beliebteste männliche Beauty-Blogger im Internet."

Der Professor nahm die Flasche mit dem Haarfärbemittel aus der Spüle der kleinen Küchenzeile und starrte sie mit einem Stirnrunzeln im Gesicht an.

"Muss ich das wirklich?"

"Ja", sagte Gabriel. "Du musst es tun."

"Aber es ist blau."

"Das ist genau der Punkt."

"Wer hat blaue Haare?", fragte der Professor und wandte sich an Gabriel, der immer noch auf der Bettkante saß und fernsah. Gabriel stand auf, ging auf den Professor zu und nahm ihm die Flasche aus der Hand. Er spritzte etwas davon in seine Handfläche und klopfte dem Professor dann auf den Kopf.

"Der beliebteste männliche Beauty-Blogger im Internet hat blaue Haare. Hör auf zu jammern."

Der Professor seufzte und ging ins Bad.

"Du hättest mich wenigstens meine Haare vorher nass machen lassen können. Ich will nicht, dass es ungleichmäßig wird."

Gabriel konnte den Professor aus dem Schlafzimmer hören, als er sich die Hände mit einem Handtuch abwischte und lachte. Seine Persona war weniger dramatisch ... nur ein einfacher Buchpromoter namens Charles Kiser, der dreiminütige Videobuchbesprechungen machte. Er schaute auf das Schlüsselband um seinen Hals, auf dem sein falscher Name und ein lächelndes Bild von ihm zu sehen waren. Das war er, aber er war es nicht. Sein Team hatte drei Tage lang nicht geschlafen, um ihre Hintergrundgeschichten zusammenzustellen und sicherzustellen, dass sie im Internet auffindbar waren. Es war nicht schwer, Identitäten im Internet zu erstellen, aber es war schwer, sie überzeugend zu machen. Und sie mussten überzeugend sein.

Mark und Kathy tauschten einige bedeutungsvolle Blicke aus. Sie hatten es beide bemerkt. Die Dinge änderten sich wieder, und sie waren sich nicht sicher, ob es zum Besseren war. Der Premierminister unterhielt sich im Flüsterton mit seinem einzigen verbliebenen Leibwächter, und die übrigen Mitglieder der Karawane schienen alle nervös zu sein. Sie hatten einen beträchtlichen Höhenunterschied überwunden und eine längere Unterhaltung war schwierig. Es war schon schwer genug, einen Fuß vor den anderen zu setzen, während sie weiter nach oben gingen. Mark wusste nicht mehr genau, wohin sie gingen, aber er musste davon ausgehen, dass der Premierminister Informationen hatte, die er nicht hatte.

Als Kathy fast nach Luft rang und sich vor Überanstrengung mehrmals übergeben musste, erreichten sie ein flaches Tal und die Gruppe wurde langsamer. Die Pferde hatten sie schon lange abgeschüttelt und Kathy lehnte sich an Mark, um sich abzustützen. Er zuckte zusammen, denn auch er hatte Schmerzen, aber er ließ sie sich an ihn lehnen. Der Premierminister ging die Linie entlang zurück zu ihnen. Er ging langsam und unterhielt sich dabei mit seinen Männern, klopfte ihnen auf die Schulter oder erzählte einen kleinen Witz. Als er Mark und Kathy erreichte, schenkte er ihnen ein Millionenlächeln.

"Zeit", sagte er. "Es ist Zeit, meine Freunde, dass unsere Gruppe zum letzten Mal schrumpft. Es ist nicht mehr möglich, so viele Menschen mitzunehmen. Wir werden nur noch zu viert sein."

"Wir vier?", sagte Kathy mit leiser Stimme und erinnerte sich noch an den Gesichtsausdruck des Premierministers, als sie das letzte Mal etwas gesagt hatte.

"Ja", sagte Mark. "Wir beide, der Premierminister und sein Leibwächter."

Der Premierminister lächelte wieder, aber diesmal nur für Mark, und es war kein Lächeln der Freude, sondern des Verständnisses. Hier war ein Mann, der verstand.

"Ja", sagte er. "Du, ich und mein Leibwächter. Ich gebe euch ein paar Minuten Zeit, um eine Pause zu machen. Sagen wir zehn. Sei bereit."

Er machte sich auf den Weg zum vorderen Teil des Wohnwagens und Mark fand, dass sein stolzierender Gang gezwungen aussah; auch er musste die Anstrengung gespürt haben und gab sich große Mühe, das zu verbergen. Mark drehte sich zu Kathy um, um etwas in diese Richtung zu sagen, sah sie aber zusammengesunken auf dem Boden liegen.

Kathy war ohnmächtig. Und sie erinnerte sich ...

Als sie sieben Jahre alt war, nahm ihr Vater sie mit auf eine Wanderung durch das Ocmulgee National Monument in der Nähe ihres Wohnortes im Süden Georgias. Dort gab es große Erdwerke, die vor mehr als 1.000 Jahren von der Mississippi-Kultur der Süd-Appalachen errichtet worden waren, mit mehreren Hügeln, darunter ein Grabhügel und Verteidigungsgräben. Der Park war wunderschön. Es war ein Sumpfgebiet und Kathy liebte das Gefühl der feuchten Hitze, die sich wie eine Decke um sie legte. Sie liebte auch die Tierwelt: Schlangen, Biber, Reiher, sie liebte alles. Aber am meisten liebte sie es, Zeit mit ihrem Vater zu verbringen. Im Gegensatz zu Remy kannte Kathy ihre Mutter gut und verbrachte nur sehr wenig Zeit mit ihrem Vater. Ihre Eltern hatten sich scheiden lassen, als sie erst zwei Jahre alt war, und aufgrund von Umständen, in die sie nie eingeweiht wurde, konnte sie ihren Vater nur jedes zweite Wochenende sehen. Es kam ihr sehr ungerecht vor, als ob sie bestraft wurde, als ob sie die Scheidung verursacht hätte und dies ihre gerechte Strafe wäre.

In Wahrheit war es nicht schlimmer als eine Million anderer amerikanischer Scheidungen des zwanzigsten Jahrhunderts. Es war nicht einvernehmlich, und das Gerichtssystem begünstigte immer die Mutter. Es war kein faires System, aber so war es nun mal. Nachdem einige Jahre vergangen waren, bedauerte Kathys Mutter zutiefst, so rachsüchtig gewesen zu sein. Sie konnte den

Gesichtsausdruck ihrer Tochter sehen, als es an der Zeit war, ihren Vater zu besuchen. Sie konnte sehen, dass es kleinlich war, darauf zu drängen, dass ihr Ex seine Tochter nur jedes zweite Wochenende sehen durfte, anstatt jedes Wochenende. Es gab keinen logischen Grund, dies zu tun. Roy war kein schlechter Vater. Er passte zwar schlecht zu Kathys Mutter, aber das machte ihn nicht zu einem schlechten Elternteil. Aber bis ihre Mutter das merkte, waren viele weitere Jahre der Verbitterung vergangen und sie konnte ihren Stolz nicht herunterschlucken und die Einschränkungen aufheben, obwohl sie wusste, dass es für Kathy besser wäre.

Als Siebenjährige war Kathy sehr schnell müde und die feuchte Sumpflandschaft, die sie so sehr liebte, machte ihr zu schaffen. Ihr Vater ließ sie sich auf einen der kleineren Hügel setzen, um eine Pause zu machen. Sie atmete schwer und sah sehr besorgt aus, als ihr Vater ihr eine Wasserflasche reichte.

"Geht es dir gut, Schatz?", fragte er.

"Ist das okay?", fragte sie und sah sich um. "Ich meine ... hier anzuhalten?"

"Du meinst, weil dies ein Grabhügel sein könnte?"

Die junge Kathy nickte. Ihr Vater lächelte sie an.

"Wenn das alles ist, was dich stört, mach dir keine Sorgen. An diesem Punkt hat die Verwesung den Kampf gewonnen und wir sitzen auf nichts anderem als auf Erde. Das Einzige, was die Verstorbenen am Leben hält, sind die Erinnerungen und diese Zeichen überall", sagte er und machte eine ausladende Geste. Kathy lächelte ihn an. Ihr Vater war Wissenschaftler und sie hoffte, eines Tages auch einer zu sein. Sie gehörte nicht zu den Kindern, die hören wollten, dass der Himmel blau ist, weil das die Lieblingsfarbe Gottes ist. Sie schätzte die wissenschaftlichen Antworten. Sie erkannte sie sogar als das, was sie waren: viel interessanter als jede Antwort, die sich ein Mensch ausdenken konnte.

~

Kathy wachte auf, als Mark sie schüttelte. "Nichts als Erde", murmelte sie. "Keine Leichen."

Der Premierminister und sein Leibwächter standen in der Nähe, und als sie zu sich kam, sah sie, wie sie sie anstarrten. Mark wischte ihr Gesicht mit einem nassen Tuch ab. Sie konnte sich aufsetzen und sah, dass der Rest der Karawane bereits gegangen war. Sie waren allein.

"Sollen wir weitermachen?", sagte der Premierminister schnippisch, als ob Kathy nicht gerade eine ganze Weile bewusstlos gewesen wäre. Kathy sah ihm in die Augen und konnte sehen, dass er keinen Scherz machte.

Sie stand wackelig, aber entschlossen auf.

~

Remy fand sich im südlichen, griechisch kontrollierten Zypern wieder, ohne eine Ahnung zu haben, wie es weitergehen sollte. Bis zu diesem Zeitpunkt hatte ihn ein vages und zugleich starkes Gefühl der Zielstrebigkeit motiviert. Er wusste, dass er nach Zypern musste, aber er wusste nicht genau, warum. Ein alter Freund, den er seit Jahren nicht mehr gesehen hatte, hatte ihn in diese Situation hineingezogen, und es gab keinen logischen Grund, warum er immer noch dabei sein sollte. Aber er war es. Und jetzt war er in Zypern, lief durch die Straßen von Tsakistra, nippte an einem längst kalten dreifachen Espresso und stöhnte über die Bitterkeit. Er brauchte etwas, das vom Himmel auf seinen Kopf fiel ... das ihm sagte, was er tun sollte. Er ahnte nicht, dass fast genau das passieren würde.

Jetzt, wo sie erfolgreich nach Nordzypern eingereist waren, wünschte sich der Professor, dass sein Haarfärbemittel nur von kurzer Dauer gewesen wäre. Sie hatte ihren Zweck erfüllt. Sie waren durch den Zoll gewunken worden und hatten sogar ein paar Autogrammwünsche von Leuten erfüllt, die nur ein vages Gefühl dafür hatten, dass es sich um Menschen handelte, deren Autogramm man haben wollte. Der Professor war sich nicht bewusst, dass etwa die Hälfte dieser Leute Pflanzen von Gabriel Mizrahi waren. Die anderen waren nur Schafe.

Der Professor folgte Gabriel, wohin er auch ging, denn der Mann schien wirklich einen Plan zu haben. Sie waren auf dem Weg zu einem Outdoor-Laden, einem dieser riesigen Lagerhäuser. Es erinnerte ihn an die Kaufhäuser, in denen er mit seiner Frau einkaufte.

"Claude", würde sie sagen. "Sollen wir die eine Gallone oder die zwei Gallonen Ranch holen?", und der Professor brach in Gelächter aus. Sein größtes Problem war, dass er nie den amerikanischen Traum wollte, den seine Frau wollte. Er wollte nie der Typ sein, der seine Ranch und sein Olivenöl in großen Mengen kauft. Er wollte seine Frau, aber nicht ihre Ideale. Das war ein häufigeres Dilemma, als er ahnte. Wenn er also mit ihr in den Preismärkten der Welt einkaufte, verursachte das unweigerlich existenziellen Kummer für ihn.

"Ich weiß es nicht", würde er sagen. "Wie viel genau möchtest du unseren Konzernherren helfen?"

Sie würde wie immer verzweifelt sein und ihn anstarren. An guten Tagen würde sie lächeln und die Entscheidung selbst treffen. Aber je länger ihre Beziehung dauerte, desto weniger gute Tage hatte sie, und sie war wirklich frustriert, weil er keine bessere Antwort wusste.

"Ich bin Demokratin, Claude", sagte sie an solchen Tagen. "Aber das heißt nicht, dass ich nicht eine Gallone Ranch kaufen kann, wenn ich das will."

Und das Gespräch geriet in eine unausweichliche Spirale, die zu einem ihrer vielen ehelichen Kämpfe führte, die jeder von ihnen für den Rest seines Lebens bereuen würde.

Er versuchte alles, um diese Erinnerungen aus seinem Kopf zu verdrängen, während er dem ungewöhnlich schnellen Schritt von Gabriel Mizrahi durch den Laden folgte.

"Wie geht es deinen Beinen?", fragte Gabriel über seine Schulter und schob dabei einen Ständer mit T-Shirts aus dem Weg, als er sprach.

"Sie haben Füße", antwortete der Professor.

"Ich hoffe, du kannst besser wandern als Witze machen", sagte Gabriel. "Wir müssen sehr schnell vorankommen."

Der Professor war verwirrt, denn Gabriel hatte noch nicht die Gelegenheit genutzt, die Theorie hinter der Wanderung des Premierministers mit Mark und Kathy in die Berge zu erklären. Aber zu diesem Zeitpunkt war der Professor daran gewöhnt, im Dunkeln gelassen zu werden, und er spielte mit. Er ließ sich von Gabriel durch den Laden führen und suchte sich eine Reihe von Wanderartikeln aus: Rucksäcke für beide. Ein Campingkocher, Regenkleidung, Schuhe mit Metallspikes - das ganze Drumherum. Was der Professor nicht gesehen hatte, aber wovon er sich ebenfalls eindeckte, waren Waffen. Das würde er noch früh genug herausfinden.

## 19

Mark hatte zwei Jahre lang für die Regierung der Vereinigten Staaten gearbeitet, bevor Kathy ihre Arbeit im Pentagon aufnahm. Nachdem Kathy zum Team gestoßen war, fiel es ihm schwer, sich auf ein bestimmtes Ereignis in diesen zwei Jahren festzulegen. Sie waren ein wenig verschwommen. Es war, als ob all die einzelnen Momente, aus denen sich die Jahre des Regierungsdienstes vor Kathys Ankunft zusammensetzten, keinen Bezugspunkt hatten, der ihnen eine Bedeutung gab. Nach der Ankunft von Kathy wurden Marks Erinnerungen ordentlich kategorisiert.

An Kathys siebtem Tag hatte er von der ägyptischen Regierung eine Absage für die Suche nach einem neuen Pharaonengrab erhalten. Es war auch der erste Tag, an dem er mit Kathy ein Gespräch geführt hatte, das länger als sechs Worte dauerte. Kathy war an Marks dreißigstem Geburtstag zehn Minuten zu spät zur Arbeit gekommen. Sie wusste nicht, dass er Geburtstag hatte, und auch die anderen im Büro wussten es nicht. Mark konnte sich an keinen seiner Geburtstage zwischen fünfundzwanzig und dreißig erinnern. Bevor Kathy kam, hatte er eine harte Wahrheit entdeckt: Nach dem College und in der realen Welt haben Geburtstage keine aufregende Bedeutung mehr. Sie sind einfach nur Tage. Aber seit Kathy da war, galt das für Mark nicht mehr. Er stellte fest, dass jeder Moment seines langweiligen Jobs bei der Regierung in seinem Gehirn kategorisiert worden war. Er brauchte etwas länger, um zu erkennen, was das bedeutete, aber er war ohne Zweifel hoffnungslos in seine neue Kollegin verliebt.

Diese Gedanken gingen Mark durch den Kopf, als Kathy sich während ihrer Wanderung fest an ihn lehnte. In einer idealen Situation hätte sie ein Lager aufgeschlagen. Zumindest hätte man ihr erlauben sollen, sich eine Weile auszuruhen. Aber der Premierminister war nicht sehr großzügig. Der Premierminister hatte sich drastisch von dem schwungvollen, lebhaften Mann verändert, der sie in seinem Speisesaal begrüßt hatte. Je näher sie ihrem Ziel kamen, je tiefer sie in die Berge vordrangen und je weiter sie sich von der Zivilisation und den Konsequenzen entfernten, desto grausamer schien er zu werden, losgelöst von der Realität. Es war ein langsamer, aber unweigerlich spürbarer Prozess.

Ohne Rücksicht ging er vor Mark und Kathy her, mit seinem Leibwächter an den Fersen. Nur selten schaute er über die Schulter, um zu sehen, ob Mark und Kathy noch dort hinten waren. Das ging zwei Tage lang so weiter. In der Mitte des dritten Tages blieb Mark stehen und schrie den Premierminister an.

"Stopp!", sagte er. Und er hörte auf zu laufen. Im Grunde trug er Kathy. Er setzte sich hin und ließ sie in seinen Schoß plumpsen. Er lehnte mit dem Rücken an einem Felsbrocken und das war hart, aber beruhigend. "Wir gehen keinen Schritt weiter, bis wir geredet haben."

Der Leibwächter des Premierministers hatte Mordlust in den Augen, aber sein Chef hob die Hand und ging langsam auf Mark und Kathy zu, wobei er auf dem Rückweg vorsichtig über rutschige Kieselsteine ging. Er setzte sich nur ein paar Meter von Mark und Kathy entfernt auf seine Hüften. Kathy atmete schwer und hatte ihre Augen geschlossen.

"Wohin gehen wir?", sagte Mark. "Ich weiß nicht, wo Mohammed den Gral versteckt haben soll. So weit geht meine Theorie. Ich brauche etwas Zeit zum Nachdenken, wenn ich sie weiterverfolgen soll. Wisst ihr etwas, was ich nicht weiß, oder wollt ihr uns umbringen?"

Der Premierminister schwieg einen Moment lang und wog seine Worte ab.

"Kennst du Fariduddin Attars großartiges Gedicht *Die Konferenz der Vögel*?", fragte er. Mark starrte ihn ausdruckslos an. Er wusste nur sehr vage, wovon er sprach. "Es ist ... im Grunde die Geschichte der Vögel auf der Suche nach dem Simorgh. Du kannst den Simorgh den idealen König nennen, ein geflügeltes Fabelwesen, du kannst ihn Gott nennen oder was immer du willst. Das ist es, wonach sie suchen. Es ist ein sehr langes Gedicht und es ist eine sehr große Gruppe von Vögeln, die viele Prüfungen durchmachen, von denen viele ihre individuellen Fehler und Schwächen hervorheben." Die Augen des Premierministers flatterten bei diesen letzten Worten seltsam. Seine Stimme zitterte fast vor Aufregung über das, was er sagte. "Die persische Sprache ... eine wunderschöne Sprache, geradezu perfekt für die Poesie ... ist voller Möglichkeiten für Ironie und sprachliche Täuschung. Was die Vögel am Ende ihrer Reise erkennen, ist, dass sie die Simorgh sind. Du siehst ... Simorgh, oder *si murgh*, wenn man es in zwei Wörtern auf Persisch schreibt, bedeutet dreißig Vögel. Sie sind dreißig Vögel. Sie sind genau das, wonach sie gesucht haben."

Ein großes Schweigen herrschte in den Bergen über seine Erklärung. Markus wusste nicht, wo er anfangen sollte, wie schlecht der Mann die Geschichte las. Sah er ihre Geschichte als vergleichbar mit dieser an?

"Willst du damit sagen?" Mark begann: "Dass wir der Gral sind?"

Der Premierminister lachte aus vollem Halse und sein Lachen hallte bei den Reisenden zurück.

"Natürlich nicht. Ich versuche nur, dir meine Theorie zu erklären. Wir werden den Gral finden, wenn wir nicht danach suchen. Der Prophet hat den Gral vor denen versteckt, die ihn suchen wollten, aber nicht vor denen, die ihn nicht suchten. Wir sind nicht mehr auf der Suche nach dem Gral. Wir sind einfach Reisende, die in der Wildnis umherwandern."

In den Augen des Mannes lag Wahnsinn, und Mark fragte sich, worauf er sich und die große Liebe seines Lebens da eingelassen hatte.

Als er die Straße hinunterging und seinen Espresso mutlos in einen Mülleimer warf, wurde Remy von einem Seesack auf den Kopf getroffen. Er war für einen Moment verwirrt und schaute dann auf. Eine Stimme schrie aus einem offenen Fenster zwei Stockwerke hoch zu ihm herunter.

"Entschuldigung!", sagte es.

Remy schaute auf und sah einen jungen Mann, der aus dem Fenster sprang und auf einem Müllcontainer landete. Er sprang von dem Müllcontainer herunter und lächelte Remy an. Seine Haut hatte die Farbe von Mandeln; er trug eine Tunika. Er konnte nicht älter als sechzehn sein und seine grünen Augen leuchteten vor Lebensfreude. Als er den Boden erreichte, erschien ein anderes Gesicht im Fenster. Es war ein wütendes Gesicht. Es brüllte ihn an.

"Maan! Komm wieder her! Wir sind noch nicht fertig!"

Maan hob seinen Seesack vom Boden auf. Remy rieb sich noch immer den Kopf, als Maan ihm die Tasche in die Hände warf.

"Danke, dass du den Sturz verhindert hast. Wertvolle Sachen sind da drin. Los geht's!"

Der Junge rannte die Straße hinunter, schlängelte sich durch die Menge und ließ wütende Menschengruppen hinter sich. Remy blickte zurück zum Gebäude und sah den wütenden Mann aus dem Fenster, der aus der Tür kam, nicht mehr als dreißig Meter von ihm entfernt. In seinen Augen stand Mord. Remy rannte hinter dem Jungen her und versuchte, mit ihm Schritt zu halten. Er war nicht so flink und musste Leute aus dem Weg schieben, um ihn überhaupt in Sichtweite zu haben. Er hinterließ eine Spur von Schreien und Rufen und murmelte ein paar halbherzige Entschuldigungen. Nach einigen Minuten schaute Remy über die Schulter und stellte fest, dass sie nicht mehr verfolgt wurden. Das machte er so deutlich wie möglich, indem er in Richtung des Jugendlichen schrie, dem er folgte. Maan war nur am Rande von Remys Sichtfeld, aber er wurde immer größer. Er hatte aufgehört zu rennen und wartete darauf, dass er ihn einholte.

Als Remy ihn erreichte, saß er auf einem Fass vor einem Fabrikgebäude. Sie befanden sich am Rande der Stadt. Es schien mehr Katzen als Menschen zu geben, die dort herumliefen. Der junge Mann lächelte ihn mit seinem zahnlosen Grinsen an.

"Ich bin beeindruckt, dass du durchgehalten hast", sagte er und legte die Hände in den Schoß. "Das hatte ich eigentlich auch nicht vor."

"Pardon?", sagte Remy. Er merkte, wie müde er war und legte seine Hände auf die Knie. Er atmete tief und röchelnd ein.

"Öffne den Seesack."

Remy nahm ihm die Tasche von der Schulter und stellte sie auf den Boden. Er öffnete den Deckel und sah, dass sie voll mit Haushaltsgeschirr und Schmuck war.

"Das verstehe ich nicht", sagte er. "Du wolltest die Sachen nicht stehlen?"

"Nein, ich wollte von zu Hause weglaufen. Aber der Mann meiner Mutter kümmerte sich mehr um die Dinge, die ich gestohlen hatte. Also habe ich dich sozusagen als Opfer aufgegeben. Du warst einfach ... da. Tut mir leid. Es ist nichts Persönliches."

Remy konnte nicht anders, als über die Frechheit des jungen Mannes zu lachen. Es war unglaublich. Er hob den Seesack hoch und schüttete den Inhalt auf die Gasse. Maan schaute verwirrt zu, sagte aber nichts.

"Ich schätze, die brauchen wir nicht. Aber die Tasche brauchen wir vielleicht."

"Wofür?"

"Weil ich weggelaufen bin. Ich würde mich dir gerne anschließen."

"Was?"

"Hast du schon konkrete Pläne?"

"Nun, nein."

"Gut. Was hältst du von Nordzypern als Reiseziel?"

Gabriel tat dem Professor den Gefallen, ihm die Theorie von Mohammed und dem Gral zu erklären. Sie machten sich auf den Weg, den die Karawane mit dem Premierminister, Kathy und Mark eine Woche zuvor genommen hatte. Aber es waren nur die beiden. Es gab keine große Begleitmannschaft und sie hatten keine Pferde zum Reiten. Sie waren zu Fuß unterwegs. Gabriel bestand darauf, dass dies der beste Weg sei.

"Traditionell reitet man in die Vorberge und steigt dann ab, um den Rest des Weges zu Fuß zu gehen", sagt er. "Das führt zu schweren Beinen nach ein paar Tagen des Reitens. Die ersten paar Tage des Wanderns sind härter als sie sein müssen, weil deine Muskeln auf dem Pferd geschwächt sind. Ja, wir werden müde sein, wenn wir das Vorgebirge erreichen, aber unsere Beine werden stark sein und wir werden keine Zeit verlieren."

Der Professor nahm ihn beim Wort und versuchte, mit ihm Schritt zu halten. Gabriel hielt ein fanatisches Tempo, mit dem der Professor nur schwer mithalten konnte, und Gabriel Mizrahi schien nicht einmal müde zu werden. Wenn der Professor gewusst hätte, wie die

Augen des Premierministers in diesem Moment aussahen, hätte er die Ähnlichkeiten gesehen, die da waren: die verrückte Zuversicht und die betrunkene Ekstase der Jagd.

"Wie kann es sein", fragte der Professor und beschleunigte, um mit Gabriel gleichzuziehen, "dass all diese reichen und mächtigen Männer davon besessen sind, den Gral zu finden ... und sie brauchen jemanden wie Mark Lockheed, um das zu tun? Soweit ich weiß, kennt ihr schon alle Theorien von Mark und ich habe noch niemanden gesehen, der ihn nach neuen Ideen gefragt hat. Um ehrlich zu sein - ich glaube nicht, dass er welche hat. Ich glaube, er hat seine Theorien, aber nur wenige Beweise. Hätte man das nicht alles auch ohne ihn machen können? Warum sollte man ihn einbeziehen?"

Gabriel blieb stehen. Er legte beide Hände auf seinen Gehstock, den er bei sich trug. Er schaute dem Professor in die Augen und für einen Moment lag eine Klarheit in ihnen, die jede Verfolgungswut übertraf. Er holte tief Luft und rieb sich das Kinn.

"Es gibt ein dunkles Geheimnis über reiche und mächtige Männer, das eigentlich gar kein Geheimnis ist", sagte Gabriel Mizrahi, ohne einen Hauch von Ironie in seiner Stimme. "Hinter jedem sehr erfolgreichen Mann steht nicht eine Frau, sondern ein Berg von Selbstzweifeln. Ja, du hast Recht. All das hätte man auch ohne deinen ehemaligen Schüler machen können. Was glaubst du, wie viele Stunden Reginald und ich damit verbracht haben, Texte darüber zu studieren? Mehr als Mark Lockheed, das kann ich dir versichern. Er hat andere Dinge, um die er sich kümmern muss. Aber die Sache, die alle sehr erfolgreichen Männer antreibt, ist die gleiche: der Drang nach Anerkennung. Als Mark seine Theorien mit Reginald teilte und bestätigte, was Reginald bereits dachte, war das wahrscheinlich der aufregendste Moment seines Lebens, denn ihm gehört die halbe verdammte zivilisierte Welt. Ohne die Zustimmung von jemandem, der auf seinem Gebiet der Beste ist, wird es nie genug sein. Und ich fürchte ... selbst das wird nie genug sein." Er hielt wieder inne. "Beantwortet das deine Frage?"

Der Professor nickte und sie setzten ihren Weg fort, wobei Gabriel sich scheinbar mühelos beeilte und der Professor sich abmühte, mit ihm Schritt zu halten, aber weniger im Unklaren über die ganze Situation war, in die er hineingeraten war.

# 20

Mark und Kathy durften sich endlich ausruhen. Sie waren bis tief in die Nacht gereist. Es war schon seit mehreren Stunden dunkel, als der Premierminister die Hand hob und anzeigte, dass sie für die Nacht anhalten konnten. Wie immer, wenn sie anhielten, setzte sich der Leibwächter des Premierministers abseits von den anderen auf seinen Rucksack, machte ein Feuer und starrte sie über die Flammen hinweg wachsam an. Mark und Kathy erholten sich. Sie hatten kein Feuer angezündet und es wurde kalt. Mark hatte es vor, aber er war so müde, dass er nicht sicher war, ob er es schaffen würde. In diesem Moment kam Premierminister Kamali mit ein paar Holzscheiten, die bereits brannten, vorbei.

Er beugte sich vor und zog eine Zeitung aus seiner Tasche, die er auf den Boden legte, bevor er das

Anzündholz hinlegte und zwei Holzscheite darauf legte. Er brachte das Feuer zum Brennen und setzte sich ihnen gegenüber, offenbar in der Absicht, mit dem Feuer zu arbeiten und nicht zu reden.

"Danke", sagte Mark nach einigen Minuten des Schweigens. Der Premierminister winkte ab und zuckte mit den Schultern. Er setzte sich hin und streckte seine Beine aus. Seine Wachsamkeit schien völlig verschwunden zu sein.

"Ich glaube", sagte er leise. "Ich glaube, mein Leibwächter könnte eine Intrige gegen mich schmieden."

"Wie kommst du darauf?" Kathy war erschöpft, aber nicht zu schwach für etwas Zynismus.

"Du bist eine bemerkenswerte Frau", sagte er, "dass du so mit mir redest, nach allem, was ich dir angetan habe. Darf ich dir eine Geschichte erzählen?" Er schien wirklich auf eine Antwort zu warten, also nickte Kathy, damit er fortfahren konnte.

"Als ich ein Junge war, verbrachte ich viel Zeit mit meinem Vater in Beirut. Er war ein Geschäftsmann, und zwar ein sehr brillanter. Er nahm mich aus einem Grund mit auf seine Reisen, der mir erst in den letzten Tagen klar geworden ist." Ein trauriger Blick erschien in den Augen des Premierministers. Er sah schmerzlich aus, behielt aber sein stoisches Gesicht bei. "Mein Vater war kein sehr liebevoller Mann. Er schien mir nur in der Lage zu sein, sich negativ zu äußern. Wenn ich etwas

Gutes tat, grunzte er und sah nicht von seinem Papierkram und seinem Taschenrechner mit der dünnen Rolle weißen Papiers auf. Aber wenn ich etwas tat, das ihm nicht gefiel, zögerte er nicht, nach seinem Gürtel zu greifen. Aber ich ging mit ihm auf die Geschäftsreisen. Zum Teil, weil ich glaubte, dass er enttäuscht sein würde, wenn ich nicht mitkäme. Aber ich kann nicht leugnen, dass ich auch mitging, weil ich hoffte, dass er auf diesen Reisen einen Weg finden würde, mir positive Gefühle für mich zu zeigen. Was ich damals nicht verstand, war, dass die Reisen seine Art waren, dies zu tun. Indem er mich mit auf die Reise nahm, zeigte er seine Zuneigung. Ein Kind hat auf einer Geschäftsreise nichts zu suchen, gar nichts. Aber er nahm mich mit und war zweifellos frustriert, dass ich mich nicht darüber freute. Interessante Sache, diese zwischenmenschliche Kommunikation, nicht wahr? Funktioniert manchmal nicht besonders gut."

Der Premierminister hielt einen Moment inne, um reumütig zu kichern und das Feuer zu schüren.

Er fuhr mit einem Seufzer fort. "Es gab einen bestimmten Tag auf einer dieser Reisen, als wir im Hotel waren. Er war runter in die Lobby gegangen, um sich eine Limonade zu holen, als der Angriff geschah. Was genau passiert ist, weiß ich nicht mehr. Ich erinnere mich nur daran, dass ich auf dem Rücken liegend auf dem Boden aufschlug und plötzlich in einen Himmel blickte, der um mich herum einstürzte. Die Decke war weg und kleine Papierschnipsel rieselten von dem herunter, was einmal der Rest des Gebäudes gewesen war. Eines davon fiel direkt auf meine Nasenspitze und ich hob es von meinem Gesicht und las es. Weißt du, was da stand?"

Mark und Kathy waren ganz still.

"*Die Gralsgesellschaft: Die Säuberung hat begonnen.* Eine Randgruppe, natürlich. Radikale Christen, die die Muslime ausrotten wollen. Ich hatte es fast geschafft, das Bild des Grals aus meinem Kopf zu verdrängen, Mark, fast geschafft. Ich bin ein sehr erfolgreicher Mann geworden. Ein Mann, auf den mein Vater sicher stolz gewesen wäre. Aber dann hast du ein Papier veröffentlicht, ein Papier veröffentlicht. Du hast der Welt erzählt, dass der Gral, dieser talismanische Gegenstand, der meine Unschuld beendete, in meinem Land war, in meinem Gebiet, das ich so hart bearbeitet habe, um es zu kontrollieren. Und dann öffneten sich die Schleusen und die Gralssucher krochen über mich her. Sag mir, Mark, glaubst du, ich will diesen Leuten helfen? Glaubst du, ich schätze ihre Verehrung für ein solches Objekt? Du brauchst nicht zu antworten. Ich will nur, dass du verstehst, Mark Lockheed. Ich will nur, dass du verstehst, was wir hier tun. Wenn mein Leibwächter mich tötet, weißt du jetzt, wer ich als Mann bin."

Bevor Mark und Kathy irgendwelche Fragen stellen konnten, stand der Premierminister auf und ging schnell weg. Als er sich umdrehte, schlug er die Hände vors Gesicht.

Mark und Kathy saßen lange Zeit in fassungslosem Schweigen.

"Ich habe schlimme Dinge über die Tunnel gehört", sagte Remy zu Maan, aber Maan schüttelte den Kopf und lächelte.

"Du machst dir zu viele Sorgen, Remy. Viel zu viel. Ja, einige der Tunnel werden patrouilliert, aber nicht dieser hier. Vertrau mir."

"Hast du einen zwingenden Grund, warum ich das tun sollte?"

Wieder zeigte der junge Mann sein zahnloses Lächeln.

"Überhaupt nicht."

Es hatte Remy erschreckt, wie schnell sein junger Begleiter in seinen Plan eingewilligt hatte, und seine Argumentation war auch nicht sehr überzeugend gewesen. "Ich habe nichts anderes zu tun", hatte Maan gesagt. "Also kann ich das auch tun." Und er hatte das alles mit diesem nervtötenden, ansteckenden Lächeln im Gesicht gesagt. Er war der Typ von Kind, den man in allen Kulturen antrifft: ein unerschütterlich selbstbewusster, aber charmanter Jugendlicher.

Maan hatte das Gefühl, dass er die Welt im Griff hatte, und Remy beneidete ihn um seine Zuversicht. Er erinnerte sich an die Zeit, als die Welt noch Sinn machte. Er erinnerte sich daran, dass er glaubte, alles vor sich zu haben. Er wusste nicht, ob er Maan mochte, weil er ein sympathischer Junge war, oder weil er sich durch ihn wieder jung fühlte. Remy hatte nach einem Grund gesucht, warum er sich entschieden hatte, nach Zypern zu kommen, um diese Reise fortzusetzen, an der er nicht teilhaben sollte. Er dachte, dass er ihn vielleicht gefunden hatte. Vielleicht war ihm der Grund buchstäblich auf den Kopf gefallen.

Dieser Grund, der ihm auf den Kopf gefallen war, ließ ihn nun auf einem klapprigen, verrosteten Fahrrad in Richtung der Grenze zu Nordzypern fahren. Sie hatten Niemandsland betreten, die Pufferzone der Vereinten Nationen, die entmilitarisierte Zone zwischen den beiden Regionen, und sie waren einsame Flecken, die mit ihren abgefahrenen Reifen Staub aufwirbelten. Remy bemühte sich, mit dem jungen Mann Schritt zu halten, obwohl er seit Tagen keine Zigarette mehr geraucht hatte - er hatte einfach vergessen zu rauchen. Er war zu beschäftigt und besorgt. Aber trotzdem war Maan auf seinem Fahrrad wie ein Fleck.

"Fahr langsamer!", rief Remy, und der junge Mann wurde langsamer und zog die Handbremse an. Remy holte Maan ein und sie traten in einem gleichmäßigen Tempo in die Pedale.

"Sie sind uns weit voraus", sagte Maan beiläufig.

"Ich dachte, du hast nur Angst, von zu Hause wegzulaufen?"

"Wer würde sich nicht für die Geschichte interessieren, die du mir erzählt hast? Wenn auch nur die Hälfte davon wahr ist, würde ich das gerne nachholen."

Remy war erstaunt über die Hartnäckigkeit des jungen Mannes. Er hatte ihm die ganze Wahrheit gesagt und diese Wahrheit beinhaltete eine Menge Blutvergießen, aber in den Augen des Jungen war keine Angst zu sehen. Er wollte wirklich an dem Abenteuer teilhaben. Remy fragte sich, ob es ein Fehler war, diesen unschuldigen Teenager in Gefahr zu bringen, aber er war sich nicht sicher, ob er überhaupt eine Wahl hatte. Er wusste nicht, wie man über die Grenze kommt, Maan aber angeblich schon.

"Was glaubst du, wie weit wir von diesem vermeintlichen Tunnel entfernt sind?", fragte Remy.

"Erstens ist es nicht vorgesehen. Es ist da und es wird uns rüberbringen. Aber jetzt nicht zu weit. Nicht mehr als eine Meile."

"Und woher weißt du, dass es da ist?"

"Hast du wirklich geglaubt, dass ich das erste Mal von zu Hause weglaufe?"

Remy konnte nur ungläubig den Kopf schütteln. Was für ein Kind rennt von zu Hause weg in die feindliche Nation nebenan? Maan ließ seine eigenen Kindheitsprobleme weit weg und unbedeutend erscheinen.

"Jetzt lass uns das Tempo wieder erhöhen", sagte der Junge, pumpte kräftig mit den Beinen und schleuderte Remy eine Staubwolke ins Gesicht. Remy sah zu, wie er davonfuhr, und begann, seine eigenen Beine noch stärker zu pumpen. Das war der Weg, den er gewählt hatte, und wie viele andere Männer in der Region hoffte er in diesem Moment, dass sein Vater stolz auf ihn sein würde.

Sie waren schon fast aus dem Vorgebirge heraus und in den Bergen, als es passierte. Gabriel war derjenige, der es zuerst bemerkte. Er blieb stehen und der Professor wäre ihm fast in den Rucksack gelaufen. Gabriel brachte ihn zum Schweigen und ging auf die Knie. Er legte sein Ohr auf den Boden wie ein indianischer Fährtenleser, oder zumindest war das das Bild, das dem Professor in den Sinn kam. Gabriel sah panisch aus und setzte seinen Rucksack auf den Boden. Er legte sein Ohr wieder auf den Boden und machte mit seiner rechten Hand eine Faust. Die linke Handfläche legte er auf den Boden und die Faust auf die Handfläche und ließ sie dort liegen. Er stand so schnell auf, wie er stehen geblieben war, und hängte sich seinen Rucksack wieder auf den Rücken.

"Wir müssen schnell handeln."

"Warum?", fragte der Professor und verlängerte seine Schritte, um mit dem Israeli Schritt zu halten.

"Wir brauchen Deckung und diese kleinen erbsengroßen Steine werden unsere fetten Ärsche nicht gut genug verstecken."

Der Professor war verwirrt, aber Gabriel hielt inne, nur für einen Moment, um etwas klarzustellen. Er legte seine Hände auf die Schultern des Professors.

"Da kommt jemand", sagte er, drehte sich wieder um und beschleunigte seinen Schritt.

Der Professor folgte ihm wortlos und versuchte, die Schmerzen in seinen Füßen, Beinen und seinem Rücken zu ignorieren: seinen ganzen Körper. Gabriel schien nie müde zu werden und nie ein Problem damit zu haben, sein Tempo noch weiter zu beschleunigen. Es ging immer vorwärts und aufwärts. Der Professor verstand das nicht, denn er war nicht von der gleichen Leidenschaft beseelt wie Gabriel Mizrahi, Premierminister Kamali oder Reginald Astair. Er hatte nicht das, was sie hatten, und wäre er in der Lage gewesen, diesen Unterschied zu erkennen, wäre er dankbar dafür gewesen.

Sie erreichten gerade noch rechtzeitig und völlig erschöpft einen Bereich des Gebirges, den sie als Versteck nutzen konnten. Dort gab es einen felsigen Vorsprung, auf dem Sträucher dicht an dicht wuchsen. Hier kauerten Gabriel und der Professor, die Rucksäcke auf den Boden geschnallt, um nicht aufzufallen und gesehen zu werden, und warteten auf das, was kommen würde. Es dauerte nicht lange, bis sie Stimmen und Hufe hören konnten. Eine große Gruppe von Männern kam auf sie zu, und zum Glück schienen sie nichts von zwei anderen Reisenden zu ahnen, die näher waren, als sie es sich hätten vorstellen können. Der Professor presste sich unwillkürlich die Handfläche vor den Mund, als er sah, wie viele Menschen an ihnen vorbeizogen. Er konnte die Pferdehufe, die vermummten Reiter und die Soldaten mit Gewehren nicht mehr zählen. Es schien eine Art Militäreinheit zu sein, die aus den Bergen kam. Er sah zu Gabriel hinüber, der neben ihm auf dem Bauch lag, und seine Augen sagten ihm alles: Sie waren auf dem richtigen Weg und sie holten auf. Es fühlte sich wie eine Ewigkeit an, aber in Wirklichkeit brauchte die ausrangierte Karawane des Premierministers etwa zehn Minuten, um sie zu überholen und die beiden Männer konnten endlich wieder frei durchatmen. Gabriel wollte gerade aufstehen, als eine raue Hand ihn am Kragen packte und hochzog. Eine andere Hand griff nach dem Professor und zerrte ihn ebenfalls hoch.

"Du hast wirklich scharfe Augen, Tariq", sagte eine kieselige Stimme.

Der Professor und Gabriel Mizrahi sahen sich zwei Männern gegenüber, die Soldaten zu sein schienen. Sie hatten sich automatische Gewehre auf den Rücken geschnallt und trugen schwere Stiefel, in denen es unbequem gewesen sein muss, zu wandern. Sie trugen rote Barette, die beide mit Staub bedeckt waren.

"Was haben wir denn hier?", fragte der Mann, der offenbar Tariq heißt. "Sieht für mich nach zwei

Kriminellen aus. Wahrscheinlich versuchen sie, den Premierminister zu ermorden."

"Das ist sehr wahrscheinlich", sagte der andere Mann.

"Was sollen wir dagegen tun?"

"Gute Frage."

Der Professor schluckte und Gabriel Mizrahi regulierte seine Atmung. Er war zu weit gekommen, um sich sein Vorhaben von zwei zypriotischen Soldaten ruinieren zu lassen. Viel zu weit.

# 21

Mark Lockheed glaubte nicht an Gott, was bedeutete, dass er auch nicht an göttliches Eingreifen glaubte, aber das bedeutete nicht, dass er nicht an außergewöhnliche Umstände glaubte. Wenn er in seinem bisherigen Leben etwas gelernt hatte, dann, dass er nur auf das Unerwartete vorbereitet sein konnte. Und das Unerwartete war genau das, was er, Kathy, Premierminister Kamali und sein Leibwächter bekamen.

Es geschah in einer Zeit der tiefen Stille. Die meiste Zeit der Reise haben Kathy und Mark geplaudert oder der Premierminister hat laut zu den Zuhörern monologisiert. Jetzt, wo alles offenkundig war, gab es nichts anderes zu tun, als immer weiter zu wandern und unterwegs zu reden. Der Leibwächter mit der Kapuze war der Einzige, der nie sprach. Aber wenn es passierte, sprach niemand.

Es war später am Tag, fast die Dämmerung. In der Abenddämmerung hatten sie aufgehört zu reden. Kathys und Marks verschwitzte Hände waren ineinander verschlungen und der Premierminister ging mit einem leichten Ruck von einem Stein in seinem Schuh. Sie waren den ganzen Tag gewandert und hatten sich kaum ausgeruht, und niemand hatte mehr Lust zu reden.

Kathy war die Erste, die bemerkte, dass etwas nicht in Ordnung war. Sie ließ Marks Hand los und er drehte sich um, um sich zu vergewissern, dass es ihr gut ging.

"Stimmt etwas nicht?", sagte er.

"Ich glaube schon", sagte sie, aber Mark verstand offensichtlich nicht, was sie meinte. Er hatte sie in den letzten Tagen wirklich genervt. Sie hatte sich erholt und konnte das Tempo halten, aber er behandelte sie wie ein Kind. Er machte sich Sorgen um ihre Gesundheit, obwohl er sich um wichtigere Dinge hätte kümmern sollen. Aber alles in allem musste sie zugeben, dass seine Besorgnis um sie süß war, wenn auch ein bisschen ungewohnt und deshalb nervig.

"Geht es dir nicht gut?"

"Nein, das ist es nicht, sei still."

Sie klang schärfer, als sie wollte, aber Mark verstummte angesichts der Dringlichkeit, die in ihrer Stimme lag. Der Premierminister und sein Leibwächter gingen weiter. Sie hörten das gemurmelte Gespräch, das hinter ihnen stattfand, nicht.

In diesem Moment traf ein Kieselstein Mark auf den Kopf.

"Au", sagte er und rieb sich die Stelle am Kopf. Dann fiel ein weiterer, größerer Stein direkt neben seinen Fuß. Und dann war das Rumpeln unüberhörbar.

"Los, los, los!", rief Kathy und sie stolperten den Weg zurück, von dem sie gekommen waren. Es gab einen Erdrutsch und wenn sie nicht schnell wegkamen, waren sie im besten Fall unter einem Berg von Geröll gefangen, im schlimmsten Fall waren sie tot. Sie krabbelten, ohne sich umzudrehen, fielen über sich selbst, schürften sich die Hände und das Gesicht auf und taten alles, um dem herabstürzenden Gestein zu entkommen, das den Berg hinunterkam.

Als der Schrecken vorbei war, standen Mark und Kathy auf und sahen sich um. Sie bluteten beide. Marks Gesicht war zerkratzt und mit Dreck verschmiert, aber abgesehen von ein paar blauen Flecken und Schrammen ging es ihm gut. Kathy hatte sich den Knöchel verstaucht und ihre Unterarme und Ellbogen aufgeschürft, aber alles in allem hatten sie unglaubliches Glück. Sie sahen sich um, konnten aber in der Wolke, die noch in der Luft hing, nur wenig sehen. Sie atmeten schwer und genossen die Tatsache, dass sie überhaupt noch atmen konnten.

Als der Premierminister und sein Leibwächter wieder auftauchten, war es wie in einer Filmszene. Sie tauchten aus der Staubwolke auf, wie aus dem Nichts und scheinbar in Zeitlupe. Der schwarze Mantel des Leibwächters war vom Gesteinsstaub fast ganz grau geworden und Premierminister Kamali hatte eine gebrochene Nase; sie war dramatisch nach rechts gedreht und Kamali versuchte, die Blutung mit einem Taschentuch zu stoppen. Mark und Kathy wussten nicht, ob sie sich freuen sollten, dass ihre Reisegefährten den Erdrutsch ebenfalls überlebt hatten.

Die vier setzten sich auf den Boden, an ihre Rucksäcke gelehnt, und schwiegen, so wie sie es kurz vor dem Vorfall getan hatten. Es ist oft so, dass die Dinge, die den Menschen am meisten berühren, auch am schwersten in Worte zu fassen sind. Sie erlebten es aus erster Hand.

Für Remy sah es nicht wie der Eingang zu einem Tunnel aus. Es sah einfach wie ein Baum aus, der nicht dazugehörte. Es war ein Baum, der allein stand, und unter ihm stand eine Bank. Auf der Bank stand eine Inschrift und Remy fragte Maan, ob er wisse, was sie bedeute.

"Du weißt, dass ich Inder bin, oder? Bist du nicht Franzose? Nicht Amerikaner? Kannst du den Unterschied zwischen Arabern und Indern nicht erkennen? Ich kann es nicht glauben!"

"Tut mir leid, ich war nur sehr neugierig und ..."

"Ich verarsche dich nur. Ich spreche *wirklich* Arabisch. Entspann dich Remy."

"Und was steht dann da?"

"Es lässt sich nicht perfekt übersetzen, aber wenn ich es in Worte fassen müsste, würde ich sagen, dass es heißt, einige Zeit in Kontemplation zu verbringen. Es ist mehr oder weniger eine Aufforderung."

"Warum machen wir es dann nicht?", sagte Remy und setzte sich auf die Bank.

"Das ist ein Trick, alter Mann. Er soll die Leute ablenken. Der Eingang ist hinter dem Baum ... auf der anderen Seite."

"Trotzdem", sagte Remy. "Ich glaube, ich könnte einen Moment der Besinnung gebrauchen."

"Machst du Witze?"

"Nicht im Geringsten."

So setzten sich die beiden auf die Bank im Schatten der Akazie, der Teenager widerwillig, der ältere Mann genoss den Moment der stillen Betrachtung, so wie es die Plakette vorschlug. Was der ältere Mann nicht wissen konnte, war, dass der junge Mann sehr nachdenklich war, obwohl er sich nicht auf die Bank setzen wollte. Remy kam nicht in den Sinn, dass der Grund, warum Maan nicht sitzen und nachdenken wollte, und der Grund, warum er so bereit war, von zu Hause wegzulaufen, vielleicht darin lag, dass er nicht in der Lage war, zu sitzen und nachzudenken, oder dass er es einfach nicht wollte, weil er Angst davor hatte, was er finden könnte, wenn er es tat.

Maan dachte über Akilah nach. Er war nicht, wie er seinen Begleiter hatte glauben lassen, von zu Hause weggegangen, nur weil sein Stiefvater kein guter Vater für ihn war. Das war schon lange der Fall gewesen und er war vollkommen zufrieden damit, zu Hause zu bleiben. Akilah war der Grund, warum er das Bedürfnis hatte, endlich von zu Hause wegzugehen. Es war in der Nacht passiert, bevor er buchstäblich vom Himmel und in Remys Leben fiel.

Akilah und Maan kannten sich schon fast ihr ganzes Leben lang. Sie waren Nachbarn bis vor zwei Jahren, als Akilahs Familie an das andere Ende der Stadt gezogen war. Das hatte ihrer Beziehung keinen Abbruch getan. Maan hatte die letzten Jahre damit verbracht, ein sehr guter Radfahrer zu werden (wie Remy entdeckt hatte), indem er sich auf dem Weg zu Akilah durch den Verkehr in den Straßen von Tsakistra schlängelte. Er war sich des Schweißgeruchs bewusst, den er unweigerlich hatte, wenn er Akilahs Haus erreichte, aber sie erzählte ihm, dass sie das beruhigend fand. Ihr Vater besaß ein Bekleidungsgeschäft am Markt, und sie erklärte ihm: "Das erinnert mich daran, wie er nach Hause kam, als ich klein war und er mich abholte. Er war immer verschwitzt nach einem langen Tag und es hatte etwas Süßes an sich, das vielleicht nur die Erinnerung ist, aber du hast es auch."

Seit sie ihm das gesagt hatte, pumpte er seine Beine bei jeder Fahrt noch stärker auf und versuchte, so schwitzig wie möglich zu werden. Manchmal drehte er sogar eine

Extrarunde um den Block, was sie von ihrem Fenster aus sah und sich darüber kaputtlachte. Akilahs Eltern waren eigentlich Muslime, aber sie waren vielen amerikanischen Protestanten sehr ähnlich, die nur dem Namen nach religiös waren. Sie waren im Allgemeinen säkular und hatten kein Problem damit, dass Maan mit ihrer Tochter befreundet war. Akilahs Vater, Asif, mochte Maan sogar sehr gern. Er bat ihn oft, sich kurz zu ihm ins Wohnzimmer zu setzen, wenn Maan auf dem Weg nach draußen war, um seine Ausgangssperre einzuhalten. Er fragte Maan, was er über politische Themen dachte und vielleicht über ein Buch, das er gerade las, und sie unterhielten sich angeregt. Asif versuchte, ihn dazu zu bringen, über seine Tochter zu sprechen. Er merkte, was los war, und es war ihm auch recht, aber er wollte den jungen Mann nicht in Verlegenheit bringen. Er würde Maan das Thema ansprechen, wenn er dazu bereit war.

Die Eltern von Maan waren sehr unterschiedlich. Sowohl seine Mutter als auch sein Stiefvater waren Hindus und Khatris. Obwohl es dort, wo sie lebten, nicht viele Hindus gab, geschweige denn Khatris, bestanden sie darauf, dass er ins Ausland gehen sollte, um eine Frau zu finden - eine Tatsache, die sie fast jeden Tag erwähnten. Maan hatte es satt, das zu hören. Ähnlich wie Mark Lockheed hatte er wenig Geduld für die religiösen Vorstellungen seiner Eltern. Er wollte einfach nur sein Leben leben, und ihre religiösen Vorstellungen kamen ihm dabei in die Quere. Wenn er ihre Religion annehmen würde, könnte er nicht mit Akilah zusammen sein, was er eigentlich wollte.

Der Tag, an dem er Remy kennengelernt hatte, war der Tag, an dem er seinen Eltern endlich von seinen Plänen erzählt hatte. Er teilte ihnen mit, dass er sich selbst als Agnostiker einstufen würde und dass er die hinduistische Kultur schätze, aber nicht wisse, wie sie seine Ambitionen unterdrücke. Er sagte ihnen ganz offen, dass er in Akilah verliebt sei und dass er vorhabe, sehr bald um ihre Hand anzuhalten.

"Sohn", hatte seine Mutter gesagt, während ihr die Tränen über das Gesicht liefen. "Du kannst mein Gepäck benutzen, um deine Sachen zu packen."

Seine letzte Trotzreaktion war, dass er auf dem Weg nach draußen etwas von dem feinen Porzellan seiner Eltern gestohlen hatte, was zugegebenermaßen kindisch war, aber er war wütend. Er hatte vorgehabt, direkt zu Akilahs Haus zu gehen und sie zu bitten, mit ihm durchzubrennen, aber Remy hatte ihm die Möglichkeit gegeben, zu verbergen, wie viel Angst er vor seiner neuen Situation hatte. Er zweifelte nicht an seiner Liebe zu Akilah, aber er zweifelte an sich selbst und an seiner Fähigkeit, in der realen Welt zu leben, und so hatte er sich auf ein Abenteuer eingelassen, das nicht sein eigenes war.

Er spürte, wie ihm der Schweiß den Rücken herunterlief, als er mit dem Franzosen, den er nach Nordzypern führte, auf der Bank saß. Er holte tief Luft, um seinen süßlichen Moschusschweiß zu riechen und dachte an Akilah.

Remy weckte ihn aus seiner Träumerei.

"Sollen wir?", sagte Remy.

"Ja", sagte Maan. "Lass es uns tun."

# 22

Gabriel und der Professor saßen, gelinde gesagt, etwas in der Klemme. Die beiden Männer, die sie gefunden hatten, hatten sich darüber gestritten, was mit ihnen geschehen sollte, aber anders als in den Filmen hatten Gabriel und der Professor nicht die Möglichkeit zu entkommen. Die beiden Soldaten waren schlauer als das. Sie fesselten die beiden Männer und zwangen sie, sich gegen einen großen Felsen zu setzen, während sie ihre Differenzen austrugen. Der Streit drehte sich im Wesentlichen darum, ob sie sich selbst um die beiden Männer kümmern oder sie zum Rest der Karawane bringen sollten.

"Wir könnten versuchen, den Premierminister zu finden, um zu sehen, was er mit ihnen machen will."

"Du bist ein Idiot, wenn du glaubst, dass das eine gute Idee ist. Er würde uns töten, bevor er sie tötet. Du hast ihn vorhin gehört. Wir sollen zurückgehen und auf seine Ankunft warten. Das war's. Er war ziemlich deutlich."

"Wenn wir die Karawane einholen wollen, müssen wir uns beeilen. Ich kann sie kaum noch sehen und wir verschwenden Zeit."

"Was ist, wenn sie nicht gehen wollen?"

Während dieses Streits machten die beiden Gefangenen ganz unterschiedliche Erfahrungen. Der Professor verbrachte seine Zeit in völliger Panik, dachte über die besten und schlimmsten Zeiten seines Lebens nach, bedauerte seinen Alkoholkonsum und die Trennung von seiner Frau und seine Differenzen in der Philosophie mit seiner Frau und den Verlust seines Jobs an der Universität und seine Betreuung eines besonders begabten Studenten namens Mark Lockheed ...

In der Zwischenzeit befreite sich Gabriel Mizrahi vorsichtig von seinen Fesseln. Er war dankbar, dass sie beschlossen hatten, die Hände hinter dem Rücken statt vorne zu fesseln. Das war ein Anfängerfehler. Gabriel Mizrahi kannte auch eine Technik, die der Professor nicht kannte. Aus seiner Zeit beim Mossad wusste er, dass er, wenn er gefesselt war, tief einatmen und seine Fäuste ganz fest ballen musste. Wenn er das tat, wölbten sich die Adern in seinen Handgelenken und seine Muskeln spannten sich an, so dass es den Anschein hatte, als würde man ihn sicher fesseln, aber wenn er aufhörte, sich zu beugen und ausatmete, hatte er ein wenig Spielraum. Es war nicht viel, aber es war genug, und der Streit zwischen den beiden Soldaten verschaffte ihm etwas Zeit. Er hatte genug Spielraum, um einen kleinen Felsen hinter sich zu finden und sich an seine Fesseln zu machen.

Er bearbeitete den Stein gegen das Militärseil und war fast fertig, als der Streit zwischen den beiden Soldaten zu seinem unvermeidlichen Ende kam. Sie sollten zurück zur Karawane geführt werden. Er war noch nicht ganz fertig damit, seine Fesseln zu lösen, aber er musste sein Bestes geben. Sie standen wie befohlen auf und Gabriel Mizrahi benutzte (nachdem er ein kurzes Gebet gemurmelt hatte) seine Schultern, um seine Arme mit so viel Kraft, wie er aufbringen konnte, auseinanderzudrücken, um den Rest seiner Fesseln zu sprengen. Es gelang ihm zweierlei: Er zerriss seine Fesseln und kugelte sich die linke Schulter aus. Sowohl Gabriel als auch der Professor und Gabriel hatten Glück, dass es seine linke Schulter war und nicht die rechte. Wäre es seine andere Schulter gewesen, wären sie wahrscheinlich in den Bergen gestorben. Während sein linker Arm schlaff und schmerzhaft hing, schwang Gabriel seinen rechten Arm nach dem ersten verwirrten Soldaten und traf ihn am Kiefer. Der andere Soldat griff nach seinem Gewehr an der Schulter, aber bevor er es erreichen konnte, rammte ihm Gabriel sein Knie in die Leiste. Der Soldat heulte vor Schmerz auf und fiel zu Boden, wo der Professor ihm gnadenlos in die Brust trat. Es war nicht der richtige Zeitpunkt, um zimperlich zu sein.

Gabriel sprang auf den Soldaten, den er geschlagen hatte, und drückte ihn zu Boden. Das

Überraschungsmoment kam ihm dabei sehr gelegen. Er drückte das Gewehr des Soldaten, das immer noch auf seinem Rücken befestigt war, gegen den Hals des Mannes. Er drückte den Schaft des Gewehrs, so fest er konnte, nach unten, bis er ein beunruhigendes Knacken hörte und der Mann aufhörte, sich zu wehren. Er stand gerade noch rechtzeitig auf, denn der Professor konnte den anderen Mann nicht länger am Boden halten. Er nahm das Gewehr des Soldaten, den er getötet hatte, zielte sorgfältig und schoss auf alle Trommelfelle, beendete aber das Leben des anderen Soldaten. Der Professor war blutüberströmt, aber er hatte keinen Schaden davongetragen. Gabriel holte sich ein Messer von einem der toten Soldaten und schnitt die Fesseln des Professors durch. Während er sich daran machte, Dinge von den Soldaten aufzusammeln, die für sie nützlich sein könnten, stand der Professor regungslos da.

"Wir müssen loslegen", sagte Gabriel. "Wir haben eine Menge Lärm gemacht. Es werden noch mehr kommen. Das ist nicht der richtige Zeitpunkt, um zu trauern."

"Richtig", sagte der Professor. "Du hast Recht", und half Gabriel, seine Schulter wieder aufzurichten.

Sie nahmen jeder ein Militärmesser und Gabriel eines der HK416-Sturmgewehre, die die Männer bei sich trugen, aber der Professor ließ sich nicht dazu überreden, einen der Karabiner zu nehmen. Außerdem nahmen sie das isotonische Getränkepulver und die MREs aus den Rucksäcken der Soldaten, da ihre eigenen Vorräte zur Neige gingen.

Sie fuhren weiter in die Berge, ein bisschen müder, aber mit dem Wissen, dass sie auf dem richtigen Weg waren.

Die Stimmung war schon düster genug, bevor der Leibwächter sprach. Sie hatten nur knapp einen Erdrutsch überlebt und als sie ihn sprechen hörten, trug das nicht gerade zu einer besseren Stimmung bei. Seine Stimme war angestrengt und kiesig und er klang wie ein Brite mit schlechtem amerikanischen Akzent, aber seine Worte waren noch beunruhigender als seine Stimme.

"Ich habe Schüsse gehört", sagte er. Der Premierminister stöhnte und berührte vorsichtig seine Nase. Mark hatte sie ihm auf seine Bitte hin gerichtet, aber das war nicht ohne erhebliche Schmerzen geschehen.

Kathy beugte sich über ihre Knie nach vorne und schaute den Mann an, der immer noch nicht seinen Gesichtsschutz abgenommen hatte, und sie konnte sich nicht erklären, warum.

"Ich habe nichts gehört", sagte sie. "Und du, Mark?"

Mark schüttelte den Kopf.

"Nicht jetzt", sagte die kieselige Stimme. "Vor dem Erdrutsch. Da bin ich mir sicher. Das muss sie ausgelöst haben. Laute Geräusche können das bewirken."

"Ein Glück, dass wir noch in den Vorbergen waren, als du deine Waffe abgefeuert hast, oder?", sagte Kathy, die sich nie zurückhalten konnte. Der Leibwächter ignorierte ihre Bemerkung.

"Da muss uns jemand folgen", sagte er ohne jeden Ton der Überraschung.

"Es könnten auch nur ein paar idiotische Soldaten aus der Karawane sein, die auf Echsen schießen", sagte der Premierminister etwas hoffnungsvoll.

"Ich glaube nicht", sagte der Leibwächter und stand auf. "Ich denke, wir sollten von jetzt an besser vorsichtig sein. Schau uns über die Schultern."

"Einverstanden", sagte Mark. Es war sein erster Beitrag zu dem Gespräch, aber er hatte den Effekt, dass er den Kommentaren des Leibwächters mehr Gewicht verlieh. Kathy und der Premierminister (auch wenn er es nicht zugegeben hätte) schenkten dem Archäologen großes Vertrauen.

Obwohl noch einige Stunden Tageslicht übrig waren, beschlossen sie, ihre Wanderung nicht fortzusetzen und ihr Lager genau dort aufzuschlagen, wo sie waren. Sie beschlossen außerdem, dass sie von nun an abwechselnd Wache halten würden. Der Leibwächter meldete sich freiwillig für die erste Wache, und Mark sagte, er würde die Nachtwache übernehmen.

Er wurde mit einer seltsamen Sanftheit wachgerüttelt. Der schwarz gekleidete Mann kauerte direkt neben ihm.

"Wenn du nicht aufstehen kannst, kann ich die Wache fortsetzen", sagte der Mann.

"Nein, nein, mir geht es gut", sagte Mark und kroch unter der Decke hervor, die viel zu kurz für ihn war. "Ich hab's."

Mark stand auf, streckte sich und wollte seinen Platz am Feuer einnehmen, den der Leibwächter freigemacht hatte, aber ein Arm streckte sich und hielt ihn auf. Der Leibwächter überraschte Mark zusätzlich, indem er ihm eine Pistole in die Hand drückte.

"Vorsicht ist besser als Nachsicht", sagte er, bevor er sich schweigend hinlegte, um für den Rest der Nacht zu schlafen.

Mark verbrachte die Nacht damit, das Feuer zu schüren und über Dinge nachzudenken, über die er lieber nicht nachgedacht hätte. Von dort, wo er saß, konnte er Kathy und das sanfte Atmen sehen, und das hielt ihn wach. Er konnte das Bild von Kathy in tödlicher Gefahr nicht abschütteln. Das Seltsame war, dass er und Kathy in letzter Zeit oft in Lebensgefahr schwebten, aber das war das erste Mal, dass er wirklich darüber nachgedacht hatte. Die Einsamkeit, als Einziger in der dunklen Nacht wach zu sein, gab ihm die Möglichkeit, die Tiefen seines Geistes zu erforschen, die normalerweise von dringenderen Bedürfnissen unterdrückt wurden.

Es war eine sehr lange Nacht für Mark. Irgendwann in der Nacht hörte er ein Geräusch. Wann genau dies geschah, ist unerheblich. Er schnappte sich die Pistole und hörte das Geräusch erneut. Diesmal hörte er es besser. Es hörte sich an wie ein Vogel. Es klang wie ein Vogel, der tief in den Kyrenia-Bergen nichts zu suchen hatte. Er stand auf und folgte dem Geräusch des Vogels.

Er schritt leise, um die anderen Mitglieder seiner Gruppe nicht zu wecken. Der Vogel schien ihn von seinem Lagerfeuer und von Kathy, dem Premierminister und dem vermummten Leibwächter wegzuführen.

Nachdem er einige Minuten lang den Geräuschen gefolgt war, sah er den Vogel noch immer nicht. Er wollte sich gerade auf den Weg zurück zum Lager machen, das er eigentlich bewachen sollte, als er endlich einen Blick auf den Vogel erhaschte.

Auf der anderen Seite der Akazie befand sich ein großes Stück Sperrholz, das mit Schmutz bedeckt war. Beide Männer waren ein wenig traurig, die Ruhebank zu verlassen, jeder aus seinen eigenen Gründen, die er für sich behielt. Sie mussten mehrere Minuten lang auf dem Boden herumtrampeln, denn der Tunnel war schon so lange nicht mehr benutzt worden, dass der Boden buchstäblich verbrannt und mit dem Gras um den Baum und den Wurzeln des Baumes verschmolzen war. Sie zogen das Stück Sperrholz von der Tunnelöffnung weg und blickten hinunter in die Dunkelheit. Remy zog eine Taschenlampe aus seinem Rucksack und leuchtete damit in das Loch. Er wich zurück, als eine Fledermaus an seinem Gesicht vorbeiflog und sein Herz rasen ließ. Maan lachte ihn aus und kletterte die Leiter hinunter. Er verschwand in der Dunkelheit und ließ Remy zurück, der sich dumm vorkam und sich seinen Rucksack auf den Rücken schnallte.

Als er unten ankam, wurde sein Fuß gepackt, aber er konnte sich befreien und landete mit einem kräftigen

Tritt direkt auf dem Kinn seines Angreifers.

"Scheiße!" Maan schrie. "Du hast mir ins Gesicht getreten!"

Remy fummelte herum, bis er seine Taschenlampe fand und sie wieder einschaltete. Maan kauerte vor ihm und hielt sich das Kinn, das blutete. Zum Glück schien nichts gebrochen oder verrenkt zu sein.

"Ich habe nur gescherzt", sagte er. "Du musst lockerer werden."

Remy war wirklich wütend. Er kickte etwas Dreck vom Boden des Tunnels auf Maans Schuhe.

"Nein, du musst erwachsen werden. Wir sind dabei, illegal in ein Land einzureisen, und du spielst uns Streiche. Hört auf damit!"

Er rückte die Gurte seines Rucksacks zurecht und begann, dem dünnen Lichtstrahl seiner Taschenlampe folgend, den Tunnel hinunterzugehen. Er wünschte sich, er hätte eine bessere Taschenlampe mitgenommen. Er schaute sich nicht um, aber er konnte hören, wie Maan ihm folgte. Seine Schritte waren gedämpft, weil er sich schämte und es ihm peinlich war, von einem alten Franzosen ins Gesicht getreten worden zu sein. Remy musste sich eingestehen, dass er sich ein wenig schuldig fühlte für das, was er getan hatte, aber der Junge musste lernen, und er hatte das Gefühl, dass Maan, wenn er sich entschuldigte, weiter herumalbern würde, wenn er sich konzentrieren sollte. Vielleicht hat Maan es nicht ernst genommen, aber Remy schon.

# 23

Gabriel und der Professor waren hoch in den Bergen und holten die Verfolger ein. Es gab viele Wege in die Berge, so viele wie Sandkörner an einem Strand, aber durch Schicksal, göttliche Intervention oder wie auch immer man es nennen mag, waren sie auf dem richtigen Weg. Sie wussten es nicht genau, auch nicht auf wissenschaftliche Weise, aber sie wussten es trotzdem: Sie kamen dem Showdown immer näher. Der Professor blieb einen Moment stehen, die Hände auf den Knien, und schnaufte.

"Sieh mal", sagte er und zeigte auf seine Hüften, da er in diesem Moment nicht höher stehen konnte. "Was ist das?"

"Eine optische Täuschung", sagte Gabriel, die Hände in die Hüften gestemmt und aufrecht stehend. "Da ist eine Schlucht oder ein Canyon."

Der Professor hatte auf eine Stelle gezeigt, die sich noch Hunderte von Metern über ihnen befand und so aussah, als gäbe es eine flache Ebene durch die Berge und auf der anderen Seite hinaus. Das Licht der Sonne auf den Felsen ließ es so aussehen, als ob es fester Fels wäre und nicht eine Schlucht. Gabriel hängte sich das automatische Gewehr von der Schulter und hielt es in Schussposition. Er schaltete die Sicherung aus. Bevor der Professor ihn aufhalten konnte, hatte er das Gewehr in seine Achselhöhle gesteckt und schoss.

Sie hörten, wie die Kugeln in etwas in der Richtung der Schlucht einschlugen.

"Siehst du", sagte Gabriel, als ob das, was er getan hatte, eine Art Beweis wäre.

"Du musst vorsichtiger sein", sagte der Professor. "Du wirst einen Erdrutsch verursachen und uns alle umbringen."

"Es gibt schlimmere Arten zu sterben", sagte Gabriel. "Komm schon. Wir haben uns lange genug ausgeruht."

Es war ein Hahn. Mark wurde von einem Hahn in die Nacht geführt. Er stolzierte und steckte seinen Kopf nach vorne wie jeder andere Hahn, aber dieser hier war sicher nur ein Hirngespinst von ihm. Es konnte kein Echter sein. Der Hahn wippte mit dem Kopf und drehte sich um, als ob er ihm zuwinken wollte, ihm zu folgen. Und er folgte dem Tier tiefer in die Nacht hinein, immer weiter hinauf in die Berge. Eigentlich hätte er Angst haben müssen, aber seltsamerweise hatte er keine. Er fühlte sich ruhig und akzeptierte, was auch immer auf ihn zukommen sollte. Der Hahn blickte immer wieder zu ihm zurück, als wolle er sich vergewissern, dass Mark ihm immer noch folgte.

Mark konnte nicht verstehen, warum er den Vogel noch nicht eingeholt hatte. Er hatte kurze Beine und Mark lief schneller, als ihm lieb war. Er hätte eigentlich schwer atmen müssen, aber das tat er nicht. Tatsächlich war er überhaupt nicht müde und er schwitzte auch nicht. Die Entschlossenheit und die Gewissheit, dass dies der richtige Weg für ihn war, trieben ihn immer weiter an. Er schaute auf den Boden und sah, dass der Vogel keine Spuren auf dem Boden hinterließ; seine Krallen schwebten knapp über dem Boden, über der sterblichen Erde.

Der Mond schien auf ihrer Reise in die Berge heller, als Mark sich erinnern konnte, und er dankte dem Himmel dafür. Er war ein Licht auf seinem Weg und half ihm, den Hahn im Auge zu behalten. *Geh weiter*, sagte die Stimme in seinem Kopf, und in diesem Moment erkannte er es nicht, aber es war die Stimme von Kathy, die nicht bei ihm war, sondern im Camp und fest schlief.

Der Hahn war weit vor ihm, aber es schien ihm, als sei sein Sehvermögen erweitert worden, damit er dem Vogel leichter folgen konnte. Er musste seinen Hals recken, um ihn zu sehen, aber es war, als wäre der Vogel nur ein paar Meter vor ihm. So sah er, wie der Vogel auf einem hohen Gipfel stehen blieb und wartete. Er wartete darauf, dass er ankam. Er brauchte sich nicht zu beeilen. Der Vogel war sehr geduldig.

Mark kletterte und als er höher kam, hatte er den Drang, sich auszuziehen. Ihm war nicht heiß, und er schwitzte auch nicht, aber er wusste, dass er das musste. Seine Kleidung fühlte sich an, als wäre sie nicht mehr sauber oder zum Tragen geeignet. Er musste sie ausziehen. Und das tat er auch. Er hielt nicht an, um sie auszuziehen, sondern zog sich Stück für Stück aus, während er ging, und er war noch nie so anmutig gewesen. Als er sich dem Hahn näherte, war er völlig nackt, aber weit davon entfernt, sich zu schämen. Er hatte sich noch nie in seinem Leben so natürlich gefühlt.

Er blieb zehn Meter vor dem Hahn stehen und wartete darauf, dass etwas Wundersames geschah. Er spürte, dass diese Erfahrung zu einem Wunder führen musste. Warum sonst sollte er sich so fühlen? Er versuchte, näher an das Tier heranzukommen, aber er konnte nicht. Etwas Unsichtbares und Unbekanntes versperrte ihm den Weg. Also blieb er in sicherer Entfernung vom Vogel und vom Rand. Der Hahn hatte ihn an den Rand einer tiefen Schlucht geführt. Mark erinnerte sich daran, sie am Vortag gesehen zu haben, aber aus der Nähe war sie noch viel spektakulärer - viel besser als die Illusion, die er am helllichten Tag gesehen hatte.

Der Vogel und der Mann standen sich mindestens eine Stunde lang gegenüber, ohne ein Geräusch von sich zu geben. Der Vogel wartete auf etwas, aber Mark wusste nicht, worauf. Er war sich sicher, dass es sich lohnte, darauf zu warten, aber was es war, spielte keine Rolle.

Nach einer langen Zeit erkannte Mark, worauf sie warteten. Das Mondlicht bahnte sich langsam seinen Weg zum Rand der Schlucht und Mark wusste, wenn es den Vogel erreichte, würde es passieren. Er war jetzt geduldig, wie alle Menschen, die ein Ziel vor Augen haben, wenn sie dazu geneigt sind, und wenn die Zeit gekommen war, war er bereit für sein Wunder. Aber er wurde enttäuscht. Der Vogel wartete tatsächlich auf das Mondlicht, aber er tat nicht das, was Mark erwartet hatte.

Als das Mondlicht auf den Vogel fiel, schrie er auf. Mark kannte *das* Geräusch eines Hahns aus Kinderbüchern und Filmen, aber die tatsächliche Kraft des Schreis aus nur drei Metern Entfernung war eine ganz andere Erfahrung. Er krähte ein zweites Mal und Mark war immer noch beeindruckt von der Kraft des kleinen Vogels und den Geräuschen, die er machen konnte. Nach einer kurzen Pause krähte der Vogel ein drittes Mal, und dieses Mal war es, als ob er Mark direkt in die Augen sehen würde.

Als es fertig war, drehte es seine Schwanzfedern zu Mark und ging langsam und zielstrebig über den Rand der Klippe. Mark schrie auf, aber aus seinem Mund kam kein Geräusch. Er stürzte nach vorne, aber die unsichtbare Barriere blieb bestehen. Er konnte nur noch zusehen, wie der Vogel in seinen unausweichlichen Tod stürzte.

Dann wurde er mit einem Gewehrkolben brutal in die Rippen gestoßen.

Maan und Remy hatten es ohne Probleme über die Grenze und nach Lefka geschafft und fuhren in einem Taxi in den Norden des Landes. Maan beatboxte und schlug seine Fäuste zu seinem eigenen Beat gegen die Kopfstütze, um seine Freude darüber zu zeigen, dass er lebend aus dem Tunnel herausgekommen war. Der Taxifahrer war zunehmend genervt, weil der Enthusiasmus des Jugendlichen seinen Kopf durcheinanderbrachte, aber Remy winkte mit ein paar Scheinen vom Beifahrersitz und der Taxifahrer biss die Zähne zusammen und zwang sich zu einem Lächeln.

"Woher weißt du denn, dass wir in die Berge fahren sollen?", sagte Maan, nachdem der Taxifahrer so weit gefahren war, wie es sein Geschäftsgewissen zuließ.

"Die Radiosendung, die ich in einem Café gehört habe, kurz bevor ich dich getroffen habe."

"Was steht da?"

"Es hieß, der Premierminister sei auf einem Jagdausflug."

"Na und?"

"Ich habe versucht, meine Freunde zu erreichen, insbesondere einen alten Kollegen von mir, und auf seiner Mailbox steht 'Premierminister'. Ich bin Wissenschaftlerin, ich kann zwei und zwei zusammenzählen. In der Sendung hieß es, er sei in den Bergen, aber wenn er gerade etwas anderes macht als den Gral zu suchen, bin ich der Osterhase."

"Nichts ist unmöglich", sagte Maan und nahm einen großen Bissen von einem Apfel. Nach einer kurzen Pause, in der er geistesabwesend gekaut hatte, sagte er: "Akilahs Vater erwähnte, dass es einige Legenden über Mohammed gibt, die in den Kyrenia-Bergen umherziehen."

"Wer ist Akilah?", fragte Remy.

"Nur ein alter Freund", sagte Maan.

An der Art und Weise, wie sich Maans Stimmung änderte und wie er auf den Boden starrte, während sie die nächsten zehn Minuten gingen, konnte Remy erkennen, dass der Teenager nicht ganz ehrlich zu ihm war, aber er ging nicht weiter darauf ein.

"Es könnte Tage dauern, durch die Ausläufer zu kommen", sagte Remy, etwas überwältigt von der Weite der Berge, die sie vorfanden. Er hatte sie sich noch nie vorgestellt, aber er vermutete, wenn der Kelch Christi irgendwo versteckt war, dann an einem großartigen Ort.

"Ja, wenn du ein Idiot bist", sagte Maan. "Oder du könntest einfach den Fluss bis zum Fuß der Berge nehmen."

"Weiß das jeder in der Region?", sagte Remy, dessen Interesse geweckt war.

"Nun ja", sagte Maan. "Aber es soll keine spirituelle Resonanz haben, wenn man durch das Vorgebirge fährt, oder so ein Quatsch."

"Maan", sagte Remy.

"Ja?"

"Was würde ich ohne dich tun?"

Gabriel war dem Professor ganze fünfzig Meter voraus. Er war nicht müde, aber er wusste, dass der College-Professor, der zum Kunsthändler wurde, es war. Er hörte auf zu laufen und setzte sich auf einen Felsen. Er hatte ein paar Tage lang über die Entscheidung nachgedacht und nun schien es endlich an der Zeit zu sein, den Abzug zu betätigen. Er musste emotionslos bleiben, wenn er eine solche Entscheidung traf. Er musste zugeben, dass er den Mann irgendwie mochte; er war sympathisch. Er war ernsthaft, etwas, das Gabriel in seinem Beruf selten erlebt hatte. Er rieb sich die Knie, als er sah, wie der Mann langsam auf ihn zukam. Das langsame Tempo, mit dem sich der Professor näherte, und der hagere Gesichtsausdruck, den Gabriel bemerkte, als er näher kam, bestätigten seine Entscheidung, die richtige zu sein.

Er stand nicht auf, als der Professor ihn erreichte.

"Machen wir eine Pause?", fragte der Professor. "Ich weiß, dass ich kein Olympiasportler bin, aber wir haben vor einer Stunde eine Pause gemacht. Ich bin bereit, weiterzumachen."

"Wir müssen reden", sagte Gabriel. "Du bremst mich aus. Das wird zu einem Problem."

Als er auf dem Felsen saß, volle dreißig Minuten nachdem Gabriel gegangen war, konnte der Professor immer noch nicht glauben, dass es passiert war. Der Israeli hatte ihn einfach in den Bergen zurückgelassen, um für sich selbst zu sorgen. Alles in allem hatte er es ziemlich sanft gemacht. Der Professor hatte gesehen, wie Gabriel einige ziemlich schreckliche Dinge getan hatte, sogar erst kürzlich mit den beiden Männern aus der Karawane, obwohl das für ihr Überleben absolut notwendig gewesen war. Er war sanft und leise gewesen, aber das machte es nur noch schlimmer. Das bedeutete, dass er schon eine ganze Weile darüber nachgedacht haben musste. Es war keine spontane Entscheidung. Gabriel hatte offensichtlich schon seit einiger Zeit darüber nachgedacht, ihn zu verlassen. Vielleicht hatte er es sogar schon vor ihrer Verhaftung durch die Soldaten in Erwägung gezogen. Aber der Professor hatte ihm dabei geholfen. Vielleicht nur ein bisschen, aber er hatte geholfen.

Seit seiner Scheidung und der Entlassung aus seinem Job war er nicht mehr so verloren gewesen. Es gab keine scheiternde Kunstgalerie in den Kyrenia-Bergen, die er kaufen und versuchen konnte, sein Leben wieder in den

Griff zu bekommen. Er wollte einen Drink. Er wollte unbedingt etwas trinken. Er saß auf dem Felsen und sonnte sich in dem schieren Ausmaß seiner Einsamkeit. Dabei wusste er nicht, wie nah er anderen Menschen war. Auf dem Berg wimmelte es von Menschen, lebenden und toten.

Mark erwachte mit einem lähmenden Schmerz in den Rippen, als der Leibwächter des Premierministers über ihm stand und sein Gewehr in der Hand hielt, das offensichtlich viel zu fest in Marks Körper gestoßen worden war. Mark zuckte zusammen, blinzelte und versuchte, aufzustehen. Der Leibwächter hob ihn an seinem Hemd hoch und Mark war von der Kraft des Mannes überwältigt. Als sie sich von Angesicht zu Angesicht gegenüberstanden, konnte er zwar nur die Augen des Mannes sehen, aber er wusste, dass er finster dreinschaute.

"Wache halten heißt nicht einschlafen", sagte er ohne den geringsten Anflug von Humor.

Mark fiel es immer noch schwer zu glauben, dass er geträumt hatte. Offensichtlich hatte er geträumt, aber es schien so real zu sein. Trotz all der offensichtlichen Gründe, warum es nicht real gewesen sein konnte, fühlte es sich real an. Er hatte noch nie zuvor einen so klaren Traum gehabt und er war ihm auf jeden Fall realer vorgekommen als der schwarz vermummte Leibwächter, der jetzt vor ihm stand.

Es war noch tief in der Nacht und Mark fragte sich, warum der Leibwächter wach war.

"Warum schläfst du nicht?", fragte Mark, was die falsche Frage war.

"Ich habe nicht geglaubt, dass du in der Lage bist, die Uhr zu bedienen, und ich wurde in dieser Annahme bestätigt."

"Hör zu", sagte Mark. "Mir geht es gut. Von jetzt an geht es mir gut. Du kannst einfach ..."

"Geh schlafen", sagte der Leibwächter. "Ich entbinde dich von deiner Pflicht."

Mark musste zugeben, dass er müde war, und so gesellte er sich zu Kathy an das andere Feuer. Er ließ sich neben ihr nieder. In ihrem Schlaf hatte sie seine Decke mitgenommen und er versuchte nicht, sie ihr wegzunehmen. Er kuschelte sich an sie und legte seinen Arm um sie. Er versuchte, einzuschlafen, aber jetzt, wo er es wollte, konnte er es nicht.

Maan war wirklich ein Genie. Sie brauchten nur sechs Stunden, um den Fluss zu erreichen, und laut dem Teenager mussten sie nur noch der Strömung folgen, um zum Fuß der Berge zu gelangen.

"Oder", sagte er. "Wenn du willst, können wir auch gleich weiter zum Mittelmeer fahren. Ich habe gehört, dass es um diese Jahreszeit wunderschön ist."

Remy lachte. Er war in bester Stimmung. Das Glück hatte ihm gewogen und diesen Teenager auf seine Reise mitgenommen, um ihm den Weg zu zeigen. Sie scherzten und lachten zusammen, als sie sich dem Fluss näherten. Von weitem konnten sie schon einen Steg sehen. Sie hatten vor, jemanden anzuheuern, der sie den Fluss hinunterbringt, denn keiner von ihnen hatte Erfahrung im Umgang mit einem Boot, nicht einmal mit einem Kanu oder Kajak. Sie hüpften förmlich vor Aufregung, aber als sie die Anlegestelle erreichten, war sie leer. Sie sahen sich um. Anlegestellen bieten in der Regel keine guten Versteckmöglichkeiten, sondern zeigen die Wahrheit für bare Münze. Die Wahrheit war, dass der Steg leer war. Er war nicht nur leer. Er war menschenleer, und es sah so aus, als wäre er das schon seit einiger Zeit. Es fehlten einige Bretter und einige hingen ins Wasser und warteten darauf, von der Zeit und dem Wasser weggespült zu werden.

Remy trat vorsichtig auf den Steg und testete ihn. So verfallen er auch war, er schien fest genug zu sein, also ging er weiter hinaus. Dort waren einige Boote vertäut, die mit spinnwebigen Seilen festgemacht waren. Maan folgte ihm wortlos, was ihm schwerfiel. Er war ein junger Mann, aus dem normalerweise die Worte heraussprudelten. Die Stille hatte eine betäubende Wirkung. Das Rauschen des Flusses war nicht mehr als ein weißes Rauschen, eine Ergänzung, die die Stille des verlassenen Anlegers nur noch zu vertiefen schien.

"Ich schätze, der Premierminister hat einige Änderungen vorgenommen?", sagte Remy, als er das Schweigen brach und versuchte, positiv zu klingen.

"Ich habe gehört, dass Kamali die Grenzen schließen will, aber ich wusste nicht, dass das auch für das Mittelmeer gilt. Ich meine, was soll das bringen?"

"Ich habe das Gefühl", sagte Remy. "Dass das nicht wirklich etwas mit dem Konflikt mit Griechenland zu tun hat. Ich glaube, es geht eher darum, warum wir hier oben sind."

Maan schwieg und Remy fragte sich, ob der junge Mann, der ihn begleitete, eine Ahnung von der Größe dessen hatte, was sie vorhatten. Dies war kein Ausflug.

Remy war in seine eigenen Gedanken versunken und wurde durch das Geräusch eines Platschens in die Gegenwart zurückgeholt. Er schaute auf und sah, dass Maan in den Fluss gesprungen war. Er stand hüfttief im Wasser und zog eines der kleinen Boote von der Anlegestelle weg, nachdem er lässig seinen Rucksack hineingeworfen hatte. Er watete auf den Steg zu und zog sich an dem Seil des Bootes entlang.

"Was machst du da?", sagte Remy.

"Wir haben doch nicht vor, hier ewig zu sitzen und uns selbst zu bemitleiden, oder? Das sollte doch eine Abkürzung sein. Wir werden die ganzen Verrückten, die hier sitzen, nie einholen."

"Ich bin einer von diesen Verrückten", sagte Remy.

"Es tut mir leid", sagte Maan. "Ich wollte sagen, dass wir die *anderen* Spinner nie einholen werden. Ehrlicher Fehler."

Remy hüpfte in das Boot und spürte einen ersten Anflug von Nervosität, als es durch sein Gewicht schwankte.

## 24

Irgendetwas Seltsames geschah mit Gabriel Mizrahi, und er konnte es nicht einfach mit einem Kopfschütteln loswerden. Der Berg machte ihm zu schaffen. Er hatte Geschichten von Reisenden gehört, die den Verstand verloren, weil sie zu lange allein waren, aber es war nur ein Tag gewesen. Er hatte allein sein wollen. Das war sein Plan. Auf diese Weise konnte er schneller vorankommen. Aber es gab ein Problem. Er war nicht schneller. Das dachte er zwar, aber als er anhielt, um eine Pause zu machen, bemerkte er etwas.

Er saß auf einem Felsen in einer besonders kargen Gegend. Ihm fiel auf, dass es immer weniger Pflanzen gab, je weiter er nach oben kam. Das war eine andere Form der Einsamkeit. Dann bemerkte er seinen eigenen Fußabdruck. Er hatte ihn tagelang angestarrt, während er beim Gehen auf den Boden schaute. Er konnte seinen eigenen Fußabdruck erkennen. Aber dies war ein älterer

Fußabdruck. Er war zwar teilweise verwischt, aber er war da. Gabriel war schon einmal hier gewesen.

Er drehte sich im Kreis.

Das war der Moment, in dem er dachte, er würde den Verstand verlieren. Extreme Erschöpfung hatte ihn noch nie so getroffen, geschweige denn zu Halluzinationen geführt, wie es bei Menschen, die allein in den Bergen sind, oft der Fall ist. Nein, seine Gedanken waren zuerst bei seinem eigenen Wahnsinn. Er wusste, dass er den Verstand verlor, denn er hätte schwören können, dass er einen Hahn krähen hörte. In den Kyrenia-Bergen konnte es unmöglich einen Hahn geben. Er legte sich hin und starrte in den Himmel. Die Berggipfel, die er noch nicht erreicht hatte, ragten bedrohlich über ihm auf. Er steckte in ernsten Schwierigkeiten.

Der Professor machte eine ganz andere Erfahrung. Nachdem er einige Zeit über seine Situation nachgedacht hatte, stellte er fest, dass es gut war, dass Gabriel Mizrahi ihn verlassen hatte. Sicher, er war zuerst sehr emotional gewesen, aber Gabriel Mizrahi war ein gefährlicher Mann und das ganze Abenteuer war viel zu gefährlich. Es war besser, wenn er in die Zivilisation zurückkehrte. Seine Laune war zwar gut, aber sein Orientierungssinn war nicht so toll. So wanderte er gut gelaunt, aber ziemlich ziellos umher. Er ging nach unten, und das war die einzige Richtung, von der er sicher war, dass sie die richtige war. Er beschloss, dass er den Rest herausfinden würde, wenn er unten angekommen war. Er hatte die Nase voll von dieser Berggeschichte. Er wollte eigentlich nichts mehr damit zu tun haben, zumindest dachte er das.

Als er immer weiter nach unten kam, bemerkte er nicht nur, dass der Abstieg genauso schwierig war wie der Aufstieg, wenn nicht sogar schwieriger, sondern auch ein Geräusch. Es war ein vertrautes, aber völlig überraschendes Geräusch. Es war ein Geräusch, das er nicht erwartet hatte, und er verband damit einige angenehme Erinnerungen. Es erinnerte ihn an bessere Zeiten.

Als er zum ersten Mal ein vollwertiger Professor an der Universität von Chicago wurde, hatte er es geliebt, durch die Stadt zu spazieren. Er trug seinen Blazer mit den Ellbogenaufnähern, um seinen professoralen Status zu unterstreichen, und genoss es, durch die Stadt zu stolzieren. Seine Lieblingsbeschäftigung bei diesen Spaziergängen war es, am Fluss entlang zu gehen. Der Des Plaines River war kein schöner Fluss; das war er nie und wird er auch nie sein. Er wird nie im National Geographic oder im Travel Channel zu sehen sein. Er war einfach ein Fluss in einer Industriestadt im Mittleren Westen, aber Claude, der frischgebackene Professor, liebte ihn. Was er sah, als er ihn betrachtete, war ähnlich wie das, was gläubige Hindus sehen, wenn sie den Ganges betrachten. Er sah keinen schmutzigen Fluss voller Unrat und Müll, sondern eine schimmernde Oberfläche, unter der sich unendlich viele

Möglichkeiten verbargen. Damals war er ein sehr optimistischer Mann gewesen.

Und so fühlte er sich auch wieder, als er sich auf den Weg den Berg hinunter machte. Der Professor hörte fließendes Wasser, und obwohl er wusste, dass es nicht sein geliebtes Des Plaines war, erfüllte es ihn mit der gleichen Freude und er beschleunigte sein Tempo.

Mark war nicht der einzige, der in dieser Nacht einen interessanten Traum hatte. Kathy wachte schweißgebadet auf. Sie hatte sich nicht vorgestellt, dass ein Hahn in eine Schlucht stürzt, sondern Mark. Deshalb konnte sie ihm auch nicht in die Augen sehen, als sie aufwachte und er direkt neben ihr stand.

"Ich muss mir die Beine vertreten", sagte sie.

"Gut, ich komme mit", sagte Mark, aber bevor er noch mehr sagen konnte, legte sie ihre Hand auf seine Schulter und schob ihn sanft zurück auf die Schlafunterlage, auf der sie gelegen hatten. "Ich würde gerne alleine gehen", sagte sie. 'Wenn es dir nichts ausmacht."

Mark war offensichtlich verletzt, aber er nickte und ließ Kathy alleine gehen.

"Geh nicht zu weit weg", sagte der Premierminister und pustete auf seinen Kaffee in seinem Blechbecher. Mark konnte nicht glauben, dass der Ministerpräsident Kaffee mitgebracht hatte. In der Zwischenzeit war der Leibwächter zurückgekommen, sagte aber nicht, woher er kam.

"Guten Morgen", sagte er knapp zu den beiden und nahm sich ungefragt einen Kaffee aus der Kanne des Premierministers - eine Frechheit, die Mark nicht in seinen kühnsten Träumen gewagt hätte. Und er hatte schon einige wilde Träume gehabt. Es überraschte Mark, dass der Leibwächter nicht auf die Ereignisse der letzten Nacht zu sprechen kam. Er war an diesem Morgen ziemlich aufgebracht, aber er sagte nichts.

"Heute", sagte der Leibwächter mit seiner kieseligen Stimme. "Ist der Tag. Ich kann es spüren. Etwas sehr Wichtiges. Die nächsten vierundzwanzig Stunden. Das sagt mir meine Intuition."

"Das wollen wir hoffen", sagte der Premierminister und konnte seine Aufregung nicht verbergen. "Ich bin bereit, dass das hier vorbei ist. Ich habe etwas Dynamit, das ich unbedingt in eine sehr alte Tasse stecken möchte."

Die Bemerkung des Premierministers wäre für Mark schockierend gewesen, hätte er ihn nicht schon so oft ähnliche Dinge sagen hören. Der Premierminister war ein Mann auf einer Mission, der sich nicht beirren ließ. Wäre Mark nicht so abgelenkt gewesen, sowohl durch Kathys Abwesenheit als auch durch die Bemerkungen von Premierminister Kamali, hätte er vielleicht bemerkt, wie der Leibwächter bei den Worten des Premierministers zusammenzuckte.

"Ich glaube, wir werden heute die Schlucht erreichen", sagte Mark und deutete auf die geologische Formation, die in seinem Traum in der letzten Nacht eine so große Rolle gespielt hatte.

"Ja", sagte der Leibwächter. "Ich bin sicher, das werden wir. Ich habe ein gutes Gefühl bei dieser Schlucht. Wissen Sie, Mark", fuhr er fort. "Was kommt in Schluchten wie dieser am häufigsten vor?"

Mark musste zugeben, dass er das nicht tat.

"Höhlen, Mark. Schluchten wie diese sind oft voll von Höhlen."

Maan hatte sich viel mehr für die Flussschifffahrt begeistert als Remy. Remy, der sein Leben lang in Paris gelebt hatte, lebte hauptsächlich in der Stadt. Eine Flussfahrt war für ihn nie in Frage gekommen, obwohl er kein junger Mann mehr war. Die meiste Zeit der Fahrt auf dem Fluss verbrachte er damit, sich über die Bordwand zu übergeben. Es war eine ruckelige Fahrt, denn sie konnten nirgendwo in der Nähe des Anlegers oder in einem der Boote Ruder finden. Maan hatte am Ufer eine sehr lange Stange gefunden und benutzte sie, um das Boot den Fluss hinunter zu schieben. Sie fuhren den Fluss hinunter und ließen sich von der Strömung und den Ufern der engen Wasserstraße leiten.

Maan lachte in den Wind und schrie und johlte. Irgendwann zog er seine Tunika aus. Ihm war nicht heiß, aber es schien das Richtige zu sein. Seiner Meinung nach trugen Männer, die auf dem Fluss unterwegs waren, keine Hemden. Sie ritten ohne Hemd und ohne Angst durch die Strömungen. An einer Stelle schrie er "I LOVE YOU AKILAH" in den Wind und obwohl er gerade dabei war, seinen Magen in den Fluss zu entleeren, bemerkte Remy das.

Etwas anderes, das Remy bemerkte, ließ ihn aufhorchen. Er hob kurz den Kopf und der Drang, sich zu übergeben, schoss aus ihm heraus. Ein Mann ging am Fluss entlang in die entgegengesetzte Richtung, in die sie liefen. Ein Mann, dessen Gang Remy wiedererkannte. Er zwang sich in eine sitzende Position und drehte sich um.

"Maan! Geh ans Ufer!", rief er gegen das Tosen des Windes an.

"Was?", rief der Junge.

"GEH ANS UFER!"

"Gut, Kapitän!"

Maan führte sie mit einem Ruck der Stange ans Ufer und Remy spürte, wie sich sein Magen zusammenzog, aber er ließ den Mann am Ufer nicht aus den Augen, der sie inzwischen auch gesehen hatte. Er fuchtelte mit den Armen über seinem Kopf und sprang wie ein Verrückter auf und ab.

Der Mann war der Claude. Er hatte seinen alten Freund gefunden, ganz zufällig.

Es gab eine Menge Umarmungen und unverständliche Rufe, als sich die beiden alten Freunde am Ufer begrüßten. Remy war ans Ufer gewatet und zog es vor, aus dem Boot zu springen, bevor es das Ufer erreichte, damit Maan es festmachen und an einem Baumstumpf festbinden konnte. Als Maan damit fertig war, ging er auf die beiden Männer zu, von denen er den einen bereits gut kannte und der andere ein völlig Fremder war.

"Das", sagte Remy. "Das ist mein lieber Freund Claude."

Maans Gesicht leuchtete auf.

"Du bist derjenige mit der dramatischen Flucht vor der Folter und dem Begräbnis mitten in der Nacht?"

Bei der Erinnerung an diese Nacht lachten Claude und Remy unbehaglich.

"Ja", sagte Claude. "Das bin ich."

"Was zum Teufel machst du hier?"

"Das", sagte er. "Ist eine lange Geschichte."

"Sag es im Boot", sagte Maan. "Wir haben es ein bisschen eilig."

Claudes Geschichte war in der Tat eine lange Geschichte. Genau wie Remy hatte er eine Menge durchgemacht, seit sie sich am Bahnhof in Paris getrennt hatten. Als er sie zu Ende erzählt hatte, atmete Remy tief durch.

"Da wirst du aber enttäuscht sein", sagte er. "Denn genau die versuchen wir einzuholen, und es scheint, als hättest du diese Idee aufgegeben."

"Scheiß drauf", sagte Claude und ließ Maan kindisch kichern. "Jetzt bin ich mit Freunden zusammen. Ich bin dabei. Ich hatte etwas Zeit, mich auszuruhen und nachzudenken."

"Und nach einigem Nachdenken", sagte Maan. "Du hast beschlossen, wieder ein verrücktes Arschloch zu sein."

"So ähnlich", antwortete Claude.

"Hört sich gut an", sagte Remy.

"VORWÄRTS HO!", rief Maan, der seinen inneren Mark Twain in sich trug, und schob das Boot mit Schwung den Fluss hinunter. Der Wind schlug ihnen allen ins Gesicht und ließ sie sich lebendig fühlen. Ohne einen Blick zurück zu werfen, fuhren sie auf den Fuß der Berge zu.

Kathy versuchte, das Bild ihres Traums aus ihrem Kopf zu schütteln. Sie ging nicht weit vom Lager weg. Genau wie alle anderen spürte auch sie, dass etwas in der Luft lag. Sie schienen alle gemeinsam zu erkennen, dass dies der Tag war. Etwas würde passieren und keiner von ihnen konnte sich erklären, warum. Sie fragte sich, ob alle anderen auch so lebhafte Träume gehabt hatten. Ihr Traum war biblischer Natur gewesen, zumindest war sie sich dessen ziemlich sicher. Die Worte hallten in ihrem Kopf nach. *Und sie machten sich auf und stießen ihn aus der Stadt hinaus und führten ihn auf die Spitze des Hügels, auf dem ihre Stadt gebaut war, damit sie ihn kopfüber hinunterwerfen konnten.* Sie dachte, das sei aus der Bibel. In der Bibel gab es genug schreckliche Dinge, da musste das dazugehören. Sie konnte die Menge vor ihrem geistigen Auge sehen, wie sie Markus hoch über ihre Köpfe hob, als wäre er ein crowd surfing musician. Und er kam dem Rand der Klippe immer näher. Sie schoben und schubsten ihn und er schien seinen bevorstehenden Untergang gar nicht zu bemerken.

Sie fuhr fast aus der Haut, als Mark ihr von hinten eine Hand auf die Schulter legte.

"Es ... Es tut mir leid", sagte er. "Ich wollte dich nicht erschrecken. Aber wir müssen jetzt los."

"Das tun wir", sagte sie und schlug sich zu ihrer eigenen Überraschung eine Hand vor den Mund.

"Ja", sagte Mark. "Ich verstehe das Gefühl. Ich habe es auch gespürt. Wir müssen jetzt loslegen. Ich weiß nicht, woher ich das weiß und du auch nicht, aber jeder scheint es zu spüren. Es liegt eine spürbare Dringlichkeit in der Luft hier oben."

"Dann lass uns gehen", sagte sie und nahm seine Hand. Sie verschränkte vorsichtig ihre Finger und drückte seine Hand fest. "Lass uns gehen."

Der Anfang vom Ende hatte begonnen. Und jeder wusste es.

Gabriel Mizrahi dachte, dass er in Israel sei. Er stolperte herum und schrie in die Berge über Gaza und den seiner Meinung nach aufgeblasenen Idioten Netanjahu. Er konnte nicht glauben, dass ihm niemand zuhörte. Er hatte etwas sehr Wichtiges zu sagen, aber … er konnte sich nicht genau erinnern, was das war.

Eine Autobombe explodierte und er duckte sich hinter einem großen Felsbrocken in Deckung. Er schrammte mit der Stirn an dem Felsen entlang und Blut floss aus der Wunde in seine Hände, die er sich an den Kopf klatschte. Die Nacht kam sehr früh. Es wurde schon dunkel.

Als er wieder aufwachte, konnte er sie hören: die Rebellen. Sie würden ihn nicht überrumpeln. Nein, nein. Er würde bereit sein. Zu seiner Überraschung stellte er fest, dass er ein Sturmgewehr bei sich trug. Er wusste nicht mehr, woher es stammte oder warum er es hatte, aber er dankte seinem Glück, dass er es hatte. Er vergewisserte sich, dass es geladen war und wartete geduldig. Die Autobombe hatte ihn hinter einen riesigen Felsen geschleudert und er war gut versteckt. Sie würden ihn nie sehen. Sie würden nicht bereit sein. Aber er war es. Sie würden sein Land nicht mitten in der Nacht einnehmen. Es war immer noch sein Land und er würde sterben, um es zu schützen.

Er regulierte seine Atmung, als sie näher kamen.

Claude, Remy und Maan hatten die Ausläufer des Gebirges erfolgreich umrundet und befanden sich am Fuße der Berge. Sie verschwendeten keine Zeit und waren voller Tatendrang. Da sie gerade erst in den Bergen angekommen waren, konnten sie ihre Dringlichkeit nicht so gut erkennen wie die anderen, die tiefer im Gebirge waren. Aber es war trotzdem eine überwältigende Dringlichkeit, die nicht von ihnen selbst kam, sondern von einer unaussprechlichen Kraft, die sie nicht erkennen konnten.

Sie hielten nicht an, um zu essen oder zu trinken, sondern öffneten unterwegs ihre Rucksäcke und steckten sich Snacks in den Mund oder tranken etwas Wasser, während sie weiter trotteten. Sie konnten nicht genau sagen, warum sie so schnell weitergehen mussten, aber sie wussten alle, dass sie es mussten. Vielleicht hätten sie gemerkt, dass etwas nicht stimmte, wenn sie nicht so schnell vorangetrieben worden wären. Vielleicht hätten sie sich die Zeit genommen, um zu sehen, dass der Weg vor ihnen so zerzaust aussah, als wäre ein Mann, der vor Erschöpfung halluzinierte, über ihn gestolpert und hätte sich den Kopf an einem Felsen angeschlagen.

Sie hätten bemerkt, dass die Vögel nicht mehr über ihnen flogen und dass auf diesem kleinen Felsvorsprung kein Lüftchen wehte. Sie sahen keine Eidechsen über den Weg huschen, an die sie sich so sehr gewöhnt hatten und denen Claude zum Zeitvertreib Namen gegeben hatte. Sein Favorit war eine mit einer seltsamen orangefarbenen Verfärbung am Kopf, die er "Karottenkopf" nannte.

Es wäre sogar möglich gewesen, dass sie die Blutstropfen auf dem Boden und den verschmierten Handabdruck auf dem Felsen früh genug bemerkt hätten, um umzukehren und ihren Kurs so zu ändern, dass sie dem kranken Mann hinter dem Felsen ausweichen konnten, der das Sturmgewehr entsichert hatte, das er dem toten Soldaten aus Nordzypern abgenommen hatte.

"Hast du dich jemals gefragt", sagte Remy und nahm einen Bissen von einem Müsliriegel aus seinem Rucksack. "Wie eine Suche wie diese aussehen könnte, wenn die akademische Gemeinschaft sie ernst nehmen würde? Wenn wir die finanziellen Mittel hätten, die Richardson und seine Gruppe von Idioten, die die Mayas studieren, hatten?"

"Ha", sagte Claude und schaute auf seine Füße hinunter, während die Echse mit dem markanten Kinn, die er Jay Leno genannt hatte, über seine Schuhspitzen kroch. "Dann müssten wir uns nicht mit dieser Mantel-und-Degen-Scheiße herumschlagen. Es wäre viel mehr wie die Arbeit an der Universität, oder wie das, was Kathy und Mark machen. So stellen sich die meisten Leute Archäologie vor, nicht den langweiligen Papierkram und das Schleimen bei ausländischen Regierungen, um graben zu dürfen."

"Danke Hollywood", sagte Remy kichernd und Claude lachte mit ihm. Der leichte Fluss des Gesprächs war Teil ihres Problems. Sie hatten sich erlaubt, ihre Wachsamkeit auf eine Weise zu verlieren, wie sie es schon lange nicht mehr getan hatten. Bei Maan war das vielleicht zu erwarten, denn er war jung und gehörte erst seit kurzer Zeit zur Gemeinschaft. Man sollte ihm verzeihen, dass er nicht verstand, wie gefährlich es war, seine Wachsamkeit zu vernachlässigen. Aber es sind unweigerlich die Unschuldigsten, die den Preis dafür zahlen.

„Aber *Jäger des verlorenen Schatzes* ist einer meiner absoluten Lieblingsfilme", sagte Maan. "Ich habe ihn etwa ein Dutzend Mal mit Akilah gesehen. Wir haben ein Kino in Tsakistra, das immer alte Filme spielt. Akilahs Vater sagt, sie klauen sie oder kaufen sie auf dem Schwarzmarkt oder so, aber das ist mir egal. Das waren die besten Sonntage in meinem Leben."

"Aber du bist ein schlaues Kind", sagte Remy. "Dann kannst du auch verstehen, dass Harrison Ford kein Archäologe ist und dass der Film keine genaue Darstellung unseres Fachgebiets ist."

"Ja", sagte Claude. "Es ist allerdings keine gute Regel, sich auf die Intelligenz der Kinobesucher zu verlassen."

Maan lachte über die beiden älteren Männer und erlaubte sich, sich an die Sonntage mit Akilah zu erinnern, an denen sie sich im dunklen, klimatisierten Kino an den Händen hielten und keinen Moment lang bedauerten, dass er sein ganzes Wochengeld verloren hatte, weil er von der Magie des Kinos mitgerissen wurde. Das konnten sie ihm nicht nehmen. Niemand konnte das. Man kann von Maan sagen, und das ist sein Glück, dass seine letzten Gedanken auf dieser Erde positiv waren, einige seiner besten. Die meisten Menschen können das nicht sagen.

"Ihr hört euch nicht älter an", sagte er und drehte seinen Kopf zu den beiden Archäologen, an deren Gesichtern er erkennen konnte, dass etwas nicht stimmte. Sie sahen nicht ihn an. Sie blickten über seine Schulter, als Gabriel Mizrahi hinter dem Felsen hervorkam und seine Waffe direkt auf Maan richtete.

~

Sie waren jetzt ganz nah an der Schlucht. Mark und Kathy fragten sich gleichzeitig, ohne den anderen zu bemerken, wie sie den Gral vor der Zerstörung schützen sollten, falls sie ihn tatsächlich finden würden, und warum sie so sicher waren, dass diese Schlucht die Antworten enthielt, nach denen sie suchten.

"Stopp", sagte der Premierminister. Die Gruppe blieb stehen und alle Augen waren auf ihn gerichtet. "Es ist Zeit", sagte er und nickte seinem Leibwächter zu. Er wandte sich an Kathy und Mark. "Ich hoffe, ihr seid bereit, ein paar Änderungen an unserer Situation vorzunehmen. Geringfügig, versteht sich."

"Warum habe ich das Gefühl, dass wir eine andere Definition von minderjährig haben?" Kathy spuckte aus.

Mark blieb ruhig. Er hatte mehr oder weniger erwartet, dass dieser Moment kommen würde. Er wusste nicht, wann genau er kommen würde, aber es war für ihn ziemlich offensichtlich, dass er kommen würde. Sie hatten ausdrücklich andere Ziele für die Reise im Sinn und der Premierminister hatte dort, wo sie waren, mehr Macht. Er kämpfte nicht dagegen an, weil er wusste, dass es sinnlos war, das zu tun. Er war zu einem Schluss gekommen, während sie nach seinem Traum gingen. In seinem Traum war er von der unsichtbaren Mauer frustriert gewesen. Jetzt war er bereit, sie zu akzeptieren. Er würde nicht versuchen zu ändern, was er nicht ändern konnte. Wenn der Gral noch existierte, dann hatte er Tausende von Jahren überlebt, ohne dass Mark Lockheed ihn gefunden und beschützt hatte. Wahrscheinlich war er sowieso besser dran. Wenn er den Hass von Premierminister Kamali überleben sollte, dann würde er das tun, mit oder ohne Mark Lockheed.

"Bindet ihnen die Hände", sagte der Premierminister, und Mark streckte seine bereitwillig heraus. Kathy sah ihn flehend an und flehte ihn mit ihren Augen an, nicht so leicht aufzugeben. Er konnte nicht so einfach mit seinen Augen erklären, dass dies kein Aufgeben war. Nachdem sie gesehen hatte, dass Mark sich nicht wehren würde, streckte auch sie ihre Hände aus und beide wurden mit dem Reißverschluss gefesselt.

Als er mit einem deutlich veränderten Gabriel Mizrahi kämpfte, versuchte Claude, ihn zu beruhigen. Noch vor ein paar Tagen, als sich ihre Wege trennten, schien der Israeli bei klarem Verstand zu sein. Schließlich hatte er vernünftigerweise beschlossen, dass er schneller in die Berge gehen würde, wenn er nicht von Claude aufgehalten würde. Aber dieser Mann, den er zu Boden rang, war nicht rational, und Claude war sich nicht einmal sicher, ob der alte Gabriel Mizrahi noch in ihm steckte. Er knurrte wie ein Tier und biss Claude in die Hand.

Blut floss von Claudes Handrücken in den Dreck, als Gabriel versuchte, sich unter ihm zu befreien. Claude stieß sein Bein aus und brachte Gabriel zu Fall. Er schaffte es, das Sturmgewehr zu ergreifen und es auf Gabriel zu richten. Er konnte vage hören, wie Remy hinter ihm schluchzte, aber dafür hatte er im Moment keine Zeit. Alles, was er über Gabriel Mizrahi wusste, schoss ihm durch den Kopf, als er das Gewehr auf ihn richtete. Gabriel war sicherlich kein netter Mann und er hatte das Blut von vielen an seinen Händen, aber der Professor war kein Mörder und er konnte nicht abdrücken.

"Geh", sagte er, biss die Zähne zusammen und versuchte, nicht zu weinen. "Geh einfach."

"Claude", sagte Remy. "Bist du verrückt? Erschieß ihn! Erschieß ihn jetzt!"

"Nein", sagte Claude. "Nein. Geh schon. Verschwinde von hier. Verstehst du es nicht, Remy? Wir suchen nach etwas, das eigentlich heilig sein sollte? Der Mann, der angeblich aus dem Kelch getrunken hat, sagte: "Liebt einander, wie ich euch geliebt habe. Haltet die andere Wange hin. Wie viele sind für dieses Artefakt gestorben? Was würde der Mann, dem es gehörte, darüber denken? Ich bin kein religiöser Mensch, aber ich kann nicht. Ich kann nicht, also geh. Gut, dass wir ihn los sind, Gabriel."

Gabriel Mizrahi rannte weg, ohne auf den Weg zu achten, auf dem er lief. Seine Kleidung flatterte im Wind, während er rannte wie ein Hahn mit abgeschlagenem Kopf.

Remy schluchzte, als Gabriel davonlief. Er beugte sich über die Leiche von Maan, dem unschuldigen Teenager, den er so selbstsüchtig in dieses Abenteuer gebracht hatte. Er war einfach die erste Person gewesen, die ihm in den Schoß gefallen war und die ihm hätte helfen können. Er hätte auch alleine weitersuchen können, weiter auf Zypern herumwandern können, ohne zu wissen, was er tun sollte. Das wäre wahrscheinlich auch besser gewesen. Wenigstens wäre Maan dann noch am Leben und könnte sich mit der Liebe seines Lebens Hollywoodfilme ansehen.

"Er hat das Mädchen geliebt", sagte Remy leise und setzte sich neben den Körper, der sich nie wieder bewegen würde. "Das Mädchen, mit dem er ins Kino gegangen ist ... er hat sie geliebt. Er hat es auf dem Boot gesagt, als er dachte, ich könnte es nicht hören. Er hat in den Wind geschrien, dass er sie liebt. Und jetzt ist er weg. Für was? Eine alte Tasse."

"Akilah", sagte Claude. "Ihr Name ist Akilah."

"Ja. So heißt sie", sagte Remy. "Akilah."

"Er hat dich geliebt, Akilah", rief Claude. "Er hat dich geliebt!"

Remy stimmte ein und die beiden schrien zum Himmel, dass Maan Akilah geliebt hatte. Sie betrauerten die Tatsache, dass es kein Happy End für die beiden jungen Liebenden geben würde, weil ein Verrückter Maans Leben vorzeitig beendet hatte.

"Danke", sagte Remy leise und stand auf.

"Ich denke", sagte Claude. "Wir sind es ihm schuldig."

"Wir haben keine Schaufel", sagte Remy. "Und wir haben es eilig."

"Warum haben wir es so eilig?", fragte Claude, und Remy war nicht in der Lage zu antworten.

Die beiden Männer gingen auf Hände und Knie und begannen mit ihren Händen zu graben. Der Boden war steinig und hart, aber sie gruben, bis ihre Finger bluteten. Maan würde ein ordentliches Begräbnis bekommen, und die beiden Männer würden zum zweiten Mal einen Mann gemeinsam begraben.

Hier waren sie, als alles zusammenbrach, und sie haben es keinen Augenblick bereut.

# 25

Der Anblick der Schlucht war unbestreitbar majestätisch. Sie war ganz anders als in Marks Traum. Träume sind persönlich und die Schlucht schien in seinem Traum sehr persönlich gewesen zu sein, ein winziger Ausschnitt, gerade genug Platz für einen Hahn, der dreimal kräht und dann Selbstmord begeht. Aber in Wirklichkeit war sie riesig und beeindruckend. Die Gruppe hatte kaum Zeit, ihre Erhabenheit zu genießen, denn der Premierminister ließ sie am Rand entlang marschieren.

"Wir suchen nach einer Höhle", sagte er sachlich. "Sie könnte auf dieser oder auf der anderen Seite der Schlucht sein. Vielleicht müssen wir mehrere überprüfen."

Mark musste sich dabei ein Lachen verkneifen. Müssten sie vielleicht mehrere überprüfen? Es hätte Hunderte von Höhlen in den Kyrenia-Bergen geben können, aber die Schlucht tat ihre Wirkung auf den Premierminister. Die Schlucht konnte in die Gedanken eines Menschen eindringen und ihm sagen, was real war und was nicht. Und sie war ein Lügner. Mark hatte sich in einem weniger tranceartigen Zustand befunden, als er beschlossen hatte, sich nicht mit dem Schicksal zu befassen, sich nicht mit dem zu befassen, was er nicht kontrollieren konnte. Damit hatte er sich unwissentlich von dem Bann der Schlucht befreit. Aber der Premierminister hatte nichts dergleichen getan. Er war überzeugt, dass sie in der Nähe waren und dass es an der Zeit war, etwas zu tun: etwas Drastisches.

Als Claude und Remy mit ihren wunden Händen graben wollten, bemerkten sie als erstes einen Kieselstein. Er hüpfte den Weg entlang auf sie zu und kam in der Nähe von Remys Schuh zum Liegen. Er hob ihn auf und sie starrten ihn beide an. Der Kieselstein hatte eine andere Farbe als die Steine und die Erde um sie herum und sie fragten sich, woher er wohl stammen könnte.

Was sie nicht wussten, war, dass der Kieselstein von weit über ihnen kam, von einer Explosion in der Nähe einer Schlucht, die für einige den Tod bedeuten würde.

Da er sich das Phänomen nicht erklären konnte, reichte Remy den Kieselstein an Claude, der ihn in seine Tasche steckte, um ihn später noch einmal zu betrachten, bevor sie weitergruben. Sie hatten fast einen Fuß tief ein Loch ausgegraben, das lang und breit genug war, um die letzte Ruhestätte von Maan, dem jungen Ausreißer, zu sein.

"Ihr zwei bleibt hier", sagte der Premierminister und seine Augen leuchteten vor Aufregung. Weder Kathy noch Mark beschwerten sich bei ihm. Sie würden dort bleiben, wo sie angewiesen worden waren, in der Nähe des Randes der Schlucht.

Sie hatten eine Höhle entdeckt, und der Premierminister hatte beschlossen, dass dies die richtige Höhle war. Nur jemand, der so verblendet war wie er, konnte mit so großer Sicherheit entscheiden, dass dies die Höhle sein musste, und offensichtlich stimmte sein Leibwächter zu. Sie sollten gemeinsam in die Höhle gehen und nach dem Gral suchen, von dem sie sicher waren, dass er sich dort befinden musste.

Der Leibwächter schritt aufgeregt vor dem Höhleneingang, der kaum mehr als einen Meter hoch war, während der Premierminister Mark und Kathy erklärte, dass sie bleiben sollten, wo sie waren. Mark konnte über die Schulter des Kamalis sehen, wie es ihn juckte, endlich in die Höhle zu gehen.

"Wenn ich dich wiedersehe", sagte der Premierminister und schnallte sich eine Stirnlampe um den Kopf. "Ich werde ein anderer Mann sein, und die Welt wird sich verändern." Er schenkte ihnen ein schiefes Lächeln.

"Zum Besseren", fügte er hinzu, und das wirkte unheimlich, aber sie ließen ihn gehen.

Mark und Kathy sahen zu, wie die beiden Männer, von denen einer noch vermummt war, geduckt in die Höhle im Berghang gingen.

"Es ist Wahnsinn", sagte Kathy. Mark nickte nur zur Bestätigung. "Was glaubst du, wird mit ihnen passieren?", fragte Kathy.

Mark schwieg einen langen Moment und wog seine Antwort ab.

"Das kann nur Gott wissen", sagte er, und Kathy starrte ihn an, schockiert über seine Worte. Aber es war nicht der richtige Zeitpunkt, um über den Glauben zu sprechen. Es war an der Zeit, praktischer zu werden.

"Weißt du", sagte sie. "Wir könnten gehen. Sie könnten da drin sterben, soweit wir wissen. Warum gehen wir nicht einfach jetzt?"

"Es fühlt sich nicht richtig an", sagte Mark. "Irgendetwas stimmt nicht mit ihnen."

"Ja", sagte Kathy. "Fanatismus. Willst du sie nicht da drin lassen?"

"Ich will sie nicht da drin lassen", sagte er.

"So sei es denn. Ich werde dich nicht verlassen."

Und so warteten sie. Und warteten. Und einige Stunden später, als die Dämmerung hereinbrach, kamen die beiden Männer wieder aus der Höhle heraus. Der Premierminister schien kaum zu bemerken, dass sie da waren, sondern kramte nach seinem Rucksack.

"Zu klein", sagte er. "Die Öffnung ist zu klein, wir müssen sie größer machen. Mach sie größer. Wir müssen ein größeres Loch sprengen, damit wir durchkommen. Wir müssen es erreichen. Da hinten ist es, das kann ich sehen. Da hinten ist es, ich weiß es."

Er hob seinen Rucksack auf und brachte ihn zum Eingang der Höhle. Mark stand auf, um einen besseren Blick auf das zu haben, was der Premierminister tat. Er holte etwas aus seinem Rucksack, aber er konnte nicht genau erkennen, was es war, bis er etwas näher kam. Dynamit. Es war Dynamit. Der Premierminister stapelte Dynamit in der Nähe des Höhleneingangs. Mark konnte es nicht glauben. Er hatte wirklich den Verstand verloren. So hoch in den Bergen, so nahe an einem Abgrund, Dynamit zu zünden, war völliger Wahnsinn. Aber das hielt Kamali nicht auf. Er schloss die Zündschnüre an und ging rückwärts vom Dynamitstapel weg, näher an den Rand, wo er Mark und Kathy angewiesen hatte, zu bleiben.

"Aus dem Weg", sagte er. "Aus dem Weg!", schrie er Mark fast an, als er ihn aus dem Weg schob, um seine Zündschnur zu legen.

Er hatte gerade ein Streichholz angezündet, um seine Lunte anzuzünden, als er erstarrte. Er starrte auf seinen Leibwächter, der über etwas am Höhleneingang gebeugt war. Nur der Rücken seines schwarzen Mantels war zu sehen und es sah aus, als würde er sich die Hände reiben.

Dann ging alles sehr schnell.

Der Premierminister ließ das Streichholz fallen und es fing die Zündschnur. Die Zündschnur schoss in Richtung ihres Ziels, während Mark und Kathy auf die funkensprühende Rakete blickten, die auf die Dynamitstapel zusteuerte, die nicht mehr als fünfzehn Meter entfernt waren. Mark und Kathy standen auf und begannen zu rennen. Ihre Entführer kümmerten sich nicht um sie; sie waren mit ihren Gedanken ganz woanders. Mark und Kathy begannen zu rennen und stolperten, weil ihre Hände gefesselt waren, aber sie taten, was sie konnten. Obwohl es unklug war, konnte Mark nicht verhindern, dass er zurückblickte, und was er sah, würde sich für immer in sein Gedächtnis einbrennen.

Der Premierminister packte seinen Leibwächter an der Schulter und wirbelte ihn herum. Der Leibwächter umklammerte einen großen Felsen, aber der Kamali sah das offensichtlich nicht so. Die beiden Männer kämpften um den Stein, als ob er etwas Wertvolles wäre. Beide Männer waren der Meinung, dass der Leibwächter den Gral gefunden hatte. Sie stolperten und kämpften sich immer näher an die Kante heran, während sie sich gegenseitig ins Gesicht kratzten und Blut vergossen.

Als der Premierminister das Gesicht seines Leibwächters zerkratzte, löste sich schließlich die Kapuze, die der Leibwächter trug, und sein Gesicht kam zum Vorschein.

Mark würde nie vergessen, wann er Reginald Astair das letzte Mal gesehen hatte. Die beiden Männer kamen der Kante immer näher, aber keiner schien sie zu bemerken. Sie waren beide nur darauf konzentriert, den Gral für sich selbst zu bekommen.

Sie stiegen gemeinsam über die Kante, jeder hielt seine Hände fest an den Felsen geklammert. Er war nicht mehr als ein Stein, genauso wie der Gral nicht mehr als ein Becher gewesen wäre. Das letzte, was Mark vor der Explosion sah, war der Ausdruck völliger Freude auf den Gesichtern der beiden Männer, als sie das ergriffen, wonach sie so lange gesucht hatten, und in ihren unausweichlichen Tod stürzten.

In diesem Moment ging das Dynamit hoch.

Als das Dynamit mit ohrenbetäubendem Getöse detonierte, zerrissen Schockwellen die Luft und schleuderten eine gewaltige Kaskade aus Schutt und Stein die zerklüfteten Hänge des Kyrenia-Gebirges hinunter. Mark und Kathy, deren Hände immer noch gefesselt waren, warfen sich instinktiv auf die staubige Erde, ihre Körper dicht an den Boden geschmiegt als Schutzschild gegen den unerbittlichen Regen aus Stein und Dreck. Das Echo der Explosion hallte von den steilen Klippen und durch die gewundenen Schluchten wider, eine stürmische Symphonie, die die Erde unter ihnen in ihren Grundfesten zu erschüttern schien. Einen Moment lang bestand die Welt nur aus Lärm und Chaos, ein Strudel der Zerstörung, der sie ganz zu verschlingen drohte.

Als die letzten Echos der Explosion in einer gespenstischen Stille verklangen, erhoben sich Mark und Kathy vorsichtig und bedächtig. Der Staub hing dick in der Luft, ein feiner, erstickender Schleier, der die Sonne verdeckte und einen geisterhaften Schleier über die Landschaft legte. Sie waren verwirrt, ihre Ohren klingelten, aber sie lebten. Kleine Schnitte von umherfliegenden Trümmern zierten ihre Arme und Gesichter wie grausame Dekorationen, Blutperlen sprenkelten ihre Haut, aber es waren nur oberflächliche Wunden, schmerzhaft, aber nicht lebensbedrohlich.

Das Kyrenia-Gebirge mit seinen schroffen Gipfeln und tiefen, schattigen Tälern erstreckte sich in majestätischer Pracht um sie herum. Diese uralten Wächter, um die sich die Mythen und Legenden unzähliger Generationen ranken, waren Zeugen ihres Kampfes gewesen. Die Explosion hatte das Gesicht des Berges verändert und der Höhleneingang war zu einem klaffenden Schlund geworden, der seit Jahrtausenden verborgene Geheimnisse preisgab.

Marks Augen trafen auf die von Kathy, und zwischen ihnen herrschte ein stilles Einverständnis. Sie mussten sehen, was sich hinter dem zertrümmerten Eingang der Höhle verbarg. Mit gefesselten Händen machten sie sich auf den Weg zur Höhle und traten vorsichtig um die Trümmer herum. Die Explosion hatte den Eingang erheblich vergrößert und eine zuvor verborgene Kammer zum Vorschein gebracht.

Während sie die Kammer nach Hinweisen oder Anzeichen für den Weg, den sie nehmen sollten, absuchten, fiel Marks Blick auf einen merkwürdigen Stein, der aus der Wand ragte. Im Gegensatz zu den glatten, verwitterten Steinen um ihn herum war dieser scharf, seine Kanten waren geschliffen, als wären sie von bewusster Hand bearbeitet worden. Ein Funken Hoffnung flackerte zwischen ihnen auf, als sie erkannten, wozu dieser zufällige Fund gut sein könnte.

Mit vorsichtigen Schritten näherten sie sich dem Stein. Kathy deutete mit einem entschlossenen Blick an, dass Mark den Anfang machen sollte. Er legte seine gefesselten Handgelenke an die scharfe Kante des Steins und begann langsam zu sägen, wobei die raue Oberfläche in die Kabelbinder biss, die sie festhielten. Der Vorgang war mühsam und langsam, jede Bewegung war darauf ausgelegt, sich nicht zu verletzen, während er den harten Kunststoff durchtrennte.

Das Geräusch ihrer Anstrengungen hallte leise in der Höhlenkammer wider, ein rhythmisches Scharren, das fast im Einklang mit den fernen, unsichtbaren Bewegungen der Höhle selbst zu stehen schien. Schweißperlen standen ihnen auf der Stirn, nicht nur wegen der körperlichen Anstrengung, sondern auch wegen der Anspannung in ihrer Situation. Jede

Sekunde, die sie damit verbrachten, an ihren Fesseln zu sägen, war eine Sekunde länger, in der sie an diesem unbekannten und uralten Ort schutzlos waren.

Endlich, nach einer gefühlten Ewigkeit, riss der Kabelbinder und befreite zuerst Marks Handgelenke. Ein Seufzer der Erleichterung entrang sich ihm, gefolgt von einer schnellen Bewegung, um Kathy zu helfen. Jetzt, da auch ihre Hände frei waren, bewegten sie ihre wunden Handgelenke und die Durchblutung kehrte mit einem kribbelnden Gefühl zurück, das sowohl schmerzhaft als auch erleichternd war.

Mark und Kathy wählten einen Weg, der tiefer in den Berg hinein zu führen schien, und bewegten sich vorsichtig durch das unebene Terrain. Sie kamen nur langsam voran, weil sie vorsichtig sein mussten. Die Wände des Ganges waren mit verschlungenen Hieroglyphen und Symbolen übersät, von denen einige schwach zu leuchten schienen und den Gang in ein himmlisches Licht tauchten.

Plötzlich öffnete sich der Gang in eine riesige Höhle, deren Decke in der Dunkelheit versank. In der Mitte der Höhle stand ein steinernes Podest, das von einer unsichtbaren Quelle in einen Lichtstrahl getaucht wurde. Auf dem Sockel lag ein großes, uraltes Buch, dessen Seiten aufgeschlagen waren, als ob sie darauf warteten.

Als sie sich dem Sockel näherten, bemerkten sie, dass der Boden mit Kacheln bedeckt war, die jeweils mit verschiedenen Symbolen verziert waren, die zu denen an den Wänden passten. Mark erinnerte sich an die Schnitzereien, die sie zuvor gesehen hatten, und erkannte, dass diese Symbole nicht nur dekorativ waren, sondern Teil eines Puzzles, das den Weg nach vorne bewachte.

"Es ist ein Rätsel", flüsterte er Kathy zu. "Wir müssen in der richtigen Reihenfolge auf die Steine treten, um das Buch zu erreichen. Es muss Hinweise auf den Standort des Grals enthalten."

Als sie die Symbole analysierten, erkannten sie Muster, die mit den himmlischen Szenen in der Eingangskammer übereinstimmten. Das Rätsel war eine Sternenkarte, die sie durch die Tierkreiszeichen in der Reihenfolge ihrer Ausrichtung an einem bestimmten, in den Schnitzereien erwähnten Datum führte - dem Datum, von dem sie glaubten, dass der Gral versteckt war.

Vorsichtig führte Mark Kathy zur ersten Kachel, die den Widder darstellte, gefolgt vom Stier und so weiter, um die Reise der Himmelskörper zu imitieren. Jeder Schritt war zaghaft, in der halben Erwartung, dass Fallen auftauchen würden, aber es kamen keine. Als sie den Sockel erreichten, verspürte Markus einen Triumphrausch. Er blätterte vorsichtig die Seiten des alten Buches um und entdeckte eine detaillierte Karte der Höhlen, auf der eine bestimmte Kammer als Ruhestätte des Grals markiert war.

Doch ihre Feier wurde unterbrochen, als der Boden unter ihnen zu zittern begann. Der Sockel sank in den Boden und ein neuer Durchgang öffnete sich langsam in der Höhlenwand und gab den Blick auf einen dunklen, bedrohlichen Tunnel frei.

"Das ist es", sagte Kathy mit Entschlossenheit in ihrer Stimme. "Lass uns den Gral finden."

Als sie den neuen Gang betraten, fanden sie sich in einem Labyrinth aus natürlichen und künstlichen Hindernissen wieder. Sie navigierten durch enge Spalten, kletterten über schroffe Felsen und duckten sich unter tief hängenden Stalaktiten. Die Luft wurde kälter und das Gefühl alter Geheimnisse umgab sie schwer.

Schließlich weitete sich der Tunnel zu einer Kammer, in der der Gral auf sie wartete, genau wie Mark es entschlüsselt hatte. Doch eine letzte Herausforderung versperrte ihnen den Weg. Ein breiter Abgrund teilte die Kammer in zwei Hälften, und auf der anderen Seite war der Gral zu sehen. Der einzige Weg dorthin bestand aus einer Reihe von Trittsteinen, die mit weiteren Symbolen beschriftet waren.

Markus erkannte schnell, dass diese Symbole für die Tugenden stehen, die mit dem Gral verbunden sind - Tapferkeit, Weisheit und Demut. Sie mussten den Weg wählen, der diese Tugenden verkörpert. Sie atmeten tief durch und wählten sorgfältig die Steine aus, die ihrem Verständnis vom Wesen des Grals entsprachen. Als sie die andere Seite erreichten, standen sie vor dem Gral, der in seiner Einfachheit und Schönheit überwältigend wirkte. Mark nahm ihn vorsichtig in die Hand und fühlte dabei Ehrfurcht und Verantwortung.

Als sie durch die Höhlen zurückkehrten, schienen die Hindernisse, denen sie begegnet waren, zu weichen, als würde der Berg selbst ihr Recht anerkennen, den Gral zu tragen. Als sie in der Nacht auftauchten, blickten sie zurück auf den Berg, dessen Geheimnisse sie wieder in sich trugen, der sich aber durch ihre Reise für immer verändert hatte.

Als sie sich dem Sockel näherten, konnten sie eine spürbare Energie spüren, die vom Gral ausging. Mark hob ihn vorsichtig an, in der Erwartung, dass eine Falle zuschnappen oder die Höhle einstürzen würde, aber nichts geschah. Der Gral war erstaunlich leicht und seine Verarbeitung so exquisit, wie sie es noch nie gesehen hatten.

"Wir sollten es mitnehmen", flüsterte Kathy, in ihrer Stimme lag eine Mischung aus Ehrfurcht und Angst. "Aber wie schützen wir es?"

Mark sah sich in der Kammer um und entdeckte einen alten, ledergebundenen Beutel in einer Ecke, der wahrscheinlich von einem früheren, erfolglosen Abenteurer zurückgelassen worden war. Er legte den Gral vorsichtig hinein und hängte sich den Beutel über die Schulter. "Das hat Tausende von Jahren überlebt", sagte er mit fester Stimme. "Es ist unsere Pflicht, dafür zu sorgen, dass es so bleibt."

Sie machten sich auf den Weg zurück zum Rand der Schlucht, während der Vollmond ihren Weg beleuchtete. Hinter ihnen schien die Höhle wieder in den Schatten zu verschwinden, als würde sie sich erneut vor der Welt verstecken. In diesem Moment wurde die friedliche Stille der Nacht durch das donnernde Geräusch von Hubschrauberblättern durchbrochen, die durch die Luft schnitten.

Plötzlich tauchten drei Hubschrauber hinter dem Berg auf, als ob sie sich aus der Dunkelheit selbst materialisierten. Marks Augen weiteten sich ungläubig, als er die amerikanischen Insignien auf den Seiten der Maschinen erkannte. Einer der Hubschrauber setzte zum Sinkflug an und landete, wobei Staub und Trümmer aufgewirbelt wurden.

Bevor sie reagieren konnten, sprang ein Trupp Kommandosoldaten aus dem Hubschrauber. Die Männer bewegten sich mit Präzision und Zielstrebigkeit und kamen schnell auf Mark und Kathy zu, die zu verblüfft waren, um zu reagieren. Innerhalb weniger

Augenblicke wurden sie sanft, aber bestimmt zum Hubschrauber eskortiert.

Als sie abhoben und der Boden unter ihnen schnell zurückwich, wurde ihnen die Realität ihrer Situation bewusst. Mark wandte sich an einen der Kommandosoldaten, um eine Erklärung zu erhalten.

"Wir kommen von der USS Ronald Reagan", verkündete der Kommandeur mit fester Stimme über dem Dröhnen des Hubschraubers. "Ihr werdet zu eurer Sicherheit hergebracht, um über das Artefakt zu sprechen, das ihr entdeckt habt."

Die Enthüllung ließ Mark und Kathy in einem Zustand des Unglaubens zurück. Die USS Ronald Reagan, ein atomgetriebener Superträger der Nimitz-Klasse, war eines der größten und leistungsfähigsten Schiffe der US Navy. Die Tatsache, dass sie so schnell und entschlossen zu ihrer Bergung entsandt worden waren, sprach Bände über die Bedeutung ihrer Entdeckung.

Während der Hubschrauber seinen Flug durch die Nacht in Richtung des wartenden Flugzeugträgers fortsetzte, tauschten Mark und Kathy Blicke aus. Die Bedeutung ihrer Entdeckung, des Grals, schien nun noch größer zu sein. Sie waren jetzt nicht mehr nur Abenteurer, die ein historisches Artefakt entdeckt hatten, sondern zentrale Figuren in einer Geschichte, die weit über ihr eigenes Verständnis hinausging, globale Mächte einbezog und vielleicht sogar den Lauf der Geschichte veränderte.

Der Flug zur USS Ronald Reagan verlief zügig, der Hubschrauber legte die Strecke schnell zurück. Mark versuchte, den Anführer der Einheit in ein Gespräch zu verwickeln, um etwas Klarheit über ihre plötzliche und verwirrende Situation zu bekommen. Doch der Mann war zwar höflich, weigerte sich aber standhaft, Informationen preiszugeben. "Es tut mir leid, aber es steht mir nicht frei, über die Einzelheiten zu sprechen", sagte er mit einer Mischung aus Mitgefühl und unerschütterlicher Pflicht. Obwohl Mark frustriert war, konnte er nicht umhin, die sorgfältige Organisation und Professionalität des Teams zu bemerken - ein Beweis für ihre Ausbildung und die Ernsthaftigkeit der Operation.

Während der Hubschrauber, den Mark aufgrund seiner charakteristischen Merkmale - zwei Turbotriebwerke, ein spornradartiges Fahrwerk und ein vierblättriger Hauptrotor - für einen SH-60 Seahawk hielt, versuchte er, sich ein Bild von der Situation zu machen. Der Seahawk, der für seine Vielseitigkeit und Zuverlässigkeit bekannt ist, war das Arbeitspferd der Marine und wurde häufig zur U-Boot-Bekämpfung, für Such- und Rettungseinsätze und zur Schiffsbekämpfung eingesetzt. Seine Anwesenheit hier, weit weg von den Schlachtfeldern, für die er entwickelt worden war, machte die unerwartete Reise noch mysteriöser.

Nach etwa einer Stunde Flug über die ruhigen Gewässer des Mittelmeers tauchte am Horizont ein Anblick auf, der ihnen den Atem raubte - die majestätische Silhouette der USS Ronald Reagan. Der Superträger, ein nuklear angetriebenes Wunderwerk der Nimitz-Klasse, beherrschte mit seiner imposanten Struktur die Meereslandschaft. Er war eine schwimmende Festung mit einer Länge von über 1.000 Fuß und einem Flugdeck, das groß genug war, um eine ganze Kleinstadt mit Flugzeugen und Personal aufzunehmen. Der Turmaufbau, auch "Insel" genannt, ragte hoch in den Himmel und war ein Leuchtfeuer der amerikanischen Seemacht.

Als sie sich dem Flugzeugträger näherten, wurde das organisierte Chaos auf dem Flugdeck deutlich. Besatzungsmitglieder in farblich gekennzeichneten Trikots - gelb für die Flugzeugabfertigungsoffiziere, lila für die Betankungsteams und grün für die Katapult- und Fanggerätebesatzungen - bevölkerten das Deck, jeder ein Rädchen in der gut geölten Maschine, die den Flugzeugträger betriebsbereit hielt.

Die drei Hubschrauber sanken im Gleichschritt herab, ein Ballett aus Präzisionsflügen, geleitet von den fachkundigen Signalen des Bodenpersonals. Die Rotoren peitschten eine böige Brise auf und übertönten alle anderen Geräusche, als sie auf dem Deck aufsetzten. In dem Moment, in dem das Flugzeug zur Ruhe kam, setzte sich die Besatzung in Bewegung, sicherte die Hubschrauber und führte Mark und Kathy in einer Eile hinaus, die ihnen keine Zeit ließ, ihre Umgebung vollständig zu erfassen.

Mark und Kathy, immer noch verwirrt von der schnellen Wendung der Ereignisse, wurden über das Deck geführt. Die schiere Größe des Flugzeugträgers war überwältigend. Das Deck erstreckte sich in alle Richtungen und war mit verschiedenen Flugzeugtypen übersät - F/A-18 Hornets, E-2 Hawkeye Überwachungsflugzeuge und weitere Seahawks wie die, mit der sie angekommen waren. Die Kakophonie aus Düsentriebwerken, schreienden Besatzungsmitgliedern und dem Meer selbst war eine Symphonie der Seemacht, eine ehrfurchtgebietende Erinnerung an die militärische Macht, in deren Mitte sie sich gerade befanden.

Als sie in das Innere des Schiffes geführt wurden, schlossen sich die labyrinthischen Gänge und Schotten um sie herum, ein starker Kontrast zu dem offenen Himmel und den alten Höhlen, die sie hinter sich gelassen hatten. Die Verwirrung und Ungewissheit, die Mark und Kathy empfanden, war spürbar, eine Mischung aus Ehrfurcht vor dem technischen Wunderwerk, das sie an Bord hatten, und Angst vor dem, was sie erwartete. Ihre Reise hatte sie von der Suche nach uralten Geheimnissen in das Herz der modernen Militärmacht geführt, ein Übergang, der so abrupt und surreal war, dass er wie ein Traum erschien.

Während der ganzen Zeit umklammerte Mark den Gral an seiner Brust, eine physische Verbindung zu dem surrealen Abenteuer, auf das sie sich eingelassen hatten. In Begleitung von zwei Besatzungsmitgliedern wurden sie in einen kleinen Raum neben der Brücke geführt, ein Zentrum der technischen Errungenschaften, gefüllt mit Bildschirmen, blinkenden Lichtern und verschiedenen Geräten, die vor Aktivität zu summen schienen. Der Kontrast zwischen dem antiken Artefakt in Marks Händen und der modernen militärischen Effizienz, die sie umgab, war stark und verwirrend.

In diesem kompakten Raum saßen sie an einem kleinen Tisch, ein seltener Moment der Ruhe in dem Sturm der Ereignisse, der sie mitgerissen hatte. Die Crew spürte, dass ihre Gäste einen Moment der Entspannung brauchten, und servierte ihnen Getränke - Cola für Kathy, die sich inmitten des Chaos nach etwas Vertrautem sehnte, und Bourbon für Mark, vielleicht ein Hinweis auf den Ernst der Lage.

Während sie an ihren Getränken nippten, gönnten sich die beiden Abenteurer einen Moment, um über den Wirbelwind der Erlebnisse nachzudenken, den sie erlebt hatten. Das Gespräch ging von einem außergewöhnlichen Ereignis zum nächsten, jeder erinnerte sich an Details, die dem anderen entgangen waren, und fügte die Geschichte ihrer unglaublichen Reise zusammen. Es war fast zu viel, um es zu verarbeiten - die Gefahr, die Entdeckungen, die plötzliche Abholung durch das Militär - alles Bestandteile einer Geschichte, die sich zu groß anfühlte, um ihre Eigene zu sein.

Zum ersten Mal, seit sie den Gral gefunden hatten, hatten sie die Gelegenheit, ihn genau zu untersuchen, ohne die unmittelbare Gefahr oder den Druck der Flucht. Das Artefakt war noch schöner, als sie es in der Eile ihrer ersten Entdeckung in Erinnerung hatten. Seine Handwerkskunst war exquisit, in seine Oberfläche waren komplizierte Muster geätzt, die im Licht zu tanzen schienen. Das Gewicht in Marks Händen fühlte sich bedeutsam an, nicht nur wegen seines Gewichts, sondern auch wegen der historischen und kulturellen Bedeutung, die es hatte. Sie waren sich des Ausmaßes ihrer Entdeckung bewusst und spürten, dass sie in diesem Moment ein Stück Geschichte berührten, das alles, was über die Vergangenheit bekannt war, neu schreiben würde.

Die Erkenntnis, dass sie Teil von etwas waren, das viel größer war als sie selbst, setzte sich über sie. Sie waren nicht nur Zeugen der Geschichte, sondern aktive Teilnehmer, die durch ihr Handeln die Geschichte mitgestalteten. Dieses Artefakt, das so lange vor der Welt verborgen war, hatte die Macht, das Verständnis zu verändern und lang gehegte Überzeugungen in Frage zu stellen, und jetzt befand es sich in ihrer Obhut.

Das Gespräch zwischen Mark und Kathy wurde immer introspektiver, als sie über die Auswirkungen ihrer Entdeckung nachdachten. Was würde die Welt sagen, wenn der Gral enthüllt würde? Wie würde er die akademische und religiöse Landschaft verändern? Und welche Rolle würden sie in ihrer Zukunft spielen?

Die Tür schwang abrupt auf und durchbrach die ruhige Atmosphäre des Raumes. Ein Mann trat ein und erregte mit seiner Anwesenheit sofort Aufmerksamkeit. Die vier goldenen Streifen auf seiner Schulterklappe, die von einem Stern gekrönt wurden, verrieten seinen Rang, bevor er ein Wort sagte. Er stellte sich mit fester, sicherer Stimme vor: "Kapitän Miller, Kommandant dieses Schiffes."

Ihm folgte ein jüngerer Offizier, der ein Satellitentelefon bei sich trug und einen äußerst wichtigen Eindruck machte. Kapitän Miller verschwendete keine Zeit: "Der Präsident möchte mit dir sprechen." Kathy war sichtlich verwirrt: "Welcher Präsident?", fragte sie mit einer Mischung aus Neugier und Unglauben in der Stimme. "Der Präsident der Vereinigten Staaten", antwortete Miller, als wäre es das Selbstverständlichste auf der Welt.

Marks Hand zitterte leicht, als er das Telefon entgegennahm, denn die Last des Augenblicks drückte auf ihn. Er hätte nie gedacht, dass sein Abenteuer in einem Anruf vom höchsten Amt des Landes gipfeln würde.

"Mr. President", begann Mark mit Unsicherheit in seiner Stimme.

"Mark, lass mich dir zuerst zu deiner sensationellen Entdeckung gratulieren", kam die warme und doch autoritäre Stimme am anderen Ende. "Ich muss mich für die abrupte Art und Weise entschuldigen, in der wir dich hergebracht haben, aber die Zeit drängte. Wir hatten Informationen, dass russische Flugzeuge und eine Spezialeinheit des Vatikans auf dem Weg zu dir waren."

"Russen? Und der Vatikan?", erwiderte Mark, dessen Verwirrung sich in Kathys hochgezogenen Augenbrauen widerspiegelte. "Haben die überhaupt ein Militär?"

"Nur eine kleine Task Force, aber diese Jungs sind erstklassig", stellte der Präsident klar, mit einem Hauch von Respekt in seinem Ton.

Marks Neugierde übermannte ihn: "Woher wussten Sie, wo wir zu finden sind, Mr. President?"

"Ein Franzose, irgendein Professor namens Claude wurde von einer Einheit der Bergpolizei gefunden. Er bestand darauf, sofort mit dem amerikanischen Botschafter zu sprechen. Es scheint, als hättest du Freunde in hohen Positionen", erklärte der Präsident mit einem Hauch von Belustigung in der Stimme.

Während des gesamten Gesprächs blieb Kathy in seiner Nähe und verfolgte das Geschehen mit einer Mischung aus Ehrfurcht und Sorge. Marks Griff um das Telefon wurde fester und die Realität ihrer Situation wurde ihm bewusst. Sie waren jetzt nicht mehr nur Abenteurer, sondern zentrale Figuren in einer globalen Intrige, in die Supermächte und alte religiöse Institutionen verwickelt waren.

"Mr. President, wir sind froh, dass wir in Sicherheit sind. Aber was passiert jetzt?", fragte Mark und seine Sorge um ihre Zukunft war deutlich in seiner Stimme zu hören.

Die Stimme des Präsidenten, autoritär und doch mit einem Hauch von Bedauern, war über das Satellitentelefon zu hören.

"Mark, aus Gründen der nationalen Sicherheit müssen Sie den Gral an Captain Miller und sein Team auf der Ronald Reagan übergeben", sagte der Präsident mit Nachdruck.

Das Gewicht dieser Worte hing schwer in der Luft. Marks Griff um den Gral verkrampfte sich reflexartig, die kühle Oberfläche des Artefakts bildete einen starken Kontrast zu seiner warmen Haut. Kathy, die in der Nähe stand und Marks Besorgnis in ihrem Gesicht widerspiegelte, wechselte einen Blick mit ihm.

Mark zögerte einen Moment, als ihm die Bedeutung der Bitte des Präsidenten bewusst wurde.

" Mr. President, Sie bitten uns, den Gral zu übergeben, um ihn geheim zu halten?"

"Ja, Mark. Es geht um die nationale Sicherheit und darüber hinaus um die globale Stabilität", sagte der Präsident mit fester Stimme, doch Mark konnte eine unterschwellige Spur des Bedauerns erkennen. "Die Entdeckung des Heiligen Grals darf nicht öffentlich gemacht werden. Seine Existenz würde einen politischen und religiösen Aufruhr auslösen, wie wir ihn noch nie erlebt haben."

Mark spürte eine Welle der Enttäuschung. Sie hatten ihr Leben für diese Entdeckung riskiert, und jetzt sollten sie sie im Schatten verschwinden lassen. "Aber Sir, hat die Welt nicht das Recht, es zu erfahren? Daraus zu lernen?"

"Unter normalen Umständen, ja", stimmte der Präsident zu, "aber bedenken Sie die Auswirkungen. Der Gral wird seit Jahrhunderten gesucht und ist von Mythen und Legenden umwoben. Die Enthüllung seiner Existenz würde viele Grundüberzeugungen in zahlreichen Kulturen in Frage stellen. Es könnte zu Konflikten über seinen Besitz, seine Bedeutung und seine Verwendung führen."

Mark schaute Kathy an, um ihre Meinung einzuholen. Sie nickte leicht und verstand den Ernst der Lage.

"Außerdem", fuhr der Präsident fort, "denken Sie an die Gruppen, die deswegen in den Krieg ziehen würden. Nicht nur Nationalstaaten, sondern auch religiöse Gruppen, Extremisten ... Die Entdeckung des Grals könnte zu einem Brennpunkt der Gewalt werden. Unsere Priorität ist es, das zu verhindern und Leben zu schützen."

Mark seufzte, der Idealist in ihm kämpfte mit dem Pragmatiker. "Und was wird mit dem Gral passieren, wenn er erst einmal in Ihren Händen ist?"

"Er wird geschützt und von wenigen Auserwählten studiert, die seine Bedeutung verstehen und seine

Geschichte zu schätzen wissen, ohne der Versuchung zu erliegen, sie auszubeuten. Es geht darum, die Zukunft der Menschheit zu sichern, Mark. Es ist eine schwere Last, aber wir müssen sie tragen."

Kathy, die geschwiegen hatte, sprach schließlich: "Es ist, als wäre der Gral selbst ein Test. Nicht, ob wir ihn finden, sondern was wir mit ihm machen wollen."

"Genau", sagte der Präsident mit einem Ton der Anerkennung in seiner Stimme. "Ihr Handeln, Ihre Diskretion, wird der Menschheit einen Dienst erweisen. Es geht hier um mehr als nur um einen von uns. Es geht darum, den Frieden zu bewahren und dafür zu sorgen, dass diese Entdeckung eine Brücke zur Verständigung ist und nicht zur Spaltung."

Mark nickte langsam, die Enttäuschung war noch nicht ganz verflogen, wurde aber von dem Pflichtgefühl überschattet, das die Worte des Präsidenten hervorgerufen hatten. "Wir verstehen, Mr. President. Wir werden tun, was nötig ist."

# EPILOG

Mark saß dem Mann im tadellosen Anzug gegenüber. Er hielt sein Gesicht ruhig und unleserlich. Der ältere Regierungsbeamte versuchte, Mark zu lesen, aber es gelang ihm nicht. Er verschränkte die Finger und zog den Mund zu. Er atmete tief aus. Er war ein Profi und wusste, wie man die Zeit totschlägt, bis jemand, der lügt, zusammenbricht. Was er nicht wusste, war, dass Mark Lockheed sich verändert hatte, seit er das letzte Mal einen Fuß ins Pentagon gesetzt hatte. Dieser Mann hatte sich nicht verändert, und die Arbeit der Regierung auch nicht.

Dieser Mann, sein Name war Roberts, war einer von Marks Vorgesetzten im Pentagon. Er war einer der austauschbaren Anzugträger, die über wichtige Angelegenheiten entscheiden, von denen er nur wenig weiß. An diesem Morgen hatte er eine Akte mit Marks

Namen erhalten. Jemand anderes in seinem Büro hatte eine mit Kathys Namen erhalten. Darin stand, dass beide genau zur gleichen Zeit eine "Lungenentzündung" bekommen hatten und seit über einem Monat nicht mehr zur Arbeit erschienen waren. Keiner der beiden hatte seine Vorgesetzten in irgendeiner Weise benachrichtigt, weil sie "zu unfähig" waren, dies zu tun.

Roberts glaubte das nicht einen Moment lang, aber er und Mark wussten beide, dass er nicht beweisen konnte, dass Mark log. Trotz der Tatsache, dass Marks Gesicht gebräunt war und er offensichtlich nicht den letzten Monat in einem Krankenhausbett verbracht hatte. In Wahrheit hatte sich Mark innerlich mehr verändert als äußerlich, aber das wusste Roberts nicht. Er stellte sich wahrscheinlich vor, dass dieser Archäologe die Arbeit in der Regierung satt hatte und nach Aruba geflogen war, wo er seine Ersparnisse verprasst hatte. Er hatte so etwas schon hunderte Male erlebt. Er hatte fast vierzig Jahre lang in seiner eigenen Version des "Lochs" gearbeitet und es gab nicht wenige Tage, an denen er darüber nachgedacht hatte.

Mark trommelte mit den Fingern auf den Tisch. Die Barista an der Theke, die gerade Milch kochte, sah zu ihm auf. Mark lächelte das junge Mädchen mit den gespannten Ohren und dem Tolkien-Tattoo auf dem Unterarm an.

"Gab es sonst noch etwas?", sagte Mark und drückte dem Mann die Hand. "Ich weiß, dass es hier Papierkram geben muss. Glaube mir", sagte er und lachte. "Das war das Erste, woran ich gedacht habe, als ich mir meiner Umgebung wieder voll bewusst war. So weiß ich, dass ich wirklich ein Regierungsangestellter bin. Weißt du, was ich meine?"

"In der Tat", sagte der Mann und räusperte sich. "Nur noch eine Sache, Mark. Es geht um Kathy Rollins. Hast du sie während deiner Auszeit gesehen?"

"Wie lautete der Nachname?", sagte Mark und beugte sich über den Tisch.

"Hey, der Minister ist wieder in der Stadt", sagte Gates. "Interessant, dass ich einen Auftrag hatte und vor dir zurück war. Wie hat das geklappt?"

Mark lächelte seinen Kollegen einfach an. Um ehrlich zu sein, war er froh, Gates wiederzusehen. Er war sogar froh, "das Loch" wiederzusehen. Er ging zurück zur Kaffeemaschine und leerte den alten Filter aus. Als er neues Wasser in die Kaffeemaschine schüttete, öffnete sich die Tür zum "Loch" erneut. Mark drehte sich um und sah, wie Kathy ihn anstrahlte und an Gates vorbeiging. Sie ging direkt auf ihn zu und küsste ihn auf den Mund. Gates war verblüfft.

"Was steht heute auf der Tagesordnung?", sagte Kathy.

"Papierkram, nichts als Papierkram."

"Weißt du was?", sagte Kathy. "Das klingt wunderbar."

Ende

Printed in Poland
by Amazon Fulfillment
Poland Sp. z o.o., Wrocław

33243075R00190